Arto Paasilinna
Der Mann mit den schönen Füßen

Weitere Titel des Autors:

Der heulende Müller
Das Jahr des Hasen
Die Giftköchin
Die Rache des glücklichen Mannes
Vorstandssitzung im Paradies
Der Sohn des Donnergottes
Im Wald der gehenkten Füchse
Der Sommer der lachenden Kühe
Der wunderbare Massenselbstmord
(auch als Hörbuch erschienen)
Zehn zärtliche Kratzbürsten
Nördlich des Weltuntergangs
Im Jenseits ist die Hölle los (auch als Hörbuch erschienen)
Ein Bär im Betstuhl
Der liebe Gott macht blau (auch als Hörbuch erschienen)
Ein Elefant im Mückenland
Adams Pech, die Welt zu retten
(auch als Hörbuch erschienen)
Vom Himmel in die Traufe (auch als Hörbuch erschienen)
Schutzengel mit ohne Flügel (auch als Hörbuch erschienen)
Die wundersame Reise einer finnischen Gebetsmühle
(auch als Hörbuch erschienen)

Titel in der Regel auch als E-Book erhältlich

Arto Paasilinna

Der Mann mit den schönen Füßen

Roman

Übersetzung aus dem Finnischen von
Regine Pirschel

Ehrenwirth

Dieser Titel ist auch als Hörbuch und E-Book erschienen

FSC www.fsc.org
MIX
Papier aus verantwortungsvollen Quellen
FSC® C006701

Titel der finnischen Originalausgabe:
»Parasjalkainen Laivanvarustaja«

Die Übersetzung wurde von einer geringfügig überarbeiteten Fassung des finnischen Originals vorgenommen.

Textredaktion: Anja Lademacher, Bonn
Umschlaggestaltung: FAVORITBUERO, München
Einband-/Umschlagmotiv: © Shutterstock/Hein Nouvens, Shutterstock/deeg
Satz: Dörlemann Satz, Lemförde
Gesetzt aus der DTL Documenta ST
Druck und Einband: CPI books GmbH, Leck – Germany

Printed in Germany
ISBN 978-3-7857-2503-0

5 4 3 2

Sie finden uns im Internet unter: www.luebbe.de
Bitte beachten Sie auch: www.lesejury.de

1

Reeder Aulis Rävänder schätzte sich aus zweierlei Gründen glücklich. Er hatte einen guten Schlepper und eine gute Frau.

Der Schlepper *Vulcanus* war 1966 in Holland auf einer Rotterdamer Werft gebaut worden, sechs Jahre später hatte ihn ein dänischer Kunde übernommen, ihn generalüberholt und anschließend nach Finnland weiterverkauft. Rävänder hatte ihn 1975 erworben. Bei der letzten Werftliegezeit 1981 hatte er ihn stahlverstärkt, der Schlepper konnte jetzt bis zu vierzig Zentimeter dickes Eis brechen. Power hatte er reichlich: Eine achtzylindrige Dieselmaschine mit zweitausend PS verlieh dem Seil des Schleppers zwanzigtausend Kilo Zugkraft. Das bedeutete in der Praxis, dass man mit der *Vulcanus* einen ganzen Gebäudekomplex ins Meer ziehen konnte, vorausgesetzt, man befestigte an den Seiten entsprechend starke Griffe, damit das Objekt beim Transport nicht umkippte.

Die *Vulcanus* war 27 Meter lang, 8,20 Meter breit und hatte 4,20 Meter Tiefgang. Bei der letzten Klassifizierung durch den Lloyd war ihr Rauminhalt mit einhundertvierundsechzig Bruttoregistertonnen beziffert worden. Die *Vulcanus* war schwarz gestrichen. Man sah ihr schon äußerlich an, dass sie kein Vergnügungsdampfer ohne Tiefgang war. Sie besaß die bedrohliche Kraft eines Riesenwalrosses, war allerdings hundertmal tüchtiger und schneller. Bei voller Fahrt verursachte sie so hohe Wellen, dass kleinere Klippen darunter verschwanden. Sie konnte sich fast auf der Stelle drehen. Würde man versuchen, ein großes Handelsschiff mit zwei Schleppern vom Kaliber der *Vulcanus* in verschiedene Richtungen zu ziehen, würde es sich nicht von der Stelle bewegen, sondern auseinanderreißen. So war sie, Räwänders *Vulcanus* holländischer Herkunft. Räwänder liebte sie und seine Arbeit auf dem Meer.

Räwänder liebte nicht nur seinen Schlepper, sondern auch seine Frau. Und Liisa Räwänder war eine wirklich vortreffliche Person. Sie war nicht mehr ganz jung. Geboren vor zweiundvierzig Jahren, war sie aber mindestens ebenso gut in Schuss wie die *Vulcanus*. Sie entstammte der finnlandschwedischen Familie Majander aus Åggelby, Oulunkylä. Liisa war 1,71 Meter groß und wohlproportioniert. Derzeit wog sie etwa 65–70 Kilo, wie Räwänder schätzte. Durchaus nicht zu viel für eine Frau dieser Größe. Liisa hatte blondes Haar, stramme Waden und einen kräftigen Körperbau. Gut entwickelte Muskeln bedeckten das Skelett. Nirgendwo schimmerten blaue Adern durch die Haut. Das Schlüsselbein stand vielleicht eine Idee zu weit vor. Liisa hatte in ihrer Mittelschichtfamilie eine gute Erziehung und auch einige Bildung genossen. Vor ihrer Eheschließung hatte sie Gelegenheit gehabt, mehrere europäische Länder zu bereisen, was sie nach wie vor zu würdigen wusste. Ihre Sprachkenntnisse gingen über das übliche Maß hinaus, denn außer ihrer schwedischen Muttersprache beherrschte sie Finnisch, Deutsch und Englisch.

Liisas Haupthaar war also blond, und blond war auch der

feine Flaum auf ihrer Haut. Sie war sehr reinlich, ihre Haut war makellos und zeigte keine Anzeichen einer Krankheit, ja ihre Epidermis produzierte nicht einmal Kopfschuppen. Im Allgemeinen duftete Liisa nach milder, wohlriechender Creme oder nach Parfüm. Ihre Zähne waren ebenfalls makellos. Ihre Zunge hatte keinen Belag, und ihr Atem war frisch. Die inneren Organe waren gesund, die Därme entwickelten keine Gase und rumorten nicht einmal dann, wenn Liisa vorübergehend Hunger hatte. Liisa hatte regelmäßigen Stuhlgang, litt weder unter Verstopfung noch unter Durchfall. Sie kümmerte sich ohne viel Aufhebens um die Intimhygiene während der Periode und sorgte souverän für die Verhütung. Sie schnarchte nie, nicht einmal, wenn sie müde war und ein wenig getrunken hatte.

Liisa Rävänder hatte eine schöne Singstimme, einen Alt. Ihre Durchschnittsnote auf dem Schulzeugnis war 2,0, in den Hauptfächern sogar 1,7 gewesen. Vom Wesen her war sie offen, wenn auch nicht immer ganz aufrichtig. Bei ihrer Arbeit war sie geschickt, sie kochte gut und hielt die Wohnung vorbildlich sauber. Sie kleidete sich geschmackvoll, und ihr Gang war jeweils der Gelegenheit angepasst. Sie saß niemals breitbeinig auf einem Stuhl, wusch sich zwölfmal am Tag die Hände und bohrte nie mit dem Finger in der Nase oder in den Ohren. Reeder Aulis Rävänder fand, dass sie die beste Ehefrau und Lebensgefährtin war, die man sich denken konnte. Er erinnerte sich gut daran, wie umschwärmt sie als junges Mädchen gewesen war. Er liebte seine Frau und das Familienleben, das sie durch ihre Gegenwart möglich machte, außerordentlich.

Manchmal vermochte Rävänder kaum zu sagen, wen er mehr liebte, die *Vulcanus* oder seine Frau Liisa. Hätte er auf eine von beiden verzichten müssen, die andere wäre ihm auch nichts mehr wert gewesen. Der Schlepper hatte viel für sich, aber ein Schlepper allein macht keinen Mann glücklich. Seine Frau war großartig, aber ein bloßes Familienleben ohne den Schlepper erschien ihm nicht befriedigend.

Es war eine harmonische Dreieinigkeit: der Schlepper *Vulcanus* und sein Besitzer Aulis Rävänder nebst Gattin Liisa. Diese drei gehörten auf gewisse Weise zur selben Nahrungskette: Was der Schlepper verdiente, das kassierte Rävänder und brachte es heim zu seiner Frau. Sie war das letzte Glied in der Kette, und sie suchte nie die Begegnung mit dem unteren Ende, also dem Schlepper *Vulcanus*. Das war auch nicht verwunderlich, denn der Schlepper war ein großes schwarzes Ungetüm, seine Diesel dröhnten ohrenbetäubend. Er und seine Mannschaft rochen nach Meer und Öl, was abstoßend und gefährlich wirkte. Liisa begnügte sich damit, zum mittleren Glied der Kette, ihrem Mann Aulis, Kontakt zu halten. Zwar roch auch er nach Öl und Meer, aber das ließ sich in seinem Beruf wohl nicht vermeiden.

Wenn in der Nahrungskette Quecksilber in die Organismen am oberen Ende gelangt, konzentriert es sich dort und geht gefährliche Verbindungen ein. Ähnliches passierte in der Kette Vulcanus – Aulis Rävänder – Liisa Rävänder, nur handelte es sich hier nicht um gefährliche Umweltgifte, sondern um Geld. Das konzentrierte sich am oberen Ende bei Liisa Rävänder und schlug sich in einem Lebensstandard nieder, den sie, die Finnlandschwedin der Mittelschicht, sehr zu schätzen wusste.

So hatten alle drei die letzten fünfzehn bis zwanzig Jahre glücklich miteinander gelebt.

Jetzt gerade holte Reeder Rävänder mit der *Vulcanus* einen

großen griechischen Stückgutfrachter vor Suomenlinna ab, um ihn in den Hafen zu schleppen. Es war ein zeitiger Frühjahrsmorgen Anfang Mai. Nur ein paar fröstelnde Möwen kreisten über dem grauen Meer. Hinter der Bucht summte und pulsierte die Stadt. Die zweitausend PS der *Vulcanus* zogen mühelos den griechischen Frachter hinter sich her, von dem verfrorene Gesichter herüberlugten, griechische Seeleute mit schwarzen Strickmützen auf dem Kopf und tropfenden Nasen.

In der schmalen Wasserstraße zwischen Katajanokka und Hylkysaari rief Rävänder in den Lautsprecher:

»Hagman, jetzt bist du dran.«

Hagman, der Kapitän des Schleppers, erklomm die Kommandobrücke und stellte sich ans Steuer. Er war ein hagerer Mann von fast sechzig Jahren, wirkte ein wenig kränklich, aber dennoch zäh. Hagmann hatte seit frühester Jugend die Weltmeere befahren: Er war Messjunge gewesen, Decksmatrose, Bootsmann, zuletzt Steuermann. Er hatte seinerzeit auch das Kapitänspatent erworben, war dann aber an chronischem Asthma erkrankt. Die großen Ozeane konnte er nun nicht mehr durchpflügen, wohl aber einen Hafenschlepper führen, zumal Aulis Rävänder, der Eigner, häufig an Bord mithalf. Sie erreichten soeben den Hafen, sodass Rävänder dem Kapitän das Steuer überließ.

»Leg ihn mit dem Bug voran an die Pier«, sagte er. »Morgen früh müssen wir wieder raus, dann stehen wir gleich in Fahrtrichtung«, fügte er noch hinzu.

Hagman gab entsprechende Anweisungen an den Maschinenraum. Aus dem Bauch des Schleppers drang dumpfes Dröhnen, als er, in Vorbereitung auf das Wendemanöver, das Frachtschiff schneller vorwärtszuziehen begann. Wirklich ein Teufelskerl, dieser Schlepper. Die griechischen Seeleute riefen etwas herüber und applaudierten. Vor dem Bug schäumte es, als sich das große Fahrzeug zu drehen begann.

Wenn der Schlepper *Vulcanus* wuchtig war, so konnte man dasselbe auch von seinem Besitzer sagen.

Reeder Aulis Rävänder wog in nacktem Zustand hundert Kilo, das entspricht einer zehntel Tonne. In Stiefeln und Arbeitsklamotten, mit vollem Bauch und ein wenig betrunken, betrug sein Gewicht vermutlich hundertzwanzig Kilo. Er sah keine Notwendigkeit, die Speckschicht unter seiner derben Haut etwa durch Sport zu bekämpfen. Auf der Kommandobrücke eines Schleppers braucht man an eisigen Wintertagen nicht nur wärmende Schichten über dem Hemd, sondern auch darunter. Zwanzig Grad minus am Leuchtturm Harmaja bissen nicht weniger als vierzig Grad in den Ödwäldern im nordfinnischen Sodankylä. Auf dem Meer zog es immer, das wusste Rävänder, und deshalb dachte er nicht im Traum daran, zwecks Abmagerung zu joggen. Überhaupt fand er es sinnlos, ohne eigentlichen Anlass durch Parks zu rennen, nur um des Rennens willen. Wenn er mal eine wichtige und brandeilige Sache zu übermitteln hätte und partout kein Auto fände, würde er einen Boten bestellen und sich nicht etwa selbst auf den Weg machen.

In den letzten Jahren war er allerdings gezwungen gewesen, ein wenig auf seine Gesundheit zu achten. Der Blutdruck war nämlich deutlich gestiegen, sodass die Nadel beim Messen bedrohlich ausschlug. Rävänder hatte sich einverstanden erklärt, zu den Mahlzeiten verschiedene Salate zu essen, die angeblich den Druck in den Venen minderten und das Lebensalter verlängerten. Unter Salaten verstand er Bohnen,

eingelegte Zwiebeln, Rote Bete in Essig, gebratene Kartoffeln und russische Salzgurken.
Häufig kaufte er sich die Salzgurken, wenn er den Schlepper verließ. Die Markthalle lag unmittelbar am Kai des Packhauses, wo die *Vulcanus* ihren festen Liegeplatz samt Hafenanschlüsse hatte. Dort bekam sie Süßwasser und Landstrom und Räwänder seine russischen Salzgurken. Überhaupt besuchte er gern die Markthalle, da er die Händler kannte. Seine Großmutter mütterlicherseits hatte hier einst Kuchen verkauft. Die russischen Offiziere waren fleißige Abnehmer gewesen, sie hatten den Kuchen gelobt und bei der Gelegenheit die Schönheit der jungen Verkäuferin gepriesen. Väterlicherseits war Räwänder nördlicher Herkunft. Irgendwann in den Dreißigerjahren hatte sein Vater beim Bau der Eismeerstraße nach Petsamo mitgewirkt, dann, während der Wirtschaftskrise, hatte es ihn in den Süden verschlagen, nach Helsinki und auf die Werft von Suomenlinna. Hier war Aulis' Mutter irgendwie mit dem Mann ins Gespräch gekommen, und so war Aulis entstanden. Irgendwo im Schutz der verfallenen Festungsmauer, an einem Ort, wo 1918 viele Rote an Hunger gestorben waren. Die Mauern hielten für vieles her, für den Tod wie auch für die Liebe. Heutzutage wurde in ihrem Schutz Bier getrunken.
Räwänder und seine Frau hatten zwei Kinder, eine zwanzigjährige Tochter, die bereits verheiratet war, und eine zweite, jüngere von gerade mal neun Jahren. Der enorme Altersunterschied zwischen den Kindern erklärte sich daraus, dass Liisas Spirale vor zehn Jahren gewissermaßen etwas in die falsche Kehle bekommen hatte – oder man könnte auch sagen, sie hatte sich im Grabe umgedreht. Wie auch immer, Liisa war schwanger geworden und hatte sorgenvoll im Ärz-

teverzeichnis geblättert, mit dem Gedanken an einen Abbruch. Aulis hatte jedoch betont, dass sie notfalls sogar hundert Kinder ernähren könnten.
»Lass nur kommen, was da kommen will«, hatte er seiner Frau zugeredet. »Ich finde Babys verdammt nett.«
Die *Vulcanus* geleitete den griechischen Frachter an den Kai von Sompasaari. Die Seile wurden gelöst, der Schlepper schob mit seiner Schnauze, die mit Autoreifen gepolstert war, das große Schiff an die Mauer. Die griechischen Seeleute befestigten eine Flasche Ouzo an einer Schnur, ließen sie über die Reling aufs Deck des Schleppers hinab und riefen ein Dankeschön hinterher.
Rävänder griff sich die Flasche und reichte sie Hagman.
»Nimm, der schmeckt abends nach der Sauna.« Hagman gab ihm den Ouzo zurück und sagte, dass er nicht saunieren könne, da sich im Winter sein Asthma verschlimmert habe. Gut, dann sollte Hagmans Sohn, der als Decksmann auf dem Schlepper arbeitete, die Flasche haben, beschloss Rävänder. Aber der Vater lehnte ab:
»Wenn ich nicht trinke, dann trinkt Rauno auch nicht.«
Rävänder brachte die Flasche nach unten in den Maschinenraum. Dort war sie willkommen, Chefmaschinist Sutinen schraubte den Verschluss auf und kostete.
»Nicht übel«, sagte er mit breitem Grinsen. Die Flasche verschwand im Werkzeugschrank.
Rävänder blieb mit dem Lotsen in Sompasaari. Die *Vulcanus* dampfte in Richtung Südhafen davon. Der Lotse stieg in sein Auto, schwenkte grüßend die Hand.
Rävänder beobachtete, wie sich sein geliebtes Fahrzeug übers offene Wasser entfernte. Der schwarze Koloss verursachte hohe Wellen, die Häuser am Ufer warfen das Echo noch

lange zurück. Reeder Rävänder war zufrieden. *Vulcanus* hatte er seinen Schlepper getauft, weil der Name so perfekt zu dem Kraftpaket passte. Und konnte es nicht sein, zumindest in der Theorie, dass vor der Klippeninsel Harmaja eines Tages ein Unterwasservulkan ausbrach? Nichts war auf dieser Welt unmöglich, vor ein paar Jahren waren auf Island haufenweise Vulkane ausgebrochen, und Island war ja nicht so weit weg von Helsinki.
Wenn tatsächlich vor Helsinki ein Vulkan ausbrechen würde, dann würde man Rävänder und die *Vulcanus* brauchen. Suomenlinna und Kaivopuisto müssten evakuiert und die Kanonen des Küstenforts in Sicherheit gebracht werden, damit sie nicht von der Lava verschüttet würden. Ohne die geballten zweitausend PS der *Vulcanus* würde das niemals klappen, dachte Rävänder stolz.

2

Räländer fuhr heim nach Kaivopuisto in die Laivanvarustajankatu, die Schiffsreederstraße, zu dem großen gelben Haus, gebaut nach der Jahrhundertwende. Ein schönes Haus! Eine gute Adresse! Räländer residierte in der fünften, der obersten Etage, wo er eine Wohnung mit fünf Zimmern, Bad und Küche besaß. Obwohl er kein sehr bedeutender Reeder war, wohnte er dennoch zufälligerweise in der Schiffsreederstraße in Helsinki, und nicht in einer kleinen Gasse in Mariehamn, so wie gewisse Reeder-Kollegen von den Åland-Inseln. Räländer hatte es weit gebracht, er war ein glücklicher Mann mittleren Alters, ein wirklich tüchtiger Kerl.

Nicht immer war sein Leben in so geordneten Bahnen verlaufen. In den Fünfzigerjahren hatte Aulis, genannt Allu, zusammen mit seinen Kumpels die Straßen und Gassen im Stadtzentrum unsicher gemacht, hatte sich herumgetrieben und gerauft, was das Zeug hielt, in spitzen Stiefeln, Lederjacke und mit Pomade im Haar. Dann hatte er zwei Jahre die Handelsschule besucht, hatte herumgesoffen und das Studium abgebrochen. Aber als sein Vater 1961 an Herzinsuffizienz gestorben und ihm bald darauf auch die Mutter gefolgt war, aus Kummer vermutlich, hatte Räländer sein Lotterleben beendet und sich am Riemen gerissen. Die Eltern hatten ihm zum Glück eine Zweizimmerwohnung im Stadtteil Katajanokka hinterlassen, passenderweise komplett abbezahlt, und als Rävänder sie zunächst vermietet und später verkauft hatte, war er auf den Geschmack des Geldverdienens gekommen.

Zu jener Zeit strömten Leute vom Lande nach Helsinki, auf der Suche nach Arbeit. Sie kamen aus Ostbottnien, Savo, Kainuu und sogar aus Lappland, waren schüchtern und unglücklich, aber sehr fleißig. Die heranrückenden Menschenmassen füllten ganze Personenzüge. Eine wahre Völkerwanderung hatte eingesetzt, man nannte es Landflucht. Und wie Flüchtlinge verhielten sich diese Menschen auch. Sie fürchteten sich vor dem Verkehr und vor der Obrigkeit, nahmen jede Arbeit an, jede Unterkunft. Zahlten horrende Mieten und hockten in ihren Löchern wie stumme Ratten. Hatten sie mal Schnaps getrunken, zückten sie ihre Messer. So waren die Leute vom Lande damals in jenen Jahren. Die zähesten von ihnen sparten Geld, nahmen Kredite auf, wenn sie welche bekamen, und kauften sich eigene Wohnungen. Die Preise stiegen ins Unermessliche. Eine kleine Einzimmerwohnung im Stadtzentrum kostete nach Ablauf von zwei Jahren unter Umständen schon das Doppelte. Während dieser Zeit spekulierte Rävänder mit Wohnungen, machte ungeniert Geschäfte und gewann jedes Mal. Und es gewannen alle, die etwas besaßen, mit dem sie gewinnen konnten.

Helsinki war zu jener Zeit wie Aas, das hilflose Provinzler anzog. Nutznießer waren sowohl Rucksackfirmen und Gründer als auch Menschen vom Schlage Rävänders. Der Strom der Provinzler schien endlos, die Menge der Beute wuchs von Jahr zu Jahr. Als Rävänder etwa fünf Jahre lang mit Wohnungen spekuliert hatte, war er bereits so reich, dass er in der Lage war, die Hälfte einer Bugsier-Reederei zu kaufen, die einem gewissen Kosunen gehörte. Seine eigene Firma gründete er Ende des Jahrzehnts, zur selben Zeit, da Gleichaltrige ihre Zeit damit verbrachten, vor den Botschaften der Großmächte Fahnen zu verbrennen und lautstark Demokratie einzufordern.

Rävänders erster eigener Schlepper war die kleine *Elsa* gewesen, die er bald gegen die etwas größere *Karhu* eintauschte, und dann konnte er auch schon die *Vulcanus* erwerben. Heute besaß Rävänder eine hochpreisige Wohnung im feinen Stadtteil Kaivopuisto, einen vorzüglichen Schlepper am Kai vor dem Packhaus, ein Auto und dazu noch ein Haus auf den Schären vor Helsinki. All das hatten ihm die Leute vom Lande eingebracht. Aus dem finnischen Hinterwald waren Geld und Menschenmassen gekommen, und Rävänder hatte für die Vermehrung des Geldes gesorgt. Wer sollte sich da beklagen, und es beklagte sich ja auch niemand. Rävänder empfand nicht einmal Dankbarkeit gegenüber jenen Massen von Provinzlern, die ihm den Aufstieg zum Schiffsreeder ermöglicht hatten. Seit den Sechzigerjahren war von einem Umbruch in der Gesellschaft geredet worden, die Roten hatten Demonstrationen veranstaltet, Sprechchöre geschmettert und ihre Spruchbänder geschwenkt. Und was hatten sie erreicht? Nicht mal eine läppische Apotheke war verstaatlicht worden. Einige Gesundheitszentren behandelten die Patienten jetzt kostenlos, und den Arbeitslosen wurde Tagegeld gezahlt. Das war schon so ziemlich alles.

Anfang der Siebzigerjahre, als der Strom der Flüchtlinge weiter anhielt, beschloss Rävänder nachzuforschen, woher all diese Menschen eigentlich kamen. Er fuhr mit dem Auto eine Woche lang durch Finnland, besuchte Häme, Savo, Karjala, Kainuu und schließlich auch Lappland. Dort stieg er auf die höchste Erhebung des Pallastunturi, um sich die Landschaft anzusehen. Ödnis, so weit das Auge reichte. Räyänder wunderte sich, dass in dieser Einsamkeit überhaupt Menschen leben konnten. Schon allein die Mücken! Sie füllten in dicken Schwärmen die Luft, dass es einem den Atem benahm. Von der Ausdehnung des Landes und der Einsamkeit der Provinz konnte sich Räyänder auch andernorts überzeugen. Auf der Rückfahrt besuchte er in Loimaa einen Kuhstall. Die Kühe stanken schlimmer als die Trunkenbolde an Helsinkis Ufern. Räyänder wurde Zeuge, wie die Kühe gemolken wurden. Er fand den Anblick abstoßend. Es dauerte Wochen, ehe er wieder imstande war, Sahne zum Kaffee zu nehmen.

Nach dieser Reise verspürte Räyänder keine Lust mehr, aufs Land zu fahren. Ihm war klar, dass kein vernünftiger Mensch irgendwo im Kainuuer Hinterwald ausharrte, wenn er in der Hauptstadt noch irgendwie unterkommen konnte.

Räyänder genügten Helsinki und das Meer. Er war ein Hauptstädter und wollte es auch bleiben.

Räyänder betrat seine Wohnung, hängte die Jacke in die Garderobe und ging in die Küche. Die Räume waren leer, Tochter Piia war in der Schule und Gattin Liisa in der Stadt. Auf dem Küchentisch lag ein Zettel, auf dem Liisa mitteilte, dass sie zum Mittag zurück sein würde. Im Kühlschrank und im Backofen wäre etwas zu essen, falls er Hunger hätte. Räyänder aß ein belegtes Brot, trank danach ein wenig Mineralwasser und ging anschließend unter die Dusche. Er wusste, dass er zu Hause nicht nach Öl und Meer riechen durfte. Das

Heim war nicht der Maschinenraum des Schleppers, so viel stand fest.

Als Räwänder sich Rasierwasser aufs Kinn rieb, kam ihm unwillkürlich der Gedanke, dass in der Flasche wohl ein Geist wohnen musste. Und wenn nicht ein Geist, dann ein lebendiges Wesen. Seit Jahresbeginn hatte es nämlich mehrmals recht seltsame Vorkommnisse gegeben. Die Rasierwasserflasche, die Räwänder stets auf dem rechten oberen Bord des Badezimmerschrankes, ziemlich dicht an der Wand, abstellte, bewegte sich während seiner Abwesenheit. Manchmal war sie nur fünf Zentimeter von ihrem Platz weggerutscht, manchmal hatte sie aber auch größere Strecken zurückgelegt, sogar einen Sprung gemacht bis aufs unterste Bord. Räwänder versuchte sich die Situation vorzustellen, in der die Flasche gesprungen war. Wie sie nachts im dunklen Schrank bis an den Rand des Bords vorrutscht, eine Weile zögert und dann kühn entschlossen nach unten springt. Wie fand sie da an der Kante bloß Halt?

Außerdem war der Verschluss nachlässig zugeschraubt. Jemand hatte sich in den letzten Monaten an seiner Rasierwasserflasche zu schaffen gemacht, dessen war er sich ziemlich sicher.

Aber vielleicht war er ja auch paranoid. Möglicherweise hatte Liisa das Wasser benutzt, nachdem sie sich die Achseln – oder die Beine – rasiert hatte. Es war so typisch für Frauen, die Flasche nur lose zu verschließen. Auf diese Art und Weise verdunstete die teure Flüssigkeit, dachte Räwänder ein wenig ärgerlich. Er würde das seiner Frau einmal sagen müssen. Konnte sie sich nicht mit ihrem eigenen Kosmetikzeugs begnügen? Das stand schließlich meterweise im

Bad herum, die Fächer quollen geradezu über von all den Flaschen und Tiegeln.
Als er ins Schlafzimmer ging, um sich umzuziehen, registrierte er fremde Gerüche. Im Allgemeinen roch es im Schlafzimmer nur nach seiner Frau, aber jetzt mischte sich da noch etwas anderes hinein. So ähnlich roch es im stickigen Salon des Herrenfriseurs oder spätnachts in den Ambulanzen der Krankenhäuser. Für Rävänder entstand der Eindruck, als wären Äther und Fußschweiß in einer Flasche miteinander vermischt und daraus dann einige Tropfen in seinem Schlafzimmer versprüht worden. Er öffnete das Fenster und lüftete gründlich.
Vielleicht habe ich einfach nur schwache Nerven. Auf dem Meer schärft sich der Geruchssinn unnötig, belehrte er sich selbst.
Liisa Rävänder, die Gattin des Reeders, saß im *Café Ekberg* auf dem Boulevard und trank Tee. Sie schlug die Zeit tot. Es war die typische Beschäftigung für eine Hausfrau, die nur ein einziges minderjähriges Kind zu betreuen hat, das außerdem gerade in der Schule ist. Die Zeit totzuschlagen ist keine wirklich blutige Tat, sodass man sie durchaus am helllichten Tag und in einem vornehmen Café verüben kann. Obwohl alle ringsum sehen, was im Gange ist, greift niemand ein, denn die Zeit totzuschlagen ist nicht gesetzeswidrig. Es ist das einzige Tötungsdelikt, von dem Amnesty International kein Aufhebens macht.
Liisa Rävänder sah sich lustlos um. Am Nachbartisch tratschten zwei junge Frauen miteinander. Oder vielmehr unterhielten sie sich über die Grundfragen des Lebens, und in ihrem Falle waren das der morgendliche Transport der Kinder in die Kita, dann ein langer und langweiliger Arbeitstag im

Büro und abends das schreckliche Kochen und der Hausputz. Die beiden waren berufstätig und warfen ab und zu verächtliche Blicke in Frau Rävänders Richtung. Sie ahnten, dass eine Frau, die Tee trank und Zitronentorte mümmelte, Hausfrau war und die Zeit totschlug, und sie sorgten dafür, dass die jedes ihrer Worte hörte. So machten es berufstätige Frauen bei *Ekberg*, wenn sie in unmittelbarer Nähe einer reichen Hausfrau saßen.

Liisa Rävänder war jedoch gegen all das vollkommen immun. Sie war stolz auf ihren Beruf, auf ihr Dasein als Hausfrau. Sie hatte sich ihre Position selbst geschaffen. Niemand hatte ihr dabei geholfen. Es wäre seinerzeit ein Leichtes für sie gewesen, eine Arbeit in irgendeinem tristen Büro anzunehmen. Man hatte sich geradezu um sie gerissen. Aber sie hatte sich nicht irritieren lassen. Sollte sie etwa Frust schieben, arm bleiben und bis ans Ende ihrer Tage schuften? Nein! Liisa hatte einen kühlen Kopf bewahrt und sich nach einem passenden Ehemann umgesehen. Sie stellte hohe Ansprüche, denn sie war ehrgeizig. Wenn sie schon Hausfrau werden wollte, musste das künftige Heim ein entsprechendes Niveau haben, fand sie. Dieses Heim konnte sie sich nicht selbst schaffen, dafür brauchte sie den passenden Ehemann. Unter diesem Gesichtspunkt teilte sie die jungen Burschen ihres Bekanntenkreises in verschiedene Kategorien ein. Gnadenlos sonderte sie alle Nichtsnutze aus – auch wenn die als Männer irgendwie interessant waren – und ebenso die Mittellosen, Schlechtgestellten, Unbeholfenen. Liisa erkundigte sich nach den Berufen der Väter. Manch Arbeitersohn büßte dabei jegliche Chance ein. Aber Liisa war schön und zielbewusst, wollte und konnte sorgfältig wählen. Sie arbeitete an ihrer Zukunft, überließ nichts dem Zufall.

Ein bisschen Glück war allerdings auch erforderlich. Als sie Aulis Räv änder begegnete, konnte sie ihn zunächst überhaupt nicht leiden. Aber eines Tages erzählte er ihr zufällig, dass er beabsichtigte, Reeder zu werden. Er hatte bereits einen tüchtigen Batzen Geld beisammen. Nur noch ein, zwei Jahre, dann würde er sein erstes Schiff kaufen. Es wäre zunächst ein bescheidener kleiner Schlepper, aber irgendwo musste er ja anfangen.
Außerdem konnte Aulis ziemlich gut küssen.
Gleich am nächsten Tag ging Liisa in die Bibliothek und suchte sich Werke über die Seefahrt heraus. Mit glühenden Wangen las sie alles über Reedereien. Sie erkannte bald, dass das Leben als Reedersgattin das Beste wäre, was sie je bekommen könnte. Ein Reeder wie Antti Wihuri zum Beispiel hatte ganz klein angefangen, und jetzt trug er den Titel Seefahrtsrat und war einer der reichsten Männer Finnlands. Liisa Majanders Entschluss stand rasch fest. Wenn es um ihre eigene Zukunft geht, soll eine begabte junge Frau nicht zögern, sonst ist die Chance womöglich vertan. Noch am selben Abend arrangierte Liisa alles so, dass sie sich – nach der üblichen Ziererei – Aulis Räv änder glücklich hingeben konnte. Am darauffolgenden Morgen kaufte er die Ringe, setzte die Verlobungsanzeige in die Zeitung und zu Johannis fand in der deutschen Kirche von Helsinki die Hochzeit statt. Anwesend war die gesamte Sippe der Majanders. Der große Schritt war getan, die Zukunft zeigte sich in rosigem Licht. Ziel der Hochzeitsreise war das Staatshotel von Imatra, wo das Paar für drei Tage die runde Hochzeitssuite gemietet hatte. Ach, das waren Zeiten, seufzte Liisa stets, wenn sie daran zurückdachte.
Inzwischen waren Liisas Altersgefährtinnen, jene, die sich

einen Job gesucht und zwanzig Jahre lang wie die Irren geschuftet hatten, verbraucht und verbittert. Ihre Kinder schnüffelten Klebstoff, und ihre Ehemänner waren Alkoholiker oder Trottel. Das hat man davon, wenn man nicht rechtzeitig für seine Zukunft vorsorgt. Wie die Saat, so die Ernte.
Liisa Rävänder musste sich allerdings fragen, wie gut ihre eigene Karriereplanung letztlich wirklich geglückt war. Sie war jetzt die Gattin eines Reeders, theoretisch betrachtet. Aber war ein gewöhnlicher, schwarzer, verbeulter Schlepper ein richtiges Schiff? Gewiss nicht. Liisa wusste sehr wohl, welche Art von Schiffen die wirklichen Reeder besaßen: prachtvolle weiße Autofähren oder Tanker von dreihundert Metern Länge, und die gleich in mehreren Exemplaren. Aulis besaß nur einen einzigen Schlepper. In dieser Hinsicht hatte er sein Versprechen nicht eingelöst. Er hatte sich sehr bemüht, aber in den letzten Jahren waren nicht mehr die Erfolge gekommen, die Liisa erwartet hatte. Aulis hatte behauptet, dass die Konjunktur in der Branche schwächele, vor allem, weil man beim Frachtverkehr auf neue Ro-Ro-Schiffe umgestiegen sei, die keine Schlepperhilfe mehr benötigten, wenn sie in den Hafen kamen oder hinausfuhren. Die Zeit hatte ihn überholt, das wusste Liisa, denn sie verfolgte die Entwicklung in der Seefahrt ganz genau. Dafür hatte sie ihre Gründe, schließlich hing ihr Lebensstandard davon ab.
Die Wohnung in Kaivopuisto war natürlich fein und teuer. Und es gab auch noch die schöne Villa in den Schären vor Helsinki. Das Vermögen belief sich auf drei, vielleicht vier oder fünf Millionen Mark, wenn man alles zusammenzählte. Lisa hatte ihren Anwalt gefragt, wie hoch ihr Anteil an der Erbmasse gegenwärtig sei, und der war keineswegs gering. Sie hatte seinerzeit dafür gesorgt, dass kein Ehevertrag abge-

schlossen wurde. Ein verliebter junger Mann ließ sich da leicht lenken. Wenn sie sich jetzt von Aulis scheiden ließe, bekäme sie die Wohnung und das Sommerhaus und vielleicht auch ein paar Aktien der Firma. Auf die *Vulcanus* selbst legte sie sowieso keinen Wert. Mochte Aulis seinen stinkenden Kahn, von dem er dauernd redete, behalten.

Fakt war nämlich, dass Liisa nicht mehr viele Jahre mit Rävänder verplempern durfte, wenn sie im Leben vorankommen wollte. Alle Anzeichen sprachen dafür, dass seine Schlepperfirma nie wirklich groß herauskommen würde. Aulis würde weder den Titel Seefahrtsrat noch Bergrat tragen, nicht einmal den des Kommerzienrates, was schließlich das Mindeste war, was Liisa erwartete. Er stank immer noch nach Öl, sein Haar begann sich zu lichten, sein Nachtschlaf war unruhiger als früher. Auf so einen Mann sollte eine Frau, die Ambitionen hat, nicht bis ans Ende ihres Lebens bauen.

Irgendwie tat er ihr auch leid. Er hatte immerhin alles gegeben, zumindest in jüngeren Jahren. Aulis war stets ein guter Mann gewesen. Und sie hatte sich irgendwie an ihn gewöhnt, das war nicht zu leugnen. Die gemeinsamen Jahre waren in vieler Hinsicht glücklich gewesen. Und wenn Aulis wenigstens theoretische Chancen hätte, zu einem echten Großreeder aufzusteigen, würde sie ihn nicht verlassen. Aber jetzt, da die Zukunft eher grau aussah, war von ihr keine weitere Nachsicht zu erwarten. Eigentlich hatte sie sich schon viel zu lange aufgeopfert. Sie war jetzt vierzig. Fünf Jahre noch, und ihr Körper würde schlaff werden. In zehn Jahren kämen die Wechseljahre. Dann wäre sie im selben Zustand wie ein altes Frachtschiff, das ins Trockendock gehievt wird. Sie würde auf der Liste des Lloyd nicht mehr in der A-Klasse geführt, könnte von Glück reden, wenn sie überhaupt weiterfahren dürfte. In fünfzehn Jahren würde man sie gnadenlos verschrotten. Sie musste also jetzt sofort handeln, denn noch war Liisa Räländer keine ausgemusterte Ware.

Liisa bemerkte, dass sie die Dinge häufig wie ein Schiffsmakler betrachtete. Kein Wunder, denn sie hatte sich mit der Materie beschäftigt, ihr würde niemand etwas vormachen. In gewisser Weise war sie Seefahrtsspezialistin. Das gehörte zu ihrem Beruf als Hausfrau, deren Lebensstandard vom Meer abhing.

Es war nur so schrecklich schwer, Aulis auf das Thema anzusprechen. Er war eigensinnig und halsstarrig. Viele Männer sind so. Aulis könnte unangenehm werden. Vielleicht würde er brutal reagieren, ganz sicher würde er ihr eine scheuern, daran bestand kein Zweifel. Womöglich würde er sie regelrecht verprügeln, gar totschlagen? Nein, das gewiss nicht. Und die eine Tracht Prügel in zwanzig Jahren bedeutete ja nicht viel, wenn es die letzte blieb. Außerdem hatte Liisa ihre Helfer im Hintergrund. Den Anwalt. Und dann Kurt Kim Karlsson, den sie im Winter kennen gelernt hatte. Ein Schwedisch sprechender, gebildeter, eleganter Mann mit guten Manieren. Groß und schlank, die Stimme weich wie ein Frottierhandtuch, der Atem frisch wie Sekt, die Redeweise intelligent verschlungen wie Spritzgebäck. Im Bett unvergleichlich. Sie musste sich eingestehen, dass sie ein wenig verliebt war in diesen Mann, der eine erfolgreiche Importagentur in Helsinki betrieb. Kurt Kim Karlsson, oder KKK, wie er sich nannte, importierte Maschinen und Anlagen für die Wollindustrie. Liisa hatte sich im Frühjahr mit der Technologie der Wollherstellung beschäftigt und fand sie faszinierend. KKK war ein Mann von Welt, das brachte schon

seine Arbeit mit sich. Er sprach genau wie Liisa selbst mehrere Sprachen. Räwänder konnte ja nur ein bisschen Englisch, außerdem natürlich Finnisch und den Slang der Hauptstadt. Letzteren sprach er zum Glück inzwischen nicht mehr, dieses Kauderwelsch hatte Liisa ihm gründlich ausgetrieben.
Wie auch immer, mit KKK hätte Liisa die Chance, ein wenig zu reisen, vielleicht bis in den Fernen Osten, und natürlich in die USA und in andere Länder. Mit Räwänder hatte sie nur Reisen zu den lärmenden Werften von Göteborg und Rotterdam unternommen, wo man dauernd den Kopf einziehen musste, wenn die Kräne Stahlstangen durch die Gegend schwenkten. Außerdem hatte sie das ewige Gerede über Bruttoregistertonnen endgültig satt.
Na schön. Jetzt musste sie jedenfalls nach Hause gehen, Aulis würde dort aufs Mittagessen warten. Wenn es ihr nur gelingen könnte, einen heftigen Ehestreit vom Zaun zu brechen, in diesem Rahmen ließe sich leichter über die Scheidung reden. Einen Streit anzuzetteln war allerdings nicht leicht, denn es dauerte ewig, bis Aulis wütend wurde. Aber sie musste den Versuch wagen. Die Jahre verrannen, man durfte sich nicht auf seinen Lorbeeren ausruhen.
Liisa Räwänder verließ das Café. Draußen kaufte sie am Blumenkiosk einen Strauß gelber Tulpen. Sie mochte Blumen, die schmückten das schöne Heim und munterten auf, besonders nach einem so schrecklichen Frostwinter.
Bestimmt würde sich auch Aulis über die Blumen freuen, dachte Liisa. Er war ja kein Unmensch, er wollte für alle nur das Beste. Und, wie gesagt, sie würde nicht an Scheidung denken, wenn er wenigstens Kommerzienrat wäre. Aber so wie es aussah, würde ihre ständige Aufopferung über kurz oder lang glücklich enden.

3

Als Liisa Räwänder das Mittagessen auftrug, registrierte sie, dass ihr Mann Aulis ein wenig unzufrieden wirkte. Das war ein gutes Zeichen, vielleicht böte sich ihr bald die Gelegenheit, das Familienleben ins Wanken zu bringen.

Während der Mahlzeit klingelte das Telefon. Räwänder nahm den Anruf entgegen. Falsch verbunden. Ärgerlich kehrte er an den Tisch zurück. Er sah seine Frau scharf an und sagte:

»Es ist schon das vierte Mal, dass ein und derselbe Mann hier anruft und bedauert, falsch verbunden zu sein. Ist doch komisch, oder?«

Liisa ahnte, dass KKK der Anrufer gewesen war. Sie hatte ihm verboten, bei ihr daheim anzurufen, aber er war nun mal ein bisschen verrückt. Zum Glück unterließ er es wenigstens, sich seinem Nebenbuhler vorzustellen.

Sie blickte giftig zurück.

»Bist du etwa eifersüchtig, Dummkopf?«

Räwänder hörte auf zu essen und erzählte von seiner Rasierwasserflasche, die neuerdings nachts im Badezimmerschrank Akrobatik betrieb. Auch ließ er sich über die Duftverhältnisse im Schlafzimmer aus. Dort roch es angeblich nach Fremden. Was hatte Liisa zu alledem zu sagen?

Liisa Räwänder sprang auf. Sie ließ ihre Augen Blitze schleudern und bemühte ihre Falsettstimme, steigerte sich in einen heftigen Zorn hinein, fügte noch eine tüchtige Prise Hysterie hinzu und beendete den Auftritt mit Tränen. Sie weinte herausfordernd, möglichst demonstrativ, weil sie annahm, dass sie damit ihren Mann am allermeisten reizen würde. Aus ihrer Sicht enthielt die Situation sämtliche Zutaten für einen zünftigen Ehestreit, und sie wollte die Gelegenheit nicht ungenutzt verstreichen lassen.

All ihre Bemühungen hatten jedoch nur zur Folge, dass ihr Mann einen Rückzieher machte und sich entschuldigte.

»Verzeih mir. Ich bin wahrscheinlich kleinlich.«

Wütend und enttäuscht setzte sich Liisa wieder an den Tisch. Es ärgerte sie maßlos, dass die gute Streitsituation so kläglich mit Versöhnung geendet hatte.

Räwänder selbst dachte ebenfalls über seine Ehe nach. Da war nicht alles im Lot, das spürte er. Vielleicht lag die Schuld bei ihm? Er hatte seine Frau wohl in letzter Zeit vernachlässigt. Er musste sich eingestehen, dass ihn die Arbeit im Winter und Frühjahr über Gebühr beansprucht hatte. Er hatte mit seiner Mannschaft sogar nachts Einsätze fahren müssen. Als sich im April das dicke Eis im Hafen gestaut hatte, war die *Vulcanus* der einzige Schlepper gewesen, der über genug Kraft und Kondition verfügte, den Schiffen in den Hafen zu helfen. Zwar hatte ihm das gutes Geld eingebracht, aber die Familie war darüber ein wenig in Vergessenheit geraten. Wie kam die Tochter derzeit in der Schule zurecht? Räwänder verspürte einen Stich in der Brust. Er liebte die neunjährige Piia sehr. Ein nettes Mädchen, genau wie ihre Mutter.

Räwänder dachte bei sich, dass es in einer ordentlichen Familie eigentlich zwei Väter geben müsste. Der erste würde arbeiten und Geld heranschaffen. Er gäbe Geborgenheit, wäre fleißig, ständig für den Unterhalt der Familie auf Achse. Er wäre das Schutzschild gegenüber der kalten Welt. Er würde die Steuern bezahlen, die Kriege führen, sich um die Ökologie sorgen, die Politik betreiben. Dieser Vater würde die Zukunft der Familie planen, den Wohnungskredit abbezahlen, würde die Versammlungen der Wohnungsgesellschaft besuchen, würde darauf achten, dass die Familie einen umfassenden Versicherungsschutz hatte.

Und dann müsste es einen zweiten geben, einen richtigen Hausvater. Er hätte ebenfalls jede Menge zu tun: Er würde in der Küche helfen, den Hund ausführen, mit den Kindern spielen, ihnen Märchen vorlesen, Anregungen geben, würde sich emotional um seine Frau kümmern, würde sie umarmen, küssen und bei Bedarf immer mit ihr schlafen (wobei er sorgfältig darauf achtete, dass er keinen vorzeitigen Samenerguss bekam, was der häufigste Grund dafür war, dass die Frau während des Beischlafs nicht den wohlverdienten Orgasmus erlebte), würde sie ins Theater ausführen, würde nett mit ihr und ihren Freunden und Verwandten plaudern, würde längere Reisen mit ihr unternehmen und sie gelegentlich mit dem Vorschlag überraschen, die Hochzeitsreise zu wiederholen …

Eben, eben. Aber was schaffte schon einer allein. Alles hatte seine Grenzen, da konnte man machen, was man wollte.

»Was meinst du, Liisa, wollen wir nicht zum Wochenende ins Staatshotel nach Imatra fahren und es mal richtig krachen lassen?«

Liisa Räwänder war verblüfft. Was bedeutet das denn jetzt, sollte sie etwa mit ihrem Mann wegfahren und feiern? Was musste man sich als Frau nicht alles gefallen lassen.

»Aber dort waren wir doch auf Hochzeitsreise«, sagte sie eisig.

»Hör zu, das ist mehr als zwanzig Jahre her. Wir könnten es doch wiederholen, stimmt's?«
Liisa dachte über die Sache nach. Die Idee erschien ihr letztlich gar nicht so übel, das runde Hochzeitszimmer im Hotel war prachtvoll, und das Haus hatte auch sonst Klasse, einschließlich der Küche und des Personals. Warum sollte sie nicht einwilligen? Am schönsten wäre es natürlich, den Trip mit KKK zu machen, aber auch an Aulis war ja nicht wirklich etwas auszusetzen, und es ging schließlich nur um eine Kurzreise. Außerdem hoffte sie, ihm in Imatra eine richtig große Szene machen zu können, die mit der Scheidung enden würde.
Und so willigte sie denn ein. Rävänder freute sich. Was hatte er doch für eine nette Frau, er war in jeder Hinsicht ein Glückspilz.
Es wurde beschlossen, die kleine Tochter solange zur älteren Schwester zu schicken. Rävänder steckte ein paar Geldscheine in einen Briefumschlag und schrieb einen Gruß dazu. Nach gut einer Stunde hatte Liisa gepackt und war fertig angezogen, es konnte losgehen. Rävänder rief im Hotel an und reservierte die Hochzeitssuite für die nächste Nacht. Beflissen erklärte die Angestellte, dass das Paar im Haus herzlich willkommen sei.
Die Fahrt durchs östliche Uusimaa verlief an dem schönen Frühjahrsabend insgesamt angenehm, aber kurz vor Loviisa musste Liisa an KKK und seinen Besuch letzte Nacht in der Laivanvarustajankatu denken. Kurt Kim Karlsson hatte in seinem Liebesrausch in ihre linke Brust gebissen und darauf als Zeichen der nächtlichen Leidenschaft seinen Zahnabdruck hinterlassen. Jetzt brannte dieses heimliche Souvenir ein wenig, und Liisa musste die Stelle ab und zu reiben. Sie

tat das unauffällig, denn sie wollte nicht, dass Aulis auf ihre Brust aufmerksam würde. Falls er in Imatra mit ihr schlafen wollte, was zu erwarten war, würde sie den BH anbehalten. Zu diesem Zweck hatte sie ein schwarzes Exemplar aus Spitze eingepackt. Aus Erfahrung wusste sie, dass Aulis keinen Versuch machen würde, ihr den auszuziehen, obwohl er sie sonst gern entkleidete.

Während Liisa die schmerzende Stelle rieb, schien es ihr auf einmal, als ob sich oben in ihrer linken Brust, nahe der Achselhöhle, ein überflüssiger Knoten befand. Er lag tief drinnen, hatte die Größe einer getrockneten Pflaume und glitt unter ihrer Hand hin und her.

Krebs!

Liisa erschrak. Hatte sie womöglich Brustkrebs?

»Aulis, ich muss mal. Könntest du irgendwo halten, wo es eine Toilette gibt?«

Rävänder steuerte die nächste Tankstelle an. Dort tankte er, kaufte sich Zigaretten und trank eine Tasse Kaffee. Frau Rävänder eilte in die Damentoilette. Angesichts des schmutzigen Kabuffs kam ihr der Gedanke, dass man solche volkstümlichen Einrichtungen eigentlich gar nicht Damentoilette nennen dürfte. Richtigerweise müssten sie Hurenraum heißen, denn genau diesem Niveau entsprachen sie.

Aber jetzt ging es um Leben und Tod. Liisa Rävänder machte rasch ihren Oberkörper frei und untersuchte vor dem Spiegel ihre Brüste. Kurt Kim Karlssons Zahnreihe war jetzt noch deutlicher zu sehen als am Morgen. Liisa seufzte. Oh, war das eine Nacht gewesen …, aber zur Sache, also zum Brustkrebs. Zunächst konnte sie den lebensgefährlichen Knoten partout nicht finden, obwohl sie weiträumig alles absuchte. Schließlich stieß sie auf eine kleine Wölbung unter der Achsel. Genau die gleiche befand sich unter der anderen Achsel, und zwar an der gleichen Stelle. Liisa war entsetzt. Hatte sie doppelten Brustkrebs? Wie konnte das möglich sein? Kannte die Medizin so etwas wie Zweifachkrebs, bei dem sich der Herd jeweils unter der Achsel befand, auf der gleichen Höhe, so als handele es sich um eineiige Zwillinge?

Reeder Rävänder hatte das Auto betankt, Zigaretten gekauft und seinen Kaffee ausgetrunken, seine Frau jedoch ließ sich nicht blicken.

Liisa war weiter mit ihren Untersuchungen beschäftigt. Schließlich kam sie zu dem Schluss, dass es sich lediglich um leicht geschwollene Drüsen handelte. Sie hatte vor zwei Wochen Schnupfen gehabt. Wahrscheinlich schwellen dann bei einer Frau die Drüsen unter den Achseln, dachte sie erleichtert und zog sich an. Sie schminkte sich flüchtig, kämmte sich und ging zum Auto, wo ihrem Mann beim Warten bereits die Zeit lang wurde. Weiter ging die Fahrt.

Nach einiger Zeit fiel Liisa ein, dass sie bei ihrem Toilettenbesuch gar nicht gepinkelt hatte. Jetzt spürte sie ein entsprechendes Bedürfnis. Eine Frau, die doppelten Brustkrebs bei sich feststellt, uriniert schließlich nicht als Erstes. Jetzt, da die Krankheit besiegt war, verlangte das eigentliche Problem nach Aufmerksamkeit.

»Aulis, ich muss mal. Könntest du irgendwo hinfahren, wo es eine Toilette gibt?«

Rävänder staunte. Liisa war ja gerade erst auf der Toilette gewesen und hatte fast eine halbe Stunde dort verbracht.

»Ich habe vergessen zu pinkeln. Nun such schon eine Toilette für mich.«

Einem Mann passiert so etwas nie. Es ist schlicht und einfach unmöglich, dass ein Mann eine Toilette aufsucht und zu pinkeln vergisst. Wieder einmal merkte Rävänder, dass er die Frauen nicht kannte, nicht mal seine eigene Frau. Er trat aufs Gaspedal und ließ seinen starken Wagen Asphalt fressen. Die nächste Tankstelle befand sich erst in Kotka, und bis dort waren es vierzig Kilometer. Rävänder hoffte, dass auf dem Streckenabschnitt keine Polizeirazzia stattfand, denn er war gezwungen, mit reichlich überhöhter Geschwindigkeit zu fahren. Was tut man nicht alles für seine Frau. Wenn sie dringend zur Toilette muss, riskiert ein anständiger Ehemann umgehend sein eigenes Leben, um seiner Liebsten aus der Bredouille zu helfen.

Abends bei Tisch im großen Speisesaal des Staatshotels Imatra versuchte Aulis Rävänder, möglichst aufmerksam seiner Frau gegenüber zu sein. Er hatte während der Autofahrt genügend Zeit gehabt, das Abendessen einschließlich der Getränke zu planen. Zunächst speiste man ein wenig Suppe, dann eine herzhafte Vorspeise, als Hauptgericht gab es im Ofen gegarten Fisch und dazu französischen Weißwein aus der Region Pouilly-Fumé. Dieser vom Oberkellner empfohlene Wein war hell, grünlichgelb, in der Duftnote aromatisch, im Geschmack kräftig und trocken. Frau Liisa mochte ihn. Es schien, als hätte sie nach der Fahrt neue Lebenskraft geschöpft. Rävänder bestellte zum Nachtisch Sanddorngelee und Likör. Gleichzeitig bat er das Personal, eine Flasche eiskalten Champagner in die Suite zu bringen. Wird erledigt, versprach man.

Kerzen brannten auf dem Tisch. Die Rävänders stießen miteinander an. Der Saal war ansonsten leer, lediglich irgendwo in der Nähe unterhielten sich Leute leise hinter einem Wandschirm über den Krieg der Sterne. Es ging um die Aufrüstung der Großmächte und was dies möglicherweise für Finnland bedeuten würde. Die Welt ist wirklich klein, dachte Rävänder und sah seiner Frau in die Augen. Sie wich seinem Blick aus. Er deutete das als Schüchternheit. In gewisser Weise wiederholten sie ja ihre Hochzeitsreise, und die lag immerhin gut zwanzig Jahre zurück. Auch damals war Liisa anfangs schüchtern gewesen.

Später am Abend öffnete das Paar in seinem ehemaligen Hochzeitszimmer die Champagnerflasche. Liisa lag eine Weile auf dem herrlichen Doppelbett. Sie blickte an die Decke und äußerte:

»Die Stuckelemente dort oben sind genau die gleichen wie damals beim ersten Mal. Oh, die haben sich mir genau eingeprägt.«

»Schatz, komm und trink ein Glas«, forderte Rävänder sie auf.

Nach ein paar Schlucken begann Rävänder über den Krieg der Sterne zu philosophieren. Er erklärte, dass es im All keinen Sauerstoff gab, sodass auch keinerlei Geräusche zu hören waren. Mit anderen Worten: Wollte man dort einen Krieg führen, so wäre das der erste in der Weltgeschichte, der ohne jeglichen Lärm vonstattengehen würde.

»Das Ganze wäre wie ein Furz im Wind.«

»Du bist geschmacklos«, antwortete die Gattin und schlürfte Champagner.

Rävänder kümmerte sich nicht um die Bemerkung, sondern spann den Faden weiter. Er erklärte, wie leistungsstark die Kanonen und Panzer auch wären, die man auf den Mond schaffen würde – natürlich mit der entsprechenden Besatzung in Raumanzügen –, das Ganze würde trotzdem ohne ein einziges Geräusch ablaufen.

»Denk nur, Liisa. Eine große Artillerieschlacht auf dem Mond: Die Truppen der Roten Armee hätten Stellung bezogen … sagen wir mal in der Gegend des Kraters Ptolemaeus und die Marineinfanterie der USA ganz in der Nähe, am … wie hieß das noch, am Meer der Wolken, und dann würden die Truppen aufeinandertreffen, Granaten und Raketen würden pausenlos in den Himmel geschossen, und Männer würden fallen, aber kein Laut wäre zu hören …«

Liisa Rävänder sagte sich, dass jetzt vielleicht genau der richtige Augenblick war, einen Wortwechsel zu beginnen. Aulis hatte manchmal mit dem Fernrohr den Mond betrachtet und wusste dies und das darüber, aber schickte es sich, dort Kriege zu führen?

»So bist du immer. Verdirbst alles. Die Stimmung und alles andere.«

»Na hör mal! Das ist doch interessant, der dritte Weltkrieg auf dem Mond, in völliger Stille. Begreifst du, was ich meine?«

Liisa war beleidigt. Selbstverständlich begriff sie, aber es war grausam, sie mit solchen Dingen zu konfrontieren.

»Ich habe dich und deine Geschichten satt. Normale Männer … Gentlemen jedenfalls, schauen mit ihrem Mädchen den Mond an, sind romantisch, aber du Holzkopf quasselst von der Roten Armee und der Marineinfanterie der USA, die sich auf dem Mond gegenseitig töten. So war unsere ganze Ehe von Anfang an. Ich halte es nicht mehr aus.«

Liisa glaubte, dass sich hieraus vielleicht etwas entwickeln würde. Sie begann leise zu schluchzen, zwischendurch trank sie Champagner. Die Kombination gefiel ihr, sie schenkte sich Champagner nach, und im gleichen Maße drehte sie die Lautstärke beim Weinen auf.

Rävänder geriet in Sorge. Er fragte seine Frau, was mit ihr los sei. War etwas nicht in Ordnung? Ihre Ehe dürfte doch intakt sein. Hatte Liisa vielleicht etwas an ihm auszusetzen?
Das brachte sie auf Touren. Es folgte eine hysterische Aufzählung all seiner Fehler und Mängel, eine regelrechte Jeremiade über das Leben einer bedauernswerten, vernachlässigten Frau, hier die Kurzform:
»Du bist egoistisch …, dick …, stinkst nach Schweiß und Öl …, redest dauernd von Geld …, schnarchst …, deine Hosen sind ausgebeult …, du bist überheblich meinen Verwandten gegenüber …, wolltest fürs Schlafzimmer unbedingt Tapeten in der falschen Farbe …, erzählst deprimierende Sachen …, von wegen Schiffsreeder, ha …, als Sklavin habe ich zwanzig Jahre leben müssen …, als Küchenmagd …, niemals waren wir in Rimini …, du Sozi …, Kulturbanause …, liest nur Schmöker …, bist Tag und Nacht auf dem Meer …, nur die Kinder kriegen Aufmerksamkeit …, du hast ein Benehmen wie ein Trampeltier …, nicht die Spur von Empathie …, hoffentlich säuft dein verfluchter Schlepper ab …, du bist behaart …, impotent …, auch eine Frau ist ein Mensch …«
Rävänder bestellte zwischendurch neuen Champagner.
»Du Unterdrücker …! Du bist vulgär …, unfein …, ein Schuppenkopf …, Fettschlips …, gehst nicht mal in die Kirche …, bist unmusikalisch …, du Klugscheißer …, Chauvinist …, Schwein!«
An den Vorwürfen hatte Rävänder ganz schön zu schlucken, auch wenn er berücksichtigte, dass seine Frau erregt war und eine Menge getrunken hatte. Aber er musste sich eingestehen, dass einige der Anschuldigungen zutrafen. Er war bereit zuzugeben, dass er oft nach Öl und vielleicht auch nach

Schweiß roch, doch dagegen war er machtlos, es lag einzig und allein in seiner Arbeit begründet. Er war auch zu oft von zu Hause weg, sprach tatsächlich häufig vom Geld, es stimmte. Man konnte ihn auch ein Trampeltier nennen, wenn man gemein sein wollte …, aber dass er impotent war, mochte er nicht auf sich sitzen lassen.

»Übertreibst du jetzt nicht, Liisa …? Wir hatten es doch bisher im Bett immer gut miteinander …, überleg doch mal.«

»Ha! Ein- oder zweimal in der Woche wälzt du dich auf mich und rammelst fünf Minuten! Machen echte Männer so etwas? Die Frage ist ja wohl noch erlaubt!«

Rävänders Stirnadern begannen zu schwellen.

»Es war garantiert öfter …, dass ich versucht habe …, soweit ich mich erinnere …«

Seine Frau war in Fahrt. Sie holte einen kleinen Kalender mit Kunststoffeinband aus der Handtasche. Nach einem neuerlichen Schluck Champagner las sie die Einträge vor wie ein Staatsanwalt die Anklageschrift vor Gericht:

»1. Januar nichts, 2. nichts, 3. nichts, 4. 5. 6. und auch am 7. noch nichts, du hast es nicht mal versucht während all der Tage! Sieh selbst, du Schlappschwanz! Hier stehen deine Leistungen eines ganzen Jahres! Wenn die Leute wüssten …«

Liisa begann erneut zu weinen. Sie freute sich, jetzt hatte der Streit Intensität und Dichte.

Mit roten Ohren vertiefte sich Rävänder in den Kalender seiner Frau, in dem tatsächlich jeder Geschlechtsverkehr des Ehepaars akribisch festgehalten worden war, der jeweilige Zeitpunkt und die Qualität, eine Art Zensur. Irgendwie erinnerte es ihn an das Protokoll eines Besamers. Die Beischlafstatistik vom ersten Halbjahr lautete wie folgt:

Januar: 8.1. herrlich, 14.1. mäßig, 20.1. akzeptabel, 28.1. gewöhnlich, 29.1. herrlich.
Februar: 5.2. herrlich, 6.2. kläglich, 12.2. miserabel, 17.2. gewöhnlich, 19.2. kläglich, 22.2. gewöhnlich, 24.2. akzeptabel.
März: 2.3. herrlich, 3.3. gewöhnlich, 6.3. kläglich, 15.3. miserabel, 24.3. herrlich, oh, 27.3. miserabel, 29.3. miserabel.
April: 6.4. gewöhnlich, 10.4. akzeptabel, 14.4. miserabel, 18.4. miserabel.
Mai: 2.5. kläglich.
Hier endete die Statistik. Und damit endete auch Reeder Räwänders Ehe.
In dieser Nacht wurde im runden Hochzeitszimmer des Staatshotels Imatra gestritten, getrunken, geredet und die Scheidung vereinbart. Es kam zu Geständnissen und Beleidigungen. Wie sich zeigte, hatte Liisa bereits seit dem Dreikönigstag einen Liebhaber, der, im Vergleich zum Ehemann, für seine Leistungen im Bett ausgezeichnete Noten erhielt. Der hitzige Kampf dauerte viele Stunden, die ganze sündenschwarze Nacht hindurch. Irgendwann gegen fünf Uhr morgens machte sich Räwänder, betrunken und außer sich, zum allerletzten Mal über seine Frau her. Müde und finster saß er anschließend auf dem Rand des Hochzeitsbettes, rauchte eine Zigarette und sagte:
»Das war's dann wohl mit der Herrlichkeit.«
Liisa Räwänder notierte auf der Toilette in ihren Kalender das Datum und die Note: miserabel.

4

Zweiundzwanzig Jahre sind eine lange Zeit im Leben eines Menschen, sie reichen von der Kindheit bis ins mittlere Alter. Reeder Aulis Räwänders Ehe hatte zweiundzwanzig Jahre gehalten, seine ganze Manneszeit hindurch.
Wenn er es recht bedachte, waren diese Jahre die wichtigsten und glücklichsten für ihn gewesen. Das Leben hatte ihm in diesen Jahren viel gegeben. Er hatte sich einen festen Platz als Unternehmer gesichert, er führte eine Ehe, hatte zwei Töchter. Er besaß eine geräumige Wohnung in Finnlands teuerstem Stadtteil. Er hatte ein Heim, eine Heimatadresse, eine Heimatstadt und ein Heimatland. Alles Luxusklasse, wie man es auch besah.
Aber jetzt hatte er auf einmal keine Frau mehr.
Welchen Sinn macht eine Familie, in der es keine Frau und Mutter gibt? Welche Bedeutung hat eine Ehe, in der es keinen Ehemann gibt? Hat die Heimatstadt noch irgendeinen Wert, wenn der Mann dort kein Heim hat? Was bedeutet das Heimatland für ihn, wenn er keinen Boden mehr unter den Füßen hat, sondern nur einen schwankenden alten Schlepper?
Wegen eines schlüpfrigen Beischlafkalenders waren zweiundzwanzig Jahre von Räwänders Leben wertlos geworden, und zugleich alles, was er besaß. Wenn Mäuse sich scheiden

lassen, hebt das die Welt nicht aus den Angeln. Aber wenn ein Reeder in dieselbe Situation gerät, dann beginnt der Boden zu schwanken: In der Hölle wirft Hephaistos Holzkloben ins Feuer und fordert die kleinen Teufel auf, Obacht zu geben.

Rävänder wusste, dass jeder Versuch, seine Frau zur Rückkehr ins gemeinsame Leben zu überreden, nutzlos wäre, besonders jetzt, da sie gerade erst die Trennung vereinbart hatten. Liisa entstammte den Mittelschicht-Majanders aus Åggelby, näselnde Schwedenbanditen, die in gewissen Dingen verdammt eigensinnig waren. Wenn sich die Majanders etwas in ihren hohlen Schädel gesetzt hatten, waren sie nicht so schnell davon abzubringen. Sie schworen auf die Familienehre, die angeblich dies und das von ihnen verlangte, im Allgemeinen völlig hirnrissige Dinge. Dazu gehörte auch diese Scheidung, dessen war sich Rävänder sicher.

Zum ersten Mal in seinem Leben befand sich Aulis Rävänder in einer Situation, in der das Schreckgespenst der Armut vor seinen Augen auftauchte.

Rävänder wusste, dass sein gesamter Besitz geteilt werden würde, und die eine Hälfte würde sich Liisa, geborene Majander, krallen. Die Aktien des Unternehmens, die Wohnung, das Auto, die Sommervilla …, all das gehörte beiden Eheleuten gemeinsam.

Die Schulden hingegen liefen einzig und allein auf seinen Namen.

Bezüglich der praktischen Regelungen der Trennung äußerte Liisa Rävänder Folgendes:

»Ich habe einen Anwalt. Hier ist seine Karte, falls du dich mit ihm beraten möchtest.«

»Wir müssten mit den Mädchen reden. Nach Hause kommen darf ich hoffentlich noch?«

»Leena und Piia wissen schon Bescheid. Sie kennen auch bereits …«

»Wen, verdammt noch mal?«

»Das erfährst du, wenn die Scheidung durch ist.«

In Räванders Kopf begann die Hirnflüssigkeit zu brodeln. Der Schädel kochte.

»Soll das etwa heißen, dass du den neuen Mann schon zu uns mitgebracht hast? Du bist unverschämt!«

Seine Frau wollte sich nicht weiter dazu äußern. Sie erklärte, dass ihn alles, was sie tat, von nun an nichts mehr anging. Sollte er sich doch um seinen rostigen Schlepper kümmern.

»Aber falls du keine Bleibe hast, kannst du natürlich bei mir wohnen, bis die Scheidung rechtskräftig ist. Das kann ich wohl nicht verhindern.«

In Helsinki angekommen, fuhr Rävänder den Wagen auf den Parkplatz am Hauptbahnhof. Es zog ihn jetzt nicht ins traute Heim nach Kaivopuisto. Dort hatte er eigentlich nichts mehr zu suchen.

Seine Frau nahm sich ein Taxi und verschwand. Weg war sie, die Teure, dachte Rävänder bei sich. Erst lieb, jetzt teuer.

Ob nun bedingt durch die durchwachte Nacht, die Aufregung oder etwas anderes, jedenfalls hatte Rävänder plötzlich das Gefühl, zusammenzuklappen. Er konnte nichts mehr sehen, begann zu frieren. Er fürchtete, bewusstlos aufs Kopfsteinpflaster zu fallen. Sein Herz krampfte sich zusammen, große, kalte Schweißperlen traten ihm auf die müde Stirn. Er versuchte sich normal zu verhalten und ging mit zitternden Beinen los, stieß gegen die Passanten, geriet beinah unter ein Auto, gelangte schließlich an eine Mauer und konnte sich anlehnen. Er fürchtete zu sterben.

Dieser seltsame Schwächezustand dauerte viele grausame Minuten. Rävänder hörte, wie man ihn ansprach, aber er sah niemanden und konnte nicht antworten. Man fragte ihn nach etwas. Jemand klopfte ihm auf den Rücken, ging dann aber weg. Um Rävänder herum waberte unnatürliche Dunkelheit, dahinter hörte er schrille Verkehrsgeräusche. Er konnte nicht mehr sehen, warum aber konnte er noch hören?

Endlich kehrte wieder Licht in seine Augen zurück. Rävänder suchte nach dem Taschentuch, wischte sich die Stirn ab und ging los. Er befand sich auf der Mannerheimintie. Ohne jemanden anzusehen, tauchte er in den Menschenstrom ein, trottete ziellos vorwärts. Er ging langsam, um nichts zu riskieren. Linker Hand registrierte er die *Drei Schmiede*, stellte fest, dass er zum Erottaja unterwegs war, jenem Platz an der Kreuzung, der die Stadtteile voneinander trennte. Für einen Mann, dem die Scheidung bevorstand, war die Richtung sehr gut gewählt. Anhalten konnte er nicht, ein Ziel hatte er aber auch nicht.

Rävänder war aus der Bahn geworfen. In einer einzigen Nacht war er auf der Straße gelandet. Der Reeder hatte seine Zukunft verloren. So etwas passiert oft im Leben. Rävänder kam sich vor, als hätte man ihn in den Rücken geschossen. Zwar war keine Eintrittswunde zu erkennen, aber der Schuss hatte sein Rückgrat und sein Herz zerschmettert.

5

Aulis Rävänder wankte zum Markt am Südhafen. Eine kalte Brise wehte über den Platz, Menschen schlenderten zwischen den Buden umher, es roch nach Fisch und Kartoffeln. Rävänder war von alledem angewidert, von der Selbstzufriedenheit der Menschen, ihrem gemächlichen Trott. Man konnte sehen, dass es ihnen gut ging. Schlecht ging es nur Rävänder, und das konnte man ebenfalls sehen. In seinem zerknitterten Popelinemantel trat er verdrossen an den Rand des Cholera-Beckens. Zwei stinkende Graumöwen krakeelten in unmittelbarer Nähe herum, er hörte deutlich Tadel und Schadenfreude aus ihrem Geschrei heraus. Rävänder hob müde den Blick, richtete ihn aufs Packhaus hinter der Markthalle, auf den Kai, an dem für gewöhnlich die Hafenschlepper lagen, wenn sie nicht im Einsatz waren. Die *Vulcanus?*

Rävänder konnte seinen Schlepper nicht entdecken. Er erschrak:

Wo war er? War er gesunken, sein Schiff, sein Eigentum? Dann besann er sich. Es war ja nur gut, wenn die *Vulcanus* nicht untätig am Kai lag. Skipper Hagman hatte vermutlich Aufträge hereinbekommen. Die *Vulcanus* wühlte sich durchs Meer und brachte ihm, Rävänder, Geld ein. So musste es auch sein. Er suchte ein paar Münzen zusammen,

trat in eine Telefonzelle und rief auf dem Schiff an. Der Automat schluckte drei Münzen, ehe Hagman sich meldete. Rävänder fragte, wo die *Vulcanus* derzeit herumschipperte.
»Wir sind vor der Insel Isosaari auf dem Weg nach Sköldvik, haben dort einen kleinen Einsatz. Ich schätze, dass wir abends gegen zehn Uhr wieder in der Stadt sind, wenn es keinen starken Seegang gibt. Für morgen Nachmittag haben wir ein paar Fahrten nach Sompasaari.«
»Ist für die Nacht etwas vorgesehen?«
»Vorläufig jedenfalls nicht.«
»Nimm auch nichts an. Ich werde wohl auf der *Vulcanus* übernachten.«
Kapitän Hagman staunte. Normalerweise pflegte Rävänder nicht in der Kajüte seines Schleppers zu schlafen, schließlich war es kein sehr einladender Ort und sicher nicht geeignet für bessere Herrschaften.
»Ich versuche dann um zehn Uhr am Kai hinterm Packhaus zu sein«, versprach Hagman und beendete das Gespräch. Rävänder verließ die Telefonzelle. Er hatte Mühe zu atmen. Irgendwohin musste er gehen, aber wohin? Nach Hause in die Laivanvarustajankatu zog es ihn nicht. Wie spät war es? Tagesmitte, 12.30 Uhr. Für gewöhnlich nahm Rävänder um diese Zeit zu Hause sein Mittagessen ein. Doch im Moment hatte er keinen Hunger, und zu Hause gäbe es auch kein Essen, jedenfalls nicht für ihn.
Rävänder ging noch einmal in die Telefonzelle zurück und rief den Anwalt seiner Frau an. Komischer Beruf, die verworrenen Angelegenheiten fremder Leute zu vertreten, dachte Rävänder. Er bat den Juristen um ein Treffen. Der Mann beklagte sich darüber, wie beschäftigt er sei, und hörte erst damit auf, als Rävänder ihn anschnauzte:

»Wenn Sie keine Zeit haben, den Auftrag meiner Frau auszuführen, warum, verdammt noch mal, haben Sie ihn dann angenommen? Kommen Sie jetzt sofort ins Restaurant *Kappeli*. Ich warte dort. Fragen Sie den Ober, wo ich sitze, damit er Sie zu mir an den Tisch führt. Bringen Sie die Unterlagen mit, falls es schon welche gibt.«

»Billiger wird es für Sie, wenn Sie zu mir ins Büro kommen«, meinte darauf der Mann. Rävänder antwortete, dass er zu alt sei, um wegen irgendwelcher Gespräche mit Juristen durch die Stadt zu rennen.

Anwalt Jarkko Nikander, jüngerer Teilhaber der Kanzlei Polvinen & Nikander, erschien bald darauf mit seiner Aktentasche im *Kappeli*, aß gern den von Rävänder angebotenen Lunch und erklärte nebenbei, worum es bei der Angelegenheit ging. Rävänder aß nichts, er begnügte sich damit, Bier zu trinken. Aber nicht einmal das schmeckte ihm richtig, verbesserte aber ein wenig sein Befinden.

Es zeigte sich, dass Frau Liisa schon bald nach dem Dreikönigstag Kontakt zu dem Anwalt aufgenommen hatte. Die Sache war fast vier Monate lang vor Rävänder verheimlicht worden.

»Wir haben uns gedacht, dass es gut wäre, wenn das Schuljahr Ihrer jüngeren Tochter bis zum Beginn des Prozesses beendet wäre. Scheidungsangelegenheiten belasten Kinder doch enorm stark. Sie haben also bereits mit Ihrer Frau gesprochen, und die Fakten sind Ihnen bekannt?«

»Allerdings.«

»Sie können sich natürlich einen eigenen Anwalt nehmen, falls Sie es für notwendig erachten. Schließlich haben Sie ja recht viel Vermögen – also gemeinsames Vermögen, zusammen mit Ihrer Frau.«

»Keine Unmengen.«
»Nach meinen Berechnungen mehrere Millionen Mark.«
»Ist das denn viel?«
Der Jurist trug vor, wie er sich die Aufteilung des Vermögens dachte: Die Wohnung würde an Rävänders Frau fallen. Den Schlepper dürfte der Ehemann behalten. Ferner müsste vereinbart werden, wer das Sommerhaus auf der Insel erhalten und den anderen auszahlen müsste, und wer die Aktien der Familie und die bewegliche Habe einschließlich Auto und Boot, Klavier und Telefon bekäme. Die Aufstellung war so präzise wie ein Nachlassverzeichnis. Nichts war vergessen worden, sogar Rävänders Rasierapparat stand mit auf der Liste, ebenso vierzehn Paar lange Männerunterhosen.
»Während ich mit dem Schlepper draußen durchs Eis fuhr, haben Sie in meinem Eigentum herumgeschnüffelt. Sie haben das ganze Frühjahr hindurch bis zum Kopf im Aas gesteckt, obwohl das Opfer noch lebte. Eine Unverschämtheit, verflucht noch mal.«
»Auch die gemeinsamen Schulden sind hier mit berücksichtigt. Und außerdem handelt es sich ja nicht um Ihr alleiniges Eigentum, wie ich bereits ausführte, denn Ihre Frau ist Miteigentümerin. Es gibt schließlich keinen Ehevertrag, richtig?«
Rävänder sagte, dass er es angemessen fände, wenn wenigstens der Schlepper bei der Vermögensaufteilung ausgeklammert würde. Seine Frau habe das Fahrzeug nur ein einziges Mal betreten, und das sei Jahre her.
Der Anwalt behauptete, dass Rävänder zwar das Vermögen allein erwirtschaftet habe, es aber nicht mehr allein besitze. Wenn ein Mann verheiratet ist, bedeutet das, dass alles geteilt wird.

»Wenn Ihnen dieser Regelung ungerecht vorkommt, so empfehle ich Ihnen, sich an einen Juristen Ihres Vertrauens zu wenden. Doch ich kann Ihnen schon vorab versichern, dass das Gericht auch dann nicht von dieser Vorgabe abweichen wird. Sie tun klug daran, sich an den Gedanken zu gewöhnen, dass Sie Vermögen einbüßen werden.«
Ravänder schlürfte gereizt sein Bier. Wie könnte er sich auch an diesen dreisten Raub gewöhnen? Und als Krönung würde ihm auch noch die minderjährige Tochter genommen. Keine Piia mehr, stattdessen monatlich zu zahlende Unterhaltsbeiträge. Hübsche Geschichte das, wahrhaftig.
»Was Ihre jüngere Tochter anbetrifft, so können nach neuer Gesetzeslage beide Elternteile als Erziehungsberechtigte eingesetzt werden. Niemand will Ihnen Ihre Tochter wegnehmen. Piia heißt sie, nicht wahr …? Die ältere Tochter ist bereits volljährig und verheiratet, hier entfällt also das Sorgerecht.«
»Soll ich Piia etwa auf den Schlepper holen? Sie sehen doch, dass ich in diesem Schlamassel alles verliere, nur die Hütte und die *Vulcanus* bleiben mir.«
»Aber das ist doch viel, guter Mann! Nur wenige geschiedene Männer haben ein eigenes Schiff. An Ihrer Stelle würde ich mich nicht beklagen, sondern in die Scheidung und die Vermögensteilung einwilligen.«
»Und wenn ich nicht einwillige?«
Der Anwalt war deutlich verärgert. Er war davon ausgegangen, dass es zu keinen Meinungsverschiedenheiten hinsichtlich der grundlegenden Regelungen bei der Scheidung käme, aber jetzt stellte sich dieser Mann quer. Nikander wischte sich den schmierigen Mund mit der Serviette ab und fragte dann, ob er sich womöglich selbst um die Rechnung

kümmern sollte oder ob Rävänder den Lunch spendierte. Falls Räivänder die Rechnung nicht bezahlen wollte, so müsste er, der Anwalt, sie leider der Spesenaufstellung für seine Mandantin, also Frau Rävänder, beifügen. Auf diesem Wege würde sie dann trotzdem eines Tages bei Herrn Rävänder landen und von ihm bezahlt werden müssen. Auf Umwegen, und doppelt.

»Verdammt, ich bezahle die Rechnung, aber Vermögen wird hier nicht so mir nichts dir nichts geteilt. Außerdem war meine Frau untreu. Seit dem Dreikönigstag, wie Sie selbst erwähnten.«

»Diese Dinge sind natürlich auf ihre Art sehr kompliziert«, erklärte der Anwalt und gab sich verständnisvoll. »Aber wir Männer müssen imstande sein, vernünftig auf die Vielschichtigkeit des Lebens zu reagieren, ohne unnötige Gefühlsausbrüche. Ich verstehe Sie völlig, aber bedenken Sie: Kein finnischer Mann mit Selbstachtung wird eine Frau gewaltsam zum gemeinsamen Eheleben zwingen wollen. Schon allein in puncto Menschenrechte wäre das sehr fragwürdig ...«

»Ja, gewiss. Erst wird man ausgeraubt, und dann werden einem die Menschenrechte vorgehalten. Sie können verschwinden. Ich muss nachdenken.«

Der Anwalt raffte seine Unterlagen zusammen und ging. Zwar hatte sich Rävänder schon den ganzen Vormittag elend gefühlt, aber es wurde noch schlimmer. Lief wirklich alles darauf hinaus, dass man ihn ausnahm wie eine Weihnachtsgans? Ihm würden die Schulden und ein alterndes Schiff bleiben ..., das war alles. Nun ja, das Boot und die Hütte draußen auf der Insel ..., vielleicht könnte er die retten, wenn er es schlau anstellte.

Für gewöhnlich trank Räväder kaum, aber jetzt brach er auf und zog durch rauchige Kneipen, da ihm nichts Besseres einfiel. Er trank Bier, ließ sich von dem Malzgetränk sein trauriges Hirn vernebeln, hing über seinem Glas und wirkte so vollkommen gottverlassen, dass ein paar andere Zecher zu ihm kamen, um ihn zu trösten.
In einem Pub am Kaartintori traf Rävänder auf einen Schicksalsgefährten, der ein paar Monate zuvor geschieden worden war. Er hatte sein halb bezahltes Einzimmerappartement eingebüßt. Einfach so. Nach einiger Zeit gesellte sich ein älterer Mann zu ihnen, der vor zwei Jahren in die Scheidung hatte einwilligen müssen. Seither hatte er seinen ganzen Verdienst versoffen, war keinen einzigen Tag nüchtern gewesen. Gegen Abend mussten zusätzliche Stühle an den Tisch gestellt werden, denn die Runde wuchs um vier weitere geschiedene Männer. Zwei von ihnen waren selber aus ihrer Ehe ausgebrochen, aber schmerzlos waren auch diese Trennungen nicht verlaufen. Die beiden anderen hatten eine stabile Beziehung und ihre Kinder aufgeben müssen. Diese Runde deprimierter, geschiedener Männer tröstete Rävänder, der seinen Leidensgefährten Bier spendierte. Zum Schluss hockten dort mehr als zehn gestandene finnische Mannsbilder beisammen, die besten von ihnen waren zwei-, manche sogar dreimal geschieden. Einhellig und immer wieder verurteilten sie die grenzenlose Falschheit der Frauen, beklagten das Schicksal der Kinder. Das Leben im Allgemeinen hielten sie für eine düstere und ungerechte Erfahrung.
Am späteren Abend beschloss Rävänder, seine ältere Tochter anzurufen, die über die Entwicklung informiert war. Und was hielt sie von alledem?
»Papa, du hast getrunken. Ich verstehe natürlich, dass du dich

schrecklich fühlst, aber ist es eine Lösung, herumzusumpfen? Übernachte meinetwegen bei uns, wenn du nicht zu Mama gehen magst.«

»Ich werde auf der *Vulcanus* schlafen.«

»In dem schrecklichen Rattenloch kann man doch nicht leben. Ich ruf Mama an und bitte sie, dass du wenigstens vorläufig zu Hause wohnen kannst. Aber versprich mir, dass du jetzt nicht selber dort anrufst. Piia ist so sensibel, und du bist eindeutig schrecklich betrunken.«

In Räwänders Magen brodelte das warme Bier. Er hielt die Luft an, um sich nicht in der Telefonzelle zu übergeben.

»Papa, bist du noch da? Was ist mit dir? Soll ich hinkommen? Wo bist du?«

»Mir ist nur ... so schlecht ..., kotzübel. Aber ich komme klar. Ich ruf morgen früh an, wenn ich nüchterner bin. Tschüss dann.«

An diesen Abend und diese Nacht erinnerte sich Räwänder später kaum noch. Irgendwann gegen neun Uhr schlief er am Tisch ein. Die geschiedenen Männer trennten sich von ihm, und das tat auch das Restaurant. Der Türsteher vollzog diese Trennung, indem er den betrunkenen Reeder auf die Straße geleitete. Räwänder torkelte benebelt ans Ufer, zum Kai am Packhaus, wo er umfiel und zwischen leeren Heringskisten einschlief.

Es war bereits elf Uhr, als die *Vulcanus* von Sköldvik zurückkehrte. Die Mannschaft trug den betrunkenen, schlafenden Reeder aufs Schiff und bettete ihn aufs Sofa in der Messe. Hagman verschloss die Türen des Schiffes und hinterließ den Schlüssel auf dem Tisch in der Pantry. Als er ging, löschte er sämtliche Lichter.

Die Leute von der *Vulcanus* rätselten über Rävänders Zustand. Sie kamen zu dem Schluss, dass ihm wohl ein Geschäft besonders gut geglückt war, denn sonst hätte er ja nicht derart gefeiert.
»Möchte wissen, ob er einen neuen Schlepper gekauft hat oder was es sonst zu feiern gab«, kommentierte Chefmaschinist Sutinen das Ereignis.
»Vielleicht hat er im Lotto gewonnen«, meinte Decksmann Rauno Hagmann, der Sohn des Skippers.

6

»Wie ist der Wasserstand?«, fragte der verkaterte Reeder die Mannschaft seines Schleppers, als der Morgen und eine neue Zeit angebrochen waren.
Kapitän Hagmann rapportierte, dass laut morgendlichem Wetterbericht die Höhe des Wasserstands plus 37 betrug. Wind: Westsüdwest, sechs Meter pro Sekunde, Temperatur: elf Grad, Sicht: sechs Seemeilen. Ausgezeichnete Bedingungen also.
Rävänder schickte Hagmans Sohn in die Markthalle, Proviant kaufen. Dem Skipper verkündete er, dass sämtliche Einsätze des Vormittags abgesagt werden müssten, denn er beabsichtige, für ein paar Tage in sein Sommerhaus auf der Insel Vähä-Miessaari zu fahren. Da der Wasserstand 37 Zentimeter über Normal betrage, könne man mit der *Vulcanus* zur Insel rausschippern, es müsse nur sorgfältig navigiert werden.
»Du musst mein Motorboot zu Wasser lassen, während ich auf der Insel bin. Du kannst ja dann den Jungen schicken, dass er mich abholt, sobald ich von dort anrufe.«
Kapitän Hagman gab zu bedenken, ob es nicht klüger sei, wenn sich Rävänder ein Taxiboot nehme und damit zur Insel fahre. Mit dem Schlepper würde der Ausflug teuer werden, auch wenn der Ausflügler zufällig Eigner des Fahrzeugs sei.

Außerdem sei es nicht gut, die vereinbarten Einsätze abzusagen. Räwänder ließ sich jedoch auf keine Diskussionen ein, sondern gab Chefmaschinist Sutinen den Befehl, die Diesel anzuwerfen.

»Mach alles startklar. Sowie Rauno vom Einkaufen zurück ist, legen wir ab«, befahl er.

Bald darauf kam der Sohn des Kapitäns anmarschiert, beladen mit Proviant für eine Woche. Die Seile wurden gelöst. Der schwere Koloss stieß vom Kai ab und nahm zügig Fahrt auf. Der Schlepper lag tief im Wasser, ließ zwei Meter hohe Wellen hinter sich. Die kleinen Boote wichen der *Vulcanus* geflissentlich aus, als sie in voller Fahrt durchs Wasser pflügte. Schlepper sind die Arbeiter der Meere, Athleten der Wellen.

Westlich von Harmaja kam der sanfte Wind von vorn. Die *Vulcanus* schipperte Richtung Südwest, am Bug spritzte das Meerwasser hoch in die Luft. Räwänder verließ die Messe und erklomm die Kommandobrücke. Es tat gut, die Lunge mit salziger Seeluft vollzusaugen. Weil der Wind nur schwach war, schaukelte das Schiff fast überhaupt nicht. Das war günstig, denn das gestrige Besäufnis setzte Räwänder noch zu. Er hatte keine Lust, sich vor den Augen seiner Mannschaft zu übergeben.

Hagman steuerte das Schiff durch das Inselgebiet, verließ schließlich die neun Meter breite Fahrrinne und schlug einen neuen Kurs ein, Richtung Nordwest und hin zu Räwänders Insel Vähä-Miessaari. Laut Seekarte betrug die Tiefe in diesen Gewässern fünfzehn, stellenweise sogar neunzehn Meter. Erst kurz vor dem Ziel stieg der Meeresboden derart an, dass die *Vulcanus* nur knapp einen halben Meter Wasser unter dem Kiel hatte. Doch bei einem Wasserstand von plus 37,

konnte Skipper Hagman das Schiff sicher an den Anlegesteg von Räväanders Sommerhaus bringen.
Rävänder verspürte Befriedigung, als er den Steg betrat. Noch war er der Herr auf seinem Schiff, auf seinem Anlegesteg und auf seinem Grund und Boden. Er fragte sich, ob er nicht vielleicht der einzige Mann in ganz Finnland war, der die Möglichkeit hatte, mit dem eigenen Schiff zu seinem Sommerhaus zu fahren. Das Leben als Reeder hatte einiges für sich.
Skipper Hagman und sein Sohn Rauno trugen den Proviant zum Haus. Rävänder schloss auf, die Schlösser klemmten nach dem Winter. Wie es schien, war nicht eingebrochen worden. Normalerweise wurde die Insel alle zwei Jahre von Dieben heimgesucht. Jetzt war also ein Zwischenjahr. Das traf sich gut, denn im Vorjahr waren die Fenster auf der Seite zum Festland hin zerschlagen worden, und in der Küche hatten Fäkalien gelegen. Aus dem Wohnzimmer waren ein transportabler Fernseher und ein Aschenbecher in Form eines Ankers gestohlen worden. Durften die Kriminellen im Knast rauchen? War es nicht gefährlich, wenn tausend Häftlinge gleichzeitig hinter Schloss und Riegel qualmten? Die Einbrecher hatten die Bücher aus dem Wohnzimmerregal gerissen und auf dem Fußboden verstreut. Beim Verlassen des Hauses hatten sie noch den großen Spiegel im Flur zerschlagen. Später im Sommer hatte Rävänder in den Rahmen eine Karte des Helsinkier Küstengewässers gehängt. Da Liisa die Insel höchst selten besuchte, wurde der Spiegel eigentlich gar nicht gebraucht. Rävänder selbst war so hässlich, dass er ohne Spiegel auskam. An seinem Aussehen änderte sich nichts, ob mit oder ohne Spiegel. Die Seekarte aber enthielt wichtige Daten über die Gefahren des Meeres.

Der Kühlschrank funktionierte, ebenso das Telefon. Räwänder konnte ruhigen Gewissens auf der Insel bleiben. Er begleitete den Skipper und seinen Sohn zum Schiff und schwenkte grüßend die Hand, als die *Vulcanus* ablegte und sich übers Wasser entfernte. In einer halben Stunde schon könnte Hagman per Funk das nächste Schiff, das Schlepperdienste benötigte, kontaktieren und mit dem Lotsen die Konditionen aushandeln.
Räwänders Insel war etwa dreihundert Meter lang und hundertfünfzig Meter breit, eine felsige Klippe unmittelbar vor dem offenen Meer. Westlich der Insel gab es mehrere kleinere Klippen, hinter ihnen die Insel Pieni Lehtisaari und dahinter wiederum die Iso Lehtisaari. Im Osten, zwei Kilometer entfernt, befand sich die Rysäkari, eine Insel der Armee, in deren Mitte ein düsterer Betonturm aufragte. Wenn Räwänder von seinem Haus geradeaus nach Süden blickte, sah er das offene Meer. In fünf Kilometern Entfernung, Richtung Südsüdwest, gab es noch eine einsame kleine Möwenklippe namens Stenskär, aber danach nur noch das offene Wasser bis nach Tallinn.
Die Insel Vähä-Miessaari war tatsächlich ein einsamer Ort. Der ideale Stützpunkt für einen einsamen, in sich gekehrten Mann.
Räwänder richtete sich im feuchten und ausgekühlten Haus ein. Er fror und bibberte, aber weg wollte er auf keinen Fall. Er musste jetzt einfach allein sein, durch die kalten verwaisten Räume wandern und über das Leben nachdenken. Warum nicht auch über den Tod.
Das Haus war irgendwann in den 1920er Jahren gebaut worden. Es hatte ein spitzes Mansardendach, eine Glasveranda, im Erdgeschoss ein Wohnzimmer und zwei kleinere Räume,

im Obergeschoss zwei Schlafzimmer. Rävänder machte sich daran, den Kamin anzuzünden, eine Beschäftigung, die zwei Stunden dauerte, denn der Abzug qualmte nach dem Winter. Mit vom Rauch tränenden Augen beobachtete Rävänder schließlich ein kläglich flackerndes Feuer, das langsam das Wohnzimmer erwärmte. Er lüftete die Sofadecke und legte sich nieder. Immer noch war er schwer verkatert, er fühlte sich wie ein Toter. Er hatte nicht mal Hunger, auch nicht das Bedürfnis oder den Wunsch, etwas zu tun. Er schloss die Augen, schlief aber nicht und lag den ganzen Tag einfach nur da. Spätabends erhob er sich mit steifen Gliedern, zog sich aus, ging ins Obergeschoss hinauf und legte sich erneut hin. Er hörte weder Radio noch tat er sonst etwas. Er war ein stiller, einsamer Gast weit draußen am Rande des weiten Meeres, und er war erfüllt mit bitteren Gedanken.
An den beiden folgenden Tagen ging er einige Male nach draußen, wanderte über die windigen Felsen, starrte aufs graue Meer. Er fühlte sich leer. In der Küche holte er den geräucherten Schinken aus dem Kühlschrank und schnitt sich ein paar Scheiben ab, die er zusammen mit Knäckebrot verzehrte, an einem gut zubereiteten Essen fehlte ihm jedes Interesse. Am Abend des zweiten Tages bürstete er immerhin seinen Anzug aus, legte ihn ordentlich gefaltet über die Stuhllehne und schlief nachts endlich wieder ruhig durch.
Am Morgen rief er zu Hause an. Piia meldete sich verschlafen am Telefon.
»Hei, hier ist nur Papa.«
»Ah, Aulis. Von wo rufst du an?«
Die Stimme der Tochter klang ernst. Bestimmt trauerte das Kind auf seine Art über die Scheidung der Eltern. Bestimmt? Konnte man eine Neunjährige offen danach fragen?

»Ich bin auf der Insel, bin mit der *Vulcanus* rausgefahren. Wie geht es dir?«
»Ich will auch auf die Insel kommen.«
»Aber du musst doch in die Schule gehen. Ist zu Hause alles in Ordnung?«
Die Tochter schien zu schlucken.
»Hm.«
Räwänder wusste nichts weiter zu sagen und hätte auch nichts herausgebracht. Er versuchte einen munteren Ton anzuschlagen, versprach der Tochter, dass sie auf die Insel kommen dürfe, sowie die Schule zu Ende sei. Dann legte er auf.
Auch diesen Tag verbrachte Räwänder damit, im Wohnzimmer auf dem Sofa zu liegen. Das Sofa ist der beste Freund des finnischen Mannes und kommt gleich nach dem Hund. Räwänder besaß keinen Hund, das Sofa war sein einziger Freund. Er dachte an sein anderes Sofa daheim in der Laivarustajankatu. Ihm schien, als hätte es ihn verraten, wäre untreu geworden. Wenn ein Fremder auf dem Sofa des Mannes sitzt oder liegt, ist das Verrat. Diese Sofas gehören dann unverzüglich auf die Müllhalde.
Draußen war Wind aufgekommen, in Anzug und Popelinmantel wagte sich Räwänder nicht hinaus. Er hätte sich wetterfeste Kleidung mitnehmen müssen, sagte er sich ärgerlich. In feinen Stadtklamotten hält man es im Mai am Meer nicht lange aus.
In der Nacht lebte der Wind auf und wurde zu einem heftigen Frühjahrssturm. Räwänder erwachte irgendwann gegen ein oder zwei Uhr, lauschte, wie der Wind im Dach heulte, wie draußen an der Fahnenstange die Schnur rhythmisch gegen das Holz peitschte. Hohe Wellen donnerten gegen das südliche Felsufer der Insel. Ein Wetter wie in der Hexen-

küche, das Haus kühlte aus, wurde vom Sturm gelüftet. Räwänder musste sich aus dem Bett seiner Frau zusätzliche Decken holen. Aus Liisas Bettzeug flitzte fiepend eine schmutzige Maus. Im Dämmerlicht der frühen Morgenstunde wirkte das Bett nackt und hässlich. Dass darin einst eine heißblütige Frau gelegen hatte, irgendwann im Sommer nach dem Gewitter, schien unvorstellbar.

Räwänder wandte sich ab, wickelte sich in mehrere Decken und versuchte zu schlafen. Der Sturm tobte jetzt mit ganzer Kraft, das Blechdach des Schuppens klapperte unerträglich, im Wald hinter dem Haus rieben die alten Kiefern laut ächzend ihre Stämme gegeneinander. Doch der ganze Höllenlärm machte Räwänder keine Angst. Wenn das Haus einstürzen und ihn lebendig unter sich begraben wollte, wäre ihm das nur recht.

Die ganze Nacht hindurch setzte der Sturm seine Angriffe auf die Insel fort. Räwänder lag währenddessen wach. Am Morgen erhob er sich müde, zog sich an, ging nach unten, machte sich ein Butterbrot und aß lustlos. Er entzündete Feuer im Kamin, und der zog jetzt, dass der Schornstein nur so fauchte.

Plötzlich fiel Räwänder ein, dass im Keller vielleicht noch ein oder zwei Flaschen vom herbstlichen Kognak standen. Er pflegte im Herbst dort ein wenig Alkohol zu deponieren, damit er im nächsten Jahr seiner Frau und sich selbst einen Drink zu Ehren des Sommers anbieten konnte. Kognak gefror nicht bei Kälte. Schon möglich, dass der eisige Winterschlaf in Finnland der zarten französischen Seele des Kognaks schadete, aber das spielte jetzt keine Rolle. Die Hauptsache war, dass das Getränk in den Magen rann und von dort in den Kopf stieg.

Rävänder fand im Dunkel des Kellers eine volle Flasche, trug sie nach oben ins Wohnzimmer, wusch sich ein bauchiges Glas ab und goss es gut halb voll. Er leerte das Glas, machte sich ein zweites zurecht und spürte, wie sich sein Magen erwärmte. Gegen Mittag war er so munter, dass er beschloss, nach draußen zu gehen. Er zog sich seinen Popelinemantel an und nahm die Flasche mit. Der Sturm fauchte jetzt mit einer Geschwindigkeit von mindestens zwanzig Metern in der Sekunde über die Insel. Das dünne Kognakglas zerbrach im Sturm, aber der Mund und die Flasche blieben heil. Auf den Felsen musste sich Rävänder an den alten Kiefern festhalten, um aufrecht stehen zu können.

Der wilde Sturm und das feurige Getränk rüttelten Rävänder wach, und die Apathie der letzten Tage schwand dahin. Er spürte, wie sich sein Körper straffte, die Kräfte zurückkehrten, der Geist wieder auflebte.

Die Wellen donnerten unten gegen die Felsen, die Gischt spritzte fünf, sechs Meter hoch und schleuderte Treibgut weit ins Innere der Insel. Zwischen den alten Krüppelkiefern lagen Bretterstücke, vorjähriger Tang, Obstkisten, allerlei Zeug, das von den Schiffen und im Hafen ins Wasser gespült oder geworfen worden war.

Der Sturm hatte außerdem auch den Kadaver eines ertrunkenen Wildschweins zu Reeder Rävänder auf die Insel gebracht.

Das arme Tier war vermutlich an der Südküste des Finnischen Meerbusens ins Wasser geraten, im Wellengang ertrunken, und der Sturm hatte es auf das Gebiet eines fremden Staates geschwemmt, rein zufällig auf Rävänders Insel. Sein Körper war bereits ein wenig aufgedunsen. Das große Maul mit den Hauern stand traurig offen. So wie er von den Wellen angespült worden war, lag der Kadaver im Wald, am Fuße einer Kiefer. Die Schulter des Tieres scheuerte im Takt des Wellengangs gegen die raue Rinde. Es schien, als würde sich das Wildschwein an einem Baum reiben, um die Flöhe loszuwerden. Aber so tot wie es war, konnten ihm weder Flöhe noch Zecken etwas anhaben. Wenn mit seiner Seele und auch mit seinem Glauben alles in Ordnung gewesen war, wühlte es jetzt vielleicht in einem himmlischen Kartoffelacker, andernfalls befand es sich in der Hölle der Wildschweine, wo es bei lebendigem Leib überbrüht wurde, obwohl es in Wirklichkeit natürlich tot war.

Räyänder war keineswegs erfreut darüber, dass er auf der Insel Gesellschaft bekommen hatte. Was hatte dieses ramponierte Vieh auf seinem Grund und Boden zu suchen? Mit welchem Recht war es hierhergeschwommen?

Räyänder war betrunken. Seine niederen Instinkte waren erwacht, sowie er das Schwein entdeckt hatte. Zunächst beabsichtigte er, es wieder ins Meer zu schieben, nahm aber von dem Vorhaben Abstand, als er am Kadaver gerochen hatte. Das Schwein stank total nach Schwein.

Räyänder trank große Schlucke aus der Flasche. Dann begann er das Schwein zu beschimpfen, das ihn ungebeten in seiner Einsamkeit störte, die so gut begonnen hatte.

Er ließ derbe Flüche auf das Tier niederprasseln, schalt es aus, belegte es mit den unverschämtesten Namen. Seine Stimme übertönte das Sturmgeheul, während er wetterte, was das Zeug hielt. Zwischendurch stärkte er sich immer wieder aus der Flasche.

Als die individuellen Eigenschaften des Tieres abgehandelt waren, warf er ihm auch noch all das andere vor, was einen

Mann in dieser Welt so ärgert. Das Schwein bekam die Schuld am ungerechten Steuersystem. Es musste sich idiotisch nennen lassen, weil Räväners Firma in den letzten Jahren eine gierige Agentur hatte beauftragen müssen. Es wurde verantwortlich gemacht für die Sünden der großkotzigen Schiffsmakler und die Gemeinheiten der Anwälte, ebenso für Geiz und Gier der Banker sowie für das Fehlverhalten der Finnischen Bank. Das Schwein musste den Kopf hinhalten für das Versagen des Reichstags und der Regierung, desgleichen für das unerhört schnelle Wachstum des Ro-Ro-Verkehrs, der zu Arbeitslosigkeit in der Schlepperbranche führte. Schuld war es auch daran, dass die finnischen Frauen Teufelinnen waren, und als Krönung der Sympathiebekundungen bekam das tote Tier einen derben Fußtritt in sein Maul.
Rävänder kam zu sich. Was machte er da eigentlich? Er trat ein unschuldiges Wildschwein mit Füßen. Er war im Begriff, verrückt zu werden. Bloß rasch weg vom Schwein und zurück ins Haus. Zum Glück war der Kognak alle.
So also fühlt es sich an, wenn man verrückt wird, dachte Rävänder, der ganz grau im Gesicht war. Ein seltsames Gefühl. Was tat man in solch einer Situation? Wäre es am klügsten, sich aufzuhängen? Oder ins Wasser zu gehen?
Nein. So leicht würde Rävänder nicht das Handtuch werfen. Es gab schließlich professionelle Helfer für solche Fälle, er musste nur eine dieser Notrufnummern wählen und um Rat bitten. Er könnte den Leuten, wer immer sie waren, aus seinem Leben erzählen, schließlich hatte sich in letzter Zeit einiges Erzählenswertes angesammelt. Anfangen würde er mit dem Wildschwein, das gekommen war, sodass er den Verstand verloren hatte.

Rävänder suchte die Nummer der Telefonseelsorge heraus und rief umgehend an.

Der Anruf erreichte jedoch nicht die evangelisch-lutherische Gemeinde von Helsinki, sondern den Salon der Fußpflegerin Irene Oinonen. Verrückte und Betrunkene wählen oft falsche Nummern. Also begann Rävänder aufgeregt, der Fußpflegerin seine Lebenssituation zu schildern.

7

Irene Oinonen war eine Fußpflegerin erster Güte. Sie war eine flinke, schlanke Frau, halb Ärztin, halb Kunsthandwerkerin. Ihr künstlerisches Material waren die Füße der Menschen, aus denen sie ihre eigenen Kreationen schuf. Sie schabte täglich von den menschlichen Klauen die Hornhaut herunter und feilte auch die absonderlichsten Zehennägel der Finnen zur Bestform zurecht. Sie verstand es, selbst steife Füße zu entspannen, sie mit verschiedenen Bädern geschmeidig zu machen, sie zu reinigen, zu parfümieren, zu trimmen. Irene Oinonen war gewandt und lebensfroh, eine fünfunddreißigjährige, hübsche Frau. Wie kein anderer beherrschte sie die Kunst, so zu gehen, dass die Füße zur Geltung kamen: Ihr Schritt war leicht, die Beine bewegten sich elastisch, die Hüften wiegten sich graziös. Irene Oinonens Körper bildete eine beherrschte Einheit, angefangen von den Füßen bis hin zum blonden Kopf mit lebendigen Augen und vollen, rotgefärbten Lippen, die sich jederzeit gern zum Sprechen öffneten.

Rävänder erklärte aufgeregt am Telefon, dass er im Allgemeinen keine wildfremden Menschen anrufe, dergleichen sei ihm bisher nie in den Sinn gekommen. Aber die Situation sei außerordentlich ernst, und deshalb mache er jetzt eine Ausnahme. Er brauche unbedingt einen Menschen, mit dem er reden könne, denn enge Freunde habe er nicht, und vor seinem Kapitän wolle er seine persönlichen Probleme nicht ausbreiten.

»Im Grunde genommen bemühe ich Sie, weil ich befürchte, verrückt zu werden«, begründete Räwänder seinen Anruf.

Irene Oinonen wunderte sich über den Anrufer, der betrunken zu sein schien. Der Mann verriet ohne Scheu Dinge von sich, die man normalerweise keinem Wildfremden erzählte. Na egal, warum sollte sie nicht mal zur Abwechslung mit einem Verrückten plaudern, im Salon befand sich momentan kein einziger Kunde. Sie schloss jedoch die Tür zum Wartezimmer, damit ihre Hilfskraft nicht mithören konnte. Sie wollte generell nicht, dass ihre Telefonate belauscht wurden, vor allem, wenn sie mit Männern sprach, und besonders, wenn der Anrufer behauptete, irre zu sein.

Bald schon begriff die Fußpflegerin, dass der Anrufer die falsche Nummer gewählt hatte und eigentlich den kirchlichen Notdienst sprechen wollte. Sie korrigierte den Irrtum jedoch nicht, sondern beschloss herauszufinden, was für einen Fall sie da am anderen Ende der Leitung eigentlich hatte.

»Sie behaupten, Sie hätten einen eigenen Kapitän? Kein Mensch kann einen Kapitän haben. Mir scheint, dass Sie tatsächlich im Begriff sind, verrückt zu werden.«

Räwänder erklärte, dass er von Beruf Reeder sei.

»Ich bitte Sie dennoch, dieses Gespräch vertraulich zu behandeln. Es wäre nicht gut für den Ruf der Firma, wenn sich herumspräche, dass ich solche Telefonate führe.«

In Irene Oinonens Leben hatte es zahllose Männer gegeben, hauptsächlich Kerle mit schlechten Füßen, und deshalb hatten sie sich einer nach dem anderen wieder aus ihrem Leben verabschieden dürfen. Ein paar Ingenieure waren darunter gewesen, auch Magister, Manager der unteren Ebene, Volkswirte, und eine beträchtliche Legion reiner Strolche …, aber bisher war sie noch keinem einzigen Reeder begegnet. Ha! Der Mann am Telefon wurde immer interessanter, auch wenn er getrunken hatte und herumjammerte, so wie alle Männer heutzutage. Die Männer schienen einfach die normalen Missgeschicke im Leben nicht ertragen zu können, jedenfalls nicht nüchtern. Manche verloren den Verstand, andere brachten sich aus nichtigen Gründen um.

Früher war das anders gewesen, da waren die Männer noch Männer und keine greinenden Softies. Irene Oinonens Vater war so ein Mann vom alten Schlag gewesen. Im Krieg war er durch das Geschoss eines Panzers verwundet worden. Ein Splitter hatte seine Lunge durchschlagen, aber er hatte sich noch fünf Kilometer weit bis auf den Verbandsplatz geschleppt, wo er ohne Klagen eine vierstündige Operation über sich hatte ergehen lassen. Als er nach einem Jahr genesen war, hatte er an den Abwehrkämpfen auf der karelischen Landenge teilgenommen und die Absicht des Feindes, das teure Vaterland zu besetzen, vereitelt. Später hatte er das Mannerheim-Kreuz bekommen. Irene Oinonen seufzte. Ihr Vater war tot. Die heutigen Männer waren nicht Fisch und nicht Fleisch.

Aber zur Sache. Was betrübte den Reeder?

Rävänder redete ohne Pause eine ganze Stunde lang. Er erzählte von seiner Kindheit, seiner Ehe, seinem Schlepper *Vulcanus*, seinen Kindern, seinem Heim in Kaivopuisto, von seiner Frau und seiner Scheidung, die ohne eigenes Verschulden über ihn hereingebrochen war. Er war rührend ehrlich, redete sich erstmals im Leben alles von der Seele, und das erleichterte ihn ungemein. Endlich hatte er mal eine gute Zuhörerin, die ihn nicht dauernd unterbrach oder ihre Meinung äußerte. Eine Frau, die ihn verstand und sich in ihn hineinversetzen konnte.

Räwänder beklagte den Sturm auf seiner Insel, jammerte generell über sein Befinden. Zum Schluss erzählte er noch, dass der Sturm ein Wildschwein aus Estland auf seine Insel geschwemmt hatte, einen richtigen Waldkeiler von mindestens zweihundert Kilo Gewicht. Er wusste nicht, was er mit dem Tier machen sollte.

»Sie haben vielleicht Probleme. Aber tun Sie jetzt nichts Unbedachtes. Lassen Sie uns mal genau überlegen. Also erstens, Selbstmord sollten Sie auf keinen Fall begehen. Denken Sie an Ihre Position als Reeder, und auch an Ihre Kinder. Sie haben eine neunjährige Tochter, falls Sie sich umbringen, zerstören Sie damit auch die Zukunft der armen Kleinen. Und zweitens Ihr Wahn. Ich finde, Sie übertreiben. Sicherlich können Menschen den Verstand verlieren, aber bei Ihnen scheint das keineswegs der Fall zu sein, Sie sind vielmehr betrunken und nicht verrückt.«

Frau Oinonen machte eine Pause.

»Und dann das Schwein. Es ist müßig, darüber zu klagen. Man könnte es irgendwie von der Insel in die Stadt transportieren und zum Beispiel einfrieren, um es später zu einem Tierpräparator zu schaffen. Sie wissen anscheinend gar nicht, wie wertvoll ausgestopfte Wildtiere heutzutage sind. Wenn ich ein Wildschwein auf einer Insel hätte, wäre ich glücklich darüber.«

»Aber es ist tot. Es könnte zum Beispiel Tollwut haben.«

»Lebende Wildschweine lassen sich ja auch gar nicht ausstopfen, guter Mann. Darf ich Sie mit Vornamen anreden?«

»Ich bin Aulis.«
»Irene Oinonen. Ich habe eine kleine Firma in der Uudenmaankatu. Fußpflegesalon Irene, weißt du? Hier im Haus gibt es außerdem noch einen Goldschmied, und im selben Treppenaufgang befindet sich auch das Büro der Finnisch-Polnischen Gesellschaft samt Reisebüro. Ich war übrigens vor zwei Jahren mal in Warschau. Dort ist es gar nicht so ärmlich, wie im finnischen Fernsehen stets behauptet wird. Nun, das Essen hat nicht dasselbe Niveau wie bei uns, aber die Leute sind absolut modisch gekleidet. Und im Übrigen ist mir aufgefallen, dass die Polen einen aufrechten und schönen Gang haben. Auch die Männer, kannst du dir das vorstellen? Finnische Männer trotten wie die Arbeitspferde, entschuldige, aber so ist es doch. Vielleicht rührt die gute Haltung der Polen daher, dass dort stets viel geritten wurde. Die polnische Kavallerie ist ja weltberühmt. Mag sein, dass sie auch heute noch Pferde in ihrer Armee haben, keine Ahnung. Aber das interessiert dich sicherlich gar nicht. Tut mir leid, ich schweife immer ab, das ist mein schlimmster Fehler.«
»Du bist also gar keine Gemeindeschwester? Habe ich mit der ganz falschen Person gesprochen?«
»Ist doch egal, wem du dein Herz ausschütten konntest, Aulis. Ich habe dir ja brav zugehört, du kannst dich nicht beklagen.«
Frau Oinonen begann sich zu ärgern. Erst breitet der Kerl länger als eine Stunde sein Leben vor ihr aus, und als er erfährt, dass er mit einer Fußpflegerin statt mit einer Betschwester geredet hat, kriegt er gleich einen Schock.
Wie konnte mir nur so etwas Peinliches passieren, dachte Rävänder. Ihn grauste bei dem Gedanken, dass seine kläg-

liche Lebensgeschichte aus dem Fußpflegesalon nach außen dringen und sich in der ganzen Stadt verbreiten könnte. Herrje, wie blöd er doch war. Heulte sich bei einem wildfremden Menschen aus, bekannte seine geheimen Sünden, verriet sämtliche Geschäftsgeheimnisse der Firma, ließ sich über die Ehescheidung aus, über die Kinder und alles! Er spürte, wie er vor Scham errötete.

Frau Oinonen versuchte die Situation zu entkrampfen.

»Hör zu, Aulis Rävänder. Du bist in einem Alter, in dem es müßig ist, den in der Ehe betrogenen Jüngling zu spielen. Wenn deine Frau sich von dir scheiden lassen will, kannst du sie nicht daran hindern. Ich kenne die Menschen, in solchen Situationen reagiert besonders ihr Männer total dämlich. Nun, Gott sei Dank bist du jetzt da draußen auf dem Meer. Bleib da und komm nicht nach Helsinki, hier stiftest du bloß Verwirrung. Ich hole dich am Wochenende ab. Wie hieß noch gleich die Insel?«

»Vähä-Miessaari. Sie befindet sich anderthalb Seemeilen westlich der Rysäkari.«

»Gut, ich sehe es mir auf der Karte an, sowie ich Zeit habe. Notier dir meinen Namen und meine Telefonnummer. Und ruf niemanden sonst an, nur mich. Verstehst du?«

Rävänder suchte sich Papier und Stift und schrieb sich Adresse und Telefonnummer des Fußpflegesalons sowie auch Irenes Privatnummer auf.

»Was mache ich mit dem Wildschwein?«, fragte er.

»Sorg dich nicht deswegen. Wenn da draußen wirklich so ein schrecklicher Sturm herrscht, dann bind das Schwein meinetwegen mit einem Seil am Baum fest, damit es nicht mit dem Sturm wieder entkommt. Es wird sich gewiss eine Verwendung dafür finden. Aber jetzt muss ich Schluss machen, immerhin sind schon anderthalb Stunden vergangen. Meine Hilfskraft kann nicht allein sämtliche Kunden bedienen, während ich am Telefon hänge.«

»Es tut mir leid, ich wusste nicht …«

»Lass gut sein. Wie siehst du übrigens aus? Ich wüsste das gern, wo ich dich doch jetzt schon so gut kenne.« Räwänder stöhnte.

»Hm, nun ja …, ich bin ziemlich hässlich, glaub ich …, Gewicht hundert Kilo, dichtes Haar und ziemlich schwere Gliedmaßen …, was gäbe es sonst noch zu sagen …, mich hat noch keiner gefragt, wie ich aussehe, alle haben mich immer direkt angeschaut.«

»Welche Augenfarbe hast du? Und das Haar?«

»Tja, die Augen …, in meinem Militärpass steht grau, aber meine Frau hat früher immer gesagt, sie wären graugrün …, keine Ahnung. Das Haar ist grau …, oder eher bräunlich? Ich weiß es nicht mehr genau, und hier gibt es keinen Spiegel. Einbrecher haben ihn vor einem Jahr kaputt geschlagen.«

Irene Oinonen versuchte sich Reeder Räwänder vorzustellen: ein großer Mann, stämmig, ein bisschen wie ein finnisches Arbeitspferd, eine Art Wallach …

»Und die Füße? Erzählst du zum Schluss noch von ihnen?«

Räwänder sah auf seine Füße herunter. Was sollte er dazu so auf die Schnelle sagen?

»Ich habe ganz gewöhnliche Füße …, so wie Männerfüße eben sind. Behaarte Waden …, Schuhgröße 45. Ziemlich groß also.«

»Ausgezeichnet. Bleib jetzt einfach ganz ruhig auf deiner Insel, ich hole dich dann spätestens am Sonntag dort ab. Mach

keine Dummheiten, und vergiss nicht, das Schwein am Baum festzubinden, damit der Sturm es nicht mitnimmt.«
Irene Oinonen legte den Hörer auf. Du lieber Himmel. Sie zündete sich eine Zigarette an und dachte nach. Das Leben war eigentlich ziemlich spannend. Als sie vor ein paar Wochen ihren letzten Partner fortgeschickt hatte, hatte sie beschlossen, mindestens bis zum Sommer allein zu bleiben. Aber jetzt drängte ihr das Schicksal einen neuen Mann über Telefon auf! Durchaus keine üble Geschichte. Zufrieden sagte sie sich, dass sie jetzt auf einer Insel einen kräftigen Mann hatte, einen wohlhabenden Reeder von hundert Kilo Gewicht und mit großen Füßen. Eigentlich befanden sich dort, gut und sicher verwahrt, zwei Eber, wenn man das Wildschwein mitrechnete. Insgesamt dreihundert Kilo Manneskraft …, und das lebende Exemplar war von Beruf Reeder und besaß ein eigenes Schiff und einen eigenen Kapitän.
»Bleibt nur noch abzuwarten, wie hässlich er wirklich ist.«

8

Die Fußpflegerin handelte. Sie rief den Kapitän der *Vulcanus* an und sagte ihm, dass er das Boot von Reeder Rävänder baldmöglichst zu Wasser lassen solle, damit es bis Sonntag in Ordnung wäre. Ob der Kapitän oder ein anderes Mitglied der Mannschaft wohl Zeit hätte, sie am Sonntag früh zur Insel rauszufahren? Bis dahin würde der Sturm sicherlich abflauen.

»Ich gebe Ihnen meinen Jungen als Bootsmann und werde versuchen, den Kahn zum Wochenende flottzumachen«, sagte ihr der Kapitän.

Dann setzte sich die Oinonen mit Anwalt Nikander von der Kanzlei Polvinen & Nikander in Verbindung. Sie stellte sich als Freundin von Aulis Rävänder vor, tadelte den Juristen für sein gefühlloses Verhalten gegenüber dem Reeder und erklärte abschließend, dass die Scheidungsklage an ihre Adresse geschickt werden könne, da Rävänder vorübergehend das Hinterzimmer in ihrem Fußpflegesalon bezogen habe. Dort sei er mindestens bis zum Ende des Scheidungsprozesses zu erreichen.

Schließlich kontaktierte sie noch einen Raubtier- und Schlangenpräparator namens Usko Karhunen in Klaukkala. Er war restlos begeistert, als er von dem ertrunkenen estnischen Wildschwein hörte. Er wollte das Tier am liebsten sofort sehen, was aber nicht ging, weil es sich auf Räwänders Insel befand. Irene Oinonen erkundigte sich, welche Sofortmaßnahmen ergriffen werden müssten, damit der Kadaver nicht verdarb.

»Ja, gewiss, es ist also estnischer Herkunft? Wahrscheinlich ziemlich groß?«

Sie bestätigte, dass es mächtig groß sei.

»Zuallererst muss der Körper getrocknet werden. Sie besorgen sich trockenes Sägemehl, das bekommt man im Sägewerk, und schaffen es auf die Insel. Dort streuen Sie es auf die Erde und wälzen das Schwein darin. Anschließend hängen Sie es an den Hinterbeinen an einem kühlen Ort auf, und den Rest besorge ich dann.«

Der Präparator wollte noch wissen, wie lange das Wildschwein im Meerwasser gelegen hatte.

»Wahrscheinlich ist es während des jetzigen Sturms ertrunken und über das Meer nach Finnland getrieben. Sollte man ihm irgendein Desinfektionsmittel ins Maul gießen? Zum Beispiel Spiritus?«

»Auf keinen Fall dürfen Sie es häuten. Wenn es schon ein paar Tage im Meer gewesen ist, dann sind die Klauen inzwischen sehr aufgeweicht ..., lösen sich eventuell leicht. Aber mit Leim kann ich sie fixieren, wenn ich das Tier dann ausstopfe. Und falls Sie Spiritus übrig haben, heben Sie ihn für mich auf. Was soll das tote Vieh mit Alkohol.«

Die Fußpflegerin erkundigte sich noch, wie viel das Ausstopfen des Wildschweins kosten würde.

»Falls es wirklich an die zweihundert Kilo wiegt, müsste ich gut zehntausend Mark dafür nehmen. Ich muss Eisenstützen in den Körper treiben und so was alles, denn es ist eben sehr groß. Wildschweine, die in Finnland aufgewachsen sind, habe ich schon für sechstausend Mark präpariert, aber sie waren kleiner. Wir haben bei uns so harte Winter, dass die Wildschweine nicht sehr groß werden. Wenn der Boden gefroren ist, dann kann ihn auch ein Wildschweinmaul nicht aufwühlen. Es ist dieselbe Geschichte wie mit dem Eichhörnchen, das sich ärgert, weil der Tannenzapfen gefroren ist. Als Faustregel mag gelten, dass das Konservieren eines Wildschweins etwas anspruchsvoller ist als das eines Bären von gleicher Größe. Sie haben nicht zufällig Bären? Die sind derzeit außerordentlich gefragt, vor allem Bärinnen.«

»Bären habe ich nicht, nur dieses Wildschwein. Ich melde mich dann bei Ihnen, wenn das Tier auf dem Festland ist.«

Am Sonntag rief ein junger Mann bei Irene Oinonen an, der sich als Rauno Hagman, Decksmann auf dem Schlepper *Vulcanus*, vorstellte. Räwänders Boot sei startklar. Wann würde Frau Oinonen gern zu dem Ausflug auf die Insel Vähä-Miessaari aufbrechen?

Eigentlich sofort. Allerdings musste einiges an Ausrüstung mit an Bord. Könnte der junge Mann die Sachen vielleicht bei ihr in der Uudenmaankatu abholen? Es handelte sich um eine Menge Gepäck. Zum Beispiel zwei Säcke mit trockenem Sägemehl, eine Handwinde für fünfhundert Kilo, dicke Seile und Zahnräder, ferner ein Proviantkorb und eine Flasche Spiritus. Den hatte sich Frau Oinonen über einen freundlichen Kunden besorgt, der von Beruf Tierarzt war. Tierärzte haben im Allgemeinen ziemlich gute Füße, denn in der Stadt ist ihre Arbeit leicht. Dieser Mann aber hatte eine schiefe Großzehe, die angeboren war. Daher die Bekanntschaft mit der Fußpflegerin.

Der Tag war sonnig und schwach windig, wirklich herrlich.

Der junge Hagman packte sämtliche Sachen in ein sechseinhalb Meter langes, schönes Motorboot. Irene Oinonen registrierte, dass der Schlafplatz in der Kajüte bequem für zwei Personen reichte. In der Kajüte befand sich auch eine in jeder Hinsicht nett ausgestattete Pantry. Das Boot war blauweiß, und es flog geradezu über die schäumenden Wellen. Obwohl es nicht sehr groß war, sah man ihm an, dass sein Besitzer ein solventer Mann war.

»Herrlich, auf dem Meer zu sein«, rief die Fußpflegerin, während der junge Hagman den Seehafen verließ und Kurs aufs offene Wasser nahm. Das Boot sauste mit einer Geschwindigkeit von fast dreißig Knoten zu der in der Sonne glänzenden Insel Vähä-Miessaari. Eine wunderbare Fahrt!

Reeder Rävänder stand, mit Mantel und Anzug bekleidet, auf dem Anlegesteg und wartete. Er war sehr aufgeregt. Wie würde die Frau sein, die da kam, um ihn zu treffen und vielleicht fortzubringen? Ihm war, als hätte er sich auf etwas Verbotenes und Gefährliches eingelassen. Seit zwanzig Jahren hatte er keine Frau mehr auf diese Weise erwartet. So viel Zeit war vergangen, seit er zuletzt eine weibliche Bekanntschaft gemacht hatte, die Fräulein Liisa Majander hieß. Jetzt, nach all den Jahren, kam eine fremde Frau auf die Insel. Irene Oinonen hieß sie diesmal. Schon weniger konnte einen normalen Mann leicht nervös machen.

In seinem Herzen wünschte sich Rävänder, dass die Fußpflegerin ein gutmütiger Mensch sein möge. Mit einer boshaften Frau zusammenzuleben, war auf die Dauer nicht lustig, das wusste er, obwohl er nicht viel Erfahrung mit Frauen hatte. Am Telefon hatte er einen recht positiven Eindruck von ihr gewonnen. Hoffentlich würde die Wirklichkeit diesen Eindruck bestätigen. Es wäre deprimierend, enttäuscht zu werden.

Schon von weitem sah Irene Oinonen einen einsamen Mann auf dem Steg stehen, sein Popelinemantel flatterte im Wind. Der Mann sah aus, als wäre er aus einem Reisebus auf die Insel gefallen, nur die Aktentasche fehlte. Ein leises Gefühl des Mitleids streifte ihre Seele. So hilflos waren also die finnischen Männer, wenn die Scheidung sie traf? Flohen auf eine Insel im Meer, ohne wetterfeste Kleidung, einfach aufs Geratewohl. Nun, das würde sich jetzt ändern.

Das Gepäck wurde ausgeladen. Räveänder stellte sich vor. Irene Oinonen musterte ihn von oben bis unten. Er hatte gesagt, dass er irgendwie hässlich wäre. Na gut. Wahrscheinlich hatte er nicht sehr übertrieben. Zumindest war er nicht schön. Aber spielte es denn eine Rolle, wie die Männer aussahen? Der eine oder andere gutaussehende Mann hatte Frau Oinonen im Laufe der Zeit beglückt, aber bisher hatte sich noch jeder von ihnen als Dummkopf, als Versager oder als Habenichts erwiesen, und so mancher war auch ein ausgemachter Halunke gewesen. Zwischendurch konnte sie es ruhig mal mit solch einem vierschrötigen Gesellen probieren. Womöglich verbarg sich ja in seinem Innersten eine besonders angenehme und facettenreiche Persönlichkeit? Außerdem sollte man bei Reedern nicht so mäkelig sein. Und falls er sich als schlechte Wahl erwies, könnte sie ihn rausschmeißen wie jeden anderen auch. In jedem Zimmer gab es eine Tür, durch die Männer kommen und vor allem auch gehen konnten.

»Du bist also Aulis. Schön, dich kennen zu lernen. (Kuss). Ich habe hier in diesem Korb ein wenig Proviant mitgebracht, zuvor aber müssen wir zu dem Wildschwein gehen.

Rauno, wärst du so nett, die Säcke mit dem Sägemehl zu tragen? Aulis und ich holen die anderen Sachen.«
Räväner hatte das Schwein an eine Kiefer gebunden, so wie ihm Irene Oinonen geraten hatte. Jetzt streuten sie eine dicke Schicht trockener Sägespäne auf die Erde, wälzten das Schwein darin und hängten es dann mithilfe der Winde an den Hinterbeinen an einer stämmigen Kiefer auf. Es wog bestimmt zweihundert Kilo, die Länge entsprach der Räväners, zuzüglich ein halber Meter borstiger Schwanz. Der Kopf war riesig. Irene Oinonen goss dem Tier Spiritus in den Rachen. Zum Glück stank der Kadaver noch nicht. In der kalten Jahreszeit faulen Ertrunkene nicht so rasch, Schweine genauso wenig wie Menschen. Als die schaurige Arbeit getan war, wuschen sich alle die Hände und traten ins Haus. Im Schein des Kaminfeuers verzehrten sie den mitgebrachten Proviant. Irene Oinonen schenkte Rotwein ein und servierte köstliche belegte Brote, die den Männern vorzüglich schmeckten. Außerdem gab es noch Käse und Weintrauben und leichtes Geplauder. Eine lockere Veranstaltung.
»Habt ihr Einsätze gehabt?«, wollte Räväner vom jungen Hagmann wissen.
»Vorgestern waren wir sechzehn und gestern vierzehn Stunden unterwegs.«
»Ist ja prima.«
»Vater lässt ausrichten, dass eine Schiffsschraube der *Vulcanus* ersetzt werden muss. Im Wellentunnel ist irgendwas nicht in Ordnung. Ist vom Eis verbeult.«
Räväner zeigte Irene Oinonen sein Haus. Sie gingen durch die Räume, stiegen ins Obergeschoss hinauf. Die Oinonen sah sich interessiert um. Sie vermutete, dass so eine Villa auf einer Insel schrecklich viel kostete. Die Einrichtung, die Rä-

vänders Gattin ausgesucht hatte, fand nicht ihren Beifall. Schon allein die Gardinen waren viel zu großblumig. Wusste die Dame denn nicht, dass heutzutage beim Freizeitinterieur helle gestreifte Muster angesagt waren?
Nachdem sie sich gestärkt und das Haus besichtigt hatten, sahen sie noch einmal nach dem Wildschwein. Es hing traurig an der Kiefer. Die Zunge war ihm aus dem Hals gerutscht.
»Diese Tiere sind dem Vernehmen nach äußerst selten, ich habe einen Präparator gefragt«, erklärte Irene Oinonen.
Dann traten sie die Rückfahrt an. Rävänder half seinem Gast ins Boot. Der junge Hagman löste die Taue. Rävänder startete den Motor und drückte aufs Gas. Die starke Maschine kam auf Touren, das Meerwasser brodelte, und das schlanke Boot schnellte los. Die Insel blieb hinter dem weiß schäumenden Kielwasser zurück und wurde zusehends kleiner. Die Fußpflegerin lehnte sich an die Rückwand der Kajüte und blickte auf die sich nähernde Kulisse Helsinkis. Sie sagte sich, dass sie jetzt einen echten Mann an der Angel hatte. Einen großen und derben Kerl, dessen Selbstbewusstsein vorübergehend passé war, aus dem man aber, wenn man es richtig anstellte, dies und das an Männlichkeit hervorlocken konnte.
Rävänder seinerseits dachte darüber nach, dass er anscheinend von einer fremden Frau aufgenommen werden würde. Darauf lief das Ganze wohl hinaus. Seltsamer Mensch, diese Oinonen. Kam einfach zur Insel und holte ihn ab. Ansonsten machte sie einen netten Eindruck, weich und biegsam, schöne Stimme. Ganz anders als seine Frau.
Als das Boot im Seehafen festgemacht hatte und der junge Hagman auf den Schlepper zurückgekehrt war, schlugen

Rävänder und Oinonen den Weg in die Stadt ein. Sie machten Konversation. Irene Oinonen nahm Rävänders Hand in die ihre.

»Zuallererst gehen wir zu mir.«

»Und morgen müssen wir dann das Schwein von der Insel holen«, plante Rävänder.

9

Rävänder sah sich verstohlen in der Wohnung der Fußpflegerin um. So also wohnten die Frauen von heute. An den Wänden Relieftapeten, das Sofa aus Leder, über dem Tisch eine riesengroße Papierlampe. In einem Regal hinter Glas verbargen sich ein paar Bücher, daneben standen kleine Holzskulpturen offensichtlich afrikanischer Herkunft und eine ganze Anzahl Puppen in den Nationaltrachten verschiedener Länder. Gemütlich, wenn auch nicht gerade elegant. Wenn er die Einrichtung mit seinem Zuhause in der Laivanvarustajankatu verglich, war sie gerade noch akzeptabel. Das Beste im Raum war die Hausherrin, die Fußpflegerin Irene Oinonen. Sie stellte ein Tablett mit Käse und Früchten auf den Tisch und öffnete eine Flasche trockenen Weißwein.

»Möchtest du Käse? Oder hast du richtigen Hunger?«

»Vielen Dank, aber wir haben ja gerade erst auf der Insel gegessen.«

Nach einiger Zeit fragte sie, während sie Weißwein nachschenkte:

»Nun, fühlst du dich besser?«

Rävänder dachte darüber nach. Im Moment konnte er sich nicht beklagen. Aber wenn er weiter vorausblickte, meldeten sich die alten Sorgen. Ihm stand die Scheidung bevor, die Familie würde auseinanderfallen, was würde aus dem Schlepper? Und woher bekäme er eine neue Wohnung?

»Du hast dir meinetwegen viel Mühe gemacht, Irene, das hätten nicht viele getan. Aber ich frage mich, wo ich über Nacht bleiben soll. Hab keine Lust, wieder auf die Insel zu fahren. Und in der Kajüte der *Vulcanus* kann ich auf Dauer auch nicht wohnen.«

»Das ist überhaupt kein Problem. Hier bei mir ist reichlich Platz für uns beide.«

Rävänder musterte die Fotos, die auf dem Bücherregal standen. Eines zeigte einen Jüngling mit Studentenmütze. Auf einem zweiten war ein kleines Baby zu sehen, auf allen anderen ältere Leute. Wahrscheinlich Irene Oinonens Verwandte.

»Ich habe keine Familie, falls du das glaubst. Das Foto dort zeigt Jari, da ist er achtzehn. Er wohnt nicht mehr zu Hause, ist jetzt bei der Armee. Ich bin bereits zweimal geschieden. Und einmal verwitwet, das Baby dort starb im selben Zusammenhang. Bei einem Autounfall kamen Vater und Tochter ums Leben. Es ist schon mehr als zehn Jahre her.«

Sie leerte ihr Glas. Plötzlich wirkte sie ganz müde, alt und traurig. Rävänder hatte Lust, sie irgendwie zu trösten, ihr zum Beispiel auf die Schulter zu klopfen und zu sagen, sie solle nicht traurig sein. Aber das war wohl nicht ganz passend. Frauen sind keine Hunde und auch keine Pferde, die man auf die Flanken schlägt oder hinter dem Ohr krault. Sollte er Irenes Hand nehmen? Auch das unterblieb, denn bald hatte sie sich gefangen, nahm sich eine Scheibe Obst und gewann rasch ihre Energie zurück.

»Ich werde zwei Schränke für dich leeren. Du könntest eigentlich jetzt gleich deine Sachen von zu Hause holen, also

Rasierzeug und Handtücher und so was alles. Und bring auch Sachen zum Anziehen mit, zumindest saubere Hemden, außerdem Laken. Müsstest du nicht schon allein wegen deiner Tochter, wie hieß sie noch gleich, mal zu Hause vorbeischauen?«

»Ja, in der Tat. Piia ist jetzt nicht in der Schule, es ist ja Sonntag. Ich muss mich tatsächlich mal sehen lassen, du sagst es.«

Räväinder rief zu Hause an.

»Herr du meine Güte, wo bist du gewesen«, schrie seine Frau. »Wir waren alle in Sorge, dass du dir etwas angetan haben könntest, weil du dich tagelang nicht gemeldet hast.«

»Ich war bloß auf der Insel. Könnte ich mal vorbeikommen? Ich habe vorübergehend eine Wohnung in Aussicht, ich könnte also sofort umziehen.«

»Ja, komm nur, selbstverständlich kannst du nach Hause kommen. Ich kann auch eine Kleinigkeit zu essen machen. Lass uns vernünftig reden. Piia hat auch schon so sehr gewartet. Sie weint jede Nacht.«

»Piia wusste aber, dass ich auf der Insel bin.«

»Davon hat sie nichts erzählt. Komm vorbei und versuch sie zu beruhigen. Sie ist so sensibel.«

Zu Hause fühlte sich Rävänder ziemlich fremd. Wie sich doch ein Heim innerhalb weniger Tage verändern konnte, auch wenn sich dort eigentlich gar nichts verändert hatte. Rävänder warf einen Blick ins Bad. Die Rasierwasserflasche stand an ihrem Platz. Im Schlafzimmer roch es nicht anders, aber wie dem auch sei, die ganze große und luxuriöse Wohnung war ihm fremd geworden, und er ihr. Die Gegenstände waren ihm vertraut, wirkten aber nicht mehr so, als gehörten sie ihm. Und das war ja wohl auch nicht mehr der Fall. Seine

Frau, ebenfalls eine Vertraute, und auch sie fremd geworden. Das Essen war wie immer, aber bei Tisch entstand nicht die frühere Stimmung. Und auch Piia war nicht fröhlich, so wie sonst. Rävänder löffelte zerstreut den Nachtisch. Seine Frau erzählte, dass sie ihm ein paar wichtige persönliche Dinge in einen Koffer gepackt habe. Er nahm sich mehrere Bücher aus dem Regal und packte sie dazu. »Ich muss dann los, sonst liegt ja wohl nichts weiter an.«

»Ist doch wirklich komisch, wir lassen uns scheiden, und du spielst alles einfach runter«, klagte Liisa Rävänder, geborene Majander.

»Darf ich dich bringen, Papa?«, fragte Piia.

Erst auf der Straße erkundigte sie sich, wohin er umziehen wolle. Rävänder erzählte ihr, dass es ihm geglückt sei, eine vorübergehende Wohnung in der Uudenmaankatu zu finden.

»Prima, dass es nicht Oulu oder Pori oder Stockholm ist!«

»Ich kann ja die *Vulcanus* nicht in Helsinki zurücklassen. Wir können uns auf jeden Fall ab und zu treffen. Hol dein Rad aus dem Keller, dann brauche ich nicht das ganze Gepäck zu schleppen.«

Piia schob das Rad, Rävänder versuchte seinen Koffer auf dem Gepäckträger im Gleichgewicht zu halten. Ihre Wanderung war in vieler Hinsicht mühsam, fast quälend. Sie sprachen nicht, jeder trauerte. Rävänder hatte in der Stadt oft solche Umzüge gesehen: Junge fröhliche Paare schoben ihre wenigen Sachen lachend und scherzend auf einem Fahrrad durch die Straßen, in diesem Alter hat man nun mal kein Geld für einen Umzugswagen und auch nicht genug Sachen, um einen zu füllen. Rävänders Umzug aber war traurig, er war kein junger und auch kein sorgloser Bursche, sondern

ein Reeder mittleren Alters. Neben ihm ging seine kleine traurige Tochter. Er hatte das Leben hinter sich, nicht vor sich.
Im Tehtaanpuisto legten sie eine Pause ein. Der hohe nadelförmige Turm der Mikael-Agricola-Kirche glänzte in der Frühlingssonne. Rävänder erzählte seiner Tochter, dass während des Krieges die Spitze des Turmes abgetragen und in die Kirche gebracht worden war, denn bei gutem Wetter war er manchmal bis nach Estland zu sehen.
»Was macht es denn, wenn der Kirchturm bis nach Estland zu sehen ist?«, fragte sie verwundert.
»Ja, sieh mal, die Feindpiloten hätten mithilfe des Turmes Helsinki anpeilen können. Mit ihren Bombern also. Und so war er zumindest keine Hilfe beim Navigieren.«
»Ich möchte mal dein Schiff navigieren. Du, Aulis, im Sommer musst du mich unbedingt mal auf die *Vulcanus* mitnehmen. Meine Freunde in der Schule wollen immer alles über den Schlepper wissen, und ich kann nichts erzählen. Viele denken, du hast gar keinen Schlepper.«
Rävänder seufzte.
»Wer weiß, wie lange ich ihn noch unterhalten kann. Die Scheidung trifft mich hart. Aber kümmere du dich nicht darum, Piia. Für dich genügt die Schule, alles andere sind die Sorgen der Erwachsenen.«
Die Tochter meinte altklug:
»Das Wohl der Kinder muss bei der Scheidung gesichert werden. Du darfst mich nicht alleinlassen, Aulis.«
»Das habe ich auch gar nicht vor.«
»Hand drauf, dass ich im Sommer auf die *Vulcanus* darf.«
»Na gut, Hand drauf.«
Als sie in der Uudenmaankatu angekommen waren, drückte

Rävänder seine Tochter, die sich ein bisschen zierte. Sie sah ihrem Vater nicht in die Augen, gab ihm aber ein rasches Küsschen. Dann sprang sie auf ihr Rad und trampelte eilig davon. Mit zugeschnürter Kehle schleppte Rävänder seinen Koffer zu Irene Oinonen.

Sie gab ihm einen flüchtigen Kuss und erklärte ihm dann, wo er seine Sachen lassen konnte.

»Den Koffer kannst du in den Garderobenraum hier stellen. Schalt kein Licht ein, hier ist es so unordentlich.«

Der Raum war überhaupt nicht unordentlich, im Gegenteil. Alles war akkurat in die Regale einsortiert. Rävänder sah sich um. Wieso standen all diese Dinge bei Irene Oinonen? Es handelte sich ausschließlich um Männersachen, wie zum Beispiel die glänzenden Gummistiefel, die sauber und ordentlich im hinteren Regal standen.

»Das sind wohl die Sachen deines Mannes«, kommentierte er den Inhalt des Raumes verwundert.

»Stimmt, zum Teil ist es auch Heikkis Hinterlassenschaft. Und außerdem hat jeder Kerl irgendwas bei mir liegen lassen …, ich habe alles hierhergebracht, und dann kam ich auf die Idee, eine Art Hausmuseum einzurichten, falls du verstehst. Gleichsam ein Männermuseum.«

»Aha. Du hast wohl ziemlich viele Männer gehabt.«

Irene Oinonen entnahm dem Regal einen Kunststoffkamm, der sich einst gebogen hatte, nachdem er seinen Besitzer in der Gesäßtasche begleitet hatte.

»Hier ist ein Souvenir von Eki …, das war vielleicht ein Hallodri. Dort liegen Makes Badehose und sein Schnorchel. Er ging immer viel schwimmen, war ein echtes Dickerchen, lag wahrscheinlich gut auf dem Wasser.«

Irene präsentierte die Sachen aus ihrem Männermuseum.

Die Gummistiefel hatte Rauski getragen. Der Regenschirm war von Teuvo. Die leicht angebrochene Oberkieferprothese hatte einst Lauri gehört.

»Du liebe Güte, das war ein Kerl. Als wir Schluss machten, schmiss er mir das Gebiss nach.«

»Auch ich habe eine Prothese«, erklärte Rävänder und klapperte zum Beweis mit dem Gebiss.

»Die Mandoline und die Mundharmonika sind von Helge. Er konnte gut spielen, deshalb verliebte ich mich wohl in ihn, aber sonst war er nicht anders als die Männer im Allgemeinen.«

Von Sakari war ein Anorak zurückgeblieben. Ein Freiluftfan also. Mattis Erbe waren mehrere Kognakflaschen. Und außerdem gab es in den Fächern eine unbestimmte Anzahl männlichen Krimskrams: ein paar Krimis, eine alte Kamera, Hefter, Krawatten, Strümpfe, Mützen und Hüte.

»Stell den Koffer da unten hin. Falls dich dieser ganze Kram stört, kann ich ihn in die Dachkammer schaffen.«

»Nein, lass nur. Der Mensch braucht schließlich Erinnerungen.«

Am Morgen rief Rävänder bei Kapitän Hagman an und sagte ihm, dass mit der *Vulcanus* ein Wildschwein von der Insel geholt werden müsste.

»Bringt es ans Ufer von Kellosaari, dort steht ein Kran, mit dem man es leicht vom Schlepper runterkriegt. Ich bestelle den Tierpräparator mit seinem Fahrzeug und komme selber ebenfalls hin.«

Rävänder gab dem Kapitän Irene Oinonens Telefonnummer.

»Falls ich mich nicht selber melde, frag nach dem Fußpflegesalon Irene, dort weiß man Bescheid.«

Während sich Hagman die Nummer notierte, erzählte Rävänder, dass er umgezogen sei.
»In letzter Zeit deutete sich an, dass es bei uns zur Scheidung kommen wird. Dies nur zu deiner Information, damit du dich nicht wunderst.«
»Das Private geht mich nichts an. Ich will nur sagen, dass es einen hart treffen kann. Im Winter des Generalstreiks befuhr ich die Route zwischen Rio de Janeiro und Southampton, und in Southampton erfuhr der Bootsmann, dass seine Frau gegangen war und die Kinder mitgenommen hatte. In Rio erhängte er sich dann. Aber zurück zum eigentlichen Thema, ich melde mich telefonisch, wenn das Schwein angelandet ist.«

10

Präparator Usko Karhunen, der stämmige, fröhliche Besitzer einer Werkstatt zum Ausstopfen von Raubtieren und Schlangen, traf im selben Moment am Kai ein, da die *Vulcanus* mit ihrer Wildschweinfracht einfuhr. Karhunen hatte für den Transport einen leichten LKW gemietet, der einen kleinen Kran auf der Ladefläche hatte. Damit ließ sich das Schwein mühelos vom Schlepper auf das Auto umladen.

Einige Männer, die im Hafen herumstreunten, versammelten sich, um den Ladevorgang zu beobachten. Sie wollten wissen, woher das Schwein stamme. Als sie erfuhren, dass es in Estland ertrunken war, entwickelte einer von ihnen die Theorie, dass es schwimmend nach Finnland hatte abhauen wollen, die Entfernung aber falsch eingeschätzt hatte.

Nun ja, tatsächlich war es wohl von einer vorgelagerten Insel am Südufer des Finnischen Meerbusens losgeschwommen, um entweder eine andere Insel oder das Festland zu erreichen. Als dann von Süden her ein schwerer Sturm aufgekommen war, hatte es nicht genug Kraft gehabt, es war in den Wellen ertrunken und vom Sturm an Finnlands Küste getrieben worden.

Oder war an Estlands Küste womöglich ein heftiger Paarungskampf um eine attraktive Bache entbrannt? Der unterlegene Keiler hatte ins Meer flüchten müssen, das ihm zum

Verhängnis geworden war. Denkbar war aber auch, dass eben dieser tote Keiler seinen Konkurrenten besiegt, ins Meer gejagt und dort in seinem Eifer so lange weiterverfolgt hatte, bis er selber in den Tiefen ertrunken war. Aber wo war der Kadaver des anderen Keilers? Auch er war ja vermutlich im Kampf gefallen und vom Sturm mitgenommen worden.

Die Männer tauschten sich darüber aus, dass Schweine zu den klügsten Vertretern der Tierwelt gehörten. Könnte es also nicht auch so gewesen sein, dass dieser Keiler mit allerlei Missgeschicken zu kämpfen gehabt und am Ende beschlossen hatte, sich das Leben zu nehmen? Von Kühen kannte man ja keine Selbstmordfälle, aber bei Schweinen war so etwas wohl durchaus denkbar.

Konnten Schweine überhaupt schwimmen? Womöglich handelte es sich um ein pures Unglück? Der Keiler hatte sich vielleicht irgendwo im Militärhafen von Paldiski nach einem ins Meer gefallenen halbverfaulten Apfel gebückt, hatte nicht aufgepasst, war hineingefallen und, da er nicht schwimmen konnte, mit dem Apfel im Maul ertrunken und nach Finnland getrieben.

Diese Mutmaßungen des Publikums fanden ihr natürliches Ende, als der Kadaver des Wildschweins mit dem Kran auf die Ladefläche des LKW gehievt und mit einer Plane abgedeckt worden war. Die *Vulcanus* legte ab, um weitere Schlepperdienste zu leisten, und Räv änder und Karhunen setzten sich in den LKW, um in nördlicher Richtung die Stadt zu verlassen.

»In Kannelmäki ist letzte Nacht ein Papagei gestorben«, erzählte Präparator Kurhunen, als sie die Hämeenlinnantie erreichten. »Wenn du nichts dagegen hast, fahren wir dort mal kurz vorbei. Ich hole den Vogel ab, um ihn auszustopfen.«

Räwänder begriff, dass der Besitzer des Papageien seinen Liebling weiter bei sich haben und ihn deshalb ausgestopft auf den Schrank stellen wollte. War es üblich, dass die Leute ihre Haustiere ausstopfen ließen? War das nicht eine etwas gruselige Art, seines tierischen Gefährten zu gedenken?

»Manchmal bekomme ich eine Katze oder einen Hund zum Ausstopfen. Häufiger sind es Schlangen und Schildkröten. Eine Schlange lässt sich übrigens schwerer ausstopfen, als die meisten Leute glauben. Man könnte meinen, dass es so einfach wäre wie Wurstmachen. Die Leute wollen einfach nicht begreifen, wie viel Präzision es verlangt, Tiere zu konservieren. Jede x-beliebige Hausfrau oder jeder Angler kann einen Hecht ausnehmen, aber könnten sie denselben Fisch auch ausstopfen, um ihn auf ein Mahagonibord zu montieren? Zwischen Wurstherstellung und Schlangenausstopfen gibt es gewisse Unterschiede.«

In der Pelimannintie in Kannelmäki fuhren Karhunen und Räwänder in die fünfte Etage eines achtstöckigen Hauses hinauf. Eine Frau in mittleren Jahren öffnete ihnen. In der Wohnung roch es nach totem Papagei. Die Tür war mit einer Sicherheitskette und einem Spion versehen.

»Oh, kommen Sie doch herein. Dieses Haus ist so unruhig, dass man mehrere Schlösser an der Tür haben muss und trotzdem nicht zu öffnen wagt, wenn man nicht weiß, wer kommt«, plapperte die Frau, während sie den Präparator und den Reeder ins Innere der Wohnung lotste. Sie bot den Männern einen Platz an und sagte, sie wolle Kaffee kochen. Zunächst stellte sie jedoch ihren verstorbenen Freund Emanuel vor. Es war ein prächtiges Tier, einen halben Meter groß und mit blauem Federkleid. Der kräftige Schnabel des Vogels war für immer geschlossen.

»Konnte er sprechen?«, fragte Räväänder, während er den stolzen Papagei betrachtete, der leblos in seinem Käfig aus vergoldetem Draht lag.
»Ich wohnte früher in Töölö. Dort lernte Emanuel ein wenig Schwedisch, aber hier in diesem Haus vergaß er das Gelernte bald und fing an, allerlei unanständiges Zeug von sich zu geben. Während der letzten zwei Jahre konnte ich ihn gar nicht mehr auf den Balkon lassen, er hörte sich nämlich alles an, was unten im Hof gerufen wurde, und dann krakeelte er es drinnen in der Wohnung den ganzen Abend lang. Das tat er nicht aus Bosheit, er begriff nur nicht, dass wir daheim nicht fluchen und auch keine vulgären Reden führen. Dieses Haus ist einfach schrecklich.«
Aus dem Treppenhaus waren lautes Gepolter und verängstigte Stimmen zu hören. Türen knallten, und Glas klirrte. Die Besitzerin des toten Vogels seufzte schicksalsergeben.
»So ist es hier immer. Fast jeden Tag kommt die Polizei, dies ist nämlich ein Mietshaus. Nachts kann man nicht schlafen, ich benutze diese Ohrenschützer, aber sie drücken so sehr.«
Sie zeigte den Männern einen Gehörschutz, wie er in lärmenden Industriehallen verwendet wird.
Räväänder stand auf und sagte, er wolle nachsehen, was draußen los war.
»Nein, lieber nicht, dort ist bestimmt wieder dieser Silvennoinen zugange. Das ist ein ganz furchtbarer Mensch, verprügelt jeden Tag seine Frau und seine Schwiegermutter. Die Mutter tut mir besonders leid, wenn der junge Kerl sie aus der Wohnung schubst oder zerrt und sie weinend im Treppenhaus hockt. Früher hatten wir hier einen Hausmeister, aber der kündigte, als Silvennoinen auch ihn verprügelte.

Ich würde sofort wegziehen, aber in Helsinki herrscht ja so furchtbare Wohnungsnot.«

Räyänder eilte ins Treppenhaus. In der Etage über ihm waren furchtbarer Lärm, das Geschrei von Frauen und dumpfes Klatschen zu hören, so als würde mit den Fäusten ein Sandsack traktiert. In vielen Etagen standen die Türen einen Spalt offen, und neugierige und erschrockene Gesichter lugten heraus. Rufe nach der Polizei wurden laut.

Räyänder rannte nach oben und sah, wie ein betrunkener junger Mann eine gleichaltrige Frau verprügelte, sie schrie wie auf der Schlachtbank, und so ähnlich wirkte die Szenerie auch. An der Wand kauerte weinend eine zierliche Frau in den Sechzigern, ihr Haar war zerzaust und die Kleidung zerfetzt. Der Schläger drehte sich zu Räyänder um, ließ von der Frau ab und stellte sich in Positur. In der Hand hielt er mehrere zerknitterte Zehnmarkscheine. Hier war also ein gewaltsamer Raub im Gange.

Räyänder drosch dem Mann die Faust ins Zwerchfell, worauf der zusammenknickte und vor Schmerz jaulte. Die beiden misshandelten Frauen standen auf, Türen öffneten sich, und bald war Räyänder von Menschen umringt. Alle feuerten ihn an, es Silvennoinen einmal richtig zu geben. Schließlich hatten sie diesen Schurken schon jahrelang ertragen. Am besten wäre es, ihn gleich ganz totzuschlagen, hieß es vielfach.

Jetzt kam auch Tierpräparator Karhunen hinzu. In der Hand hielt er den vergoldeten Käfig mit dem toten Papagei darin. Als Räyänder sich zu ihm umdrehte, nutzte Silvennoinen die Gelegenheit und nahm Reißaus. Er rannte die Treppe hinunter, die Leute wichen in ihre Wohnungen zurück. Kurz darauf hörte man unten einen lauten Knall, als die

Haustür zugeschlagen wurde. Silvennoinen war auf und davon.

Räväncler half Frau Silvennoinen und ihrer Mutter in die Wohnung. An der Tür hatte es einst eine Sicherheitskette gegeben, aber die war inzwischen zerrissen, nur noch ein verrostetes Bruchstück hing traurig am Türrahmen. Die Tür war von beiden Seiten durch Fußtritte demoliert, der Spion blindgeschlagen und mit Kaugummi verstopft.

Eine halbe Stunde später erschien die Polizei. Die Beamten ließen sich die Vorkommnisse schildern, machten sich ein paar Notizen. Für sie war das alltägliche, langweilige Routine. Sie erledigten ihre Arbeit lustlos. Als sie gingen, sagten sie, dass es nett wäre, wenn sich jemand die Mühe machen würde, sie anzurufen, sobald Silvennoinen in die Wohnung zurückkehrte. Den Mann zu verfolgen, schien ihnen nicht der Mühe wert. Sie vermuteten, dass man ihn über kurz oder lang beim nächsten Krawall stellen, verhaften und aufs Polizeirevier bringen könnte. Solche trunksüchtigen Silvennoinens gab es in Helsinki so zahlreich, dass sich die Polizei unmöglich um jeden einzelnen kümmern konnte.

Beide misshandelten Frauen hatten im Gesicht und an den Armen Zeichen früherer Übergriffe: blaue Flecken unterschiedlichen Alters und unterschiedlicher Schattierungen, Schrunden, Narben und diverse Verletzungen. Beiden war anzusehen, dass sie seit Wochen nicht mehr richtig geschlafen hatten. Sie klammerten sich an Räväncler und flehten, er möge sie nicht allein in der Wohnung zurücklassen, denn Silvennoinen würde garantiert zurückkehren, sowie er die paar Zehner, die er ihnen abgegaunert habe, auf den Kopf gehauen hätte. Die Mutter wie auch die Tochter fürchteten Rache und baten Räväncler um Schutz. Die Polizei kümmere sich nicht um sie, das habe man ja wieder einmal gesehen. Könne ihr Retter in der Not nicht wenigstens für eine Nacht zu ihrer Sicherheit dableiben?

»Wir haben kein Geld, um von hier zu fliehen. Sonst sind wir zu Bekannten oder in eine Pension gegangen, aber wir haben nicht mehr die Kraft dazu«, jammerten die Frauen.

Rävänder versprach, zurückzukehren, sowie er eigene dringende Angelegenheiten erledigt habe. Im Auto wartete das Schwein.

Unten auf der Straße reichte ihm der Präparator den vergoldeten Vogelkäfig.

»Halt ihn auf dem Schoß, während ich fahre. Auf nach Klaukkala. Dieses Haus ist ja total irre.«

11

Karhunens Werkstatt in Klaukkala, Gemeinde Nurmijärvi, befand sich in einem gewöhnlichen Einfamilienhaus, dessen Kellerräume und Erdgeschoss für die Bedürfnisse des präparierenden Gewerbes eingerichtet waren. Karhunen selbst wohnte im Obergeschoss. Die Garage war mit einer Kühlanlage versehen, dort wartete ein Teil der toten Tiere aufs Ausstopfen. Karhunen fuhr den LKW mit der Schweinslast vor die Garage.

Er öffnete die Türflügel und machte Licht. Räwänder trug den toten Papagei in seinem Käfig hinein. Drinnen sah er etliche tote Tiere: An einem Balken hing der Kadaver eines Elches, der mit einem Auto kollidiert war, daneben ein Hirsch, und in Kühlschränken lagerte Kleinvolk des Waldes. Ein paar Häschen, ein Nerz, eine Nutria und zwei Bisams. Eine Leichenkammer der tierischen Art.

Karhunen fuhr das Fahrzeug dicht an die Tür heran, sodass der Wildschweinkadaver von der Ladefläche gehoben und direkt an den Balken gehängt werden konnte. Als das erledigt war, schloss Karhunen sofort sorgfältig die Tür der Garage, damit die teure kalte Luft nicht nach draußen in den lauen Frühlingstag entweichen konnte.

Räwänder fragte, was das Ausstopfen des Wildschweins kosten würde.

»Sagen wir mal so an die neuntausendfünfhundert Mark«, meinte Karhunen. »Es ist ein großes Tier, das erfordert schon einige Mühe. Der ganze Körper muss mit eisernen Reifen verstärkt werden. Ich habe deiner Frau Oinonen ja erklärt, dass das Ausstopfen eines Wildschweins genauso teuer ist, wie wenn man einen Bären konservieren würde.«

Der Preis erschien Rävänder ziemlich hoch, aber jetzt war es zum Feilschen zu spät. Womöglich würde der Präparator ihn auffordern, sein Schwein mitzunehmen und zu verschwinden, wenn er den Preis nicht akzeptierte. Ärgerlich. Rävänder standen gerade jetzt ganz andere Ausgaben ins Haus. Da waren die Scheidung und die Erneuerung der Schiffsschraube am Schlepper. Das Wildschwein war einfach zu einem unpassenden Zeitpunkt zu ihm gekommen. Es war wohl Schicksal, sowohl für das Wildschwein als auch für ihn selbst, und so verzichtete er darauf, ernsthaft um das Honorar zu feilschen.

»Ich hätte gern auch noch eine Transportkiste für das Schwein.«

»Edelholz? Oder reicht Astkiefer?«

»Mahagoni oder Teak, wenn das möglich wäre.«

Präparator Karhunen dachte nach. Er zückte den Taschenrechner, tippte eine Weile darauf herum und verkündete seinen Preis:

»Zwölftausendfünfhundert Mark. Abgemacht? Eine Kiste aus lackiertem Teak mit dem Schwein drin. Ich kann die Kiste so bauen, dass man das Schwein leicht rauskriegt, ich mache einen zweiten Boden, auf dem ich das Schwein festschraube, sodass es drinnen in der Kiste wie auch obendrauf liegen kann.«

»Der Preis erscheint mir mächtig hoch.«

Karhunen verlor langsam die Geduld.
»Hör zu, selbst der Sarg eines armen Penners kostet schon fünftausend Mark! Für die eigentliche Arbeit am Tier bleibt ja gar nichts mehr, wenn ich im Preis runtergehe. Die Kiste wird größer als ein großer Sarg. Und außerdem sind Menschensärge Einwegprodukte, aber bei dem Schwein ist das anders, es wird ja nicht gleich in der Erde verbuddelt, so wie tote Menschen.«
Rävänder begriff, dass der Präparator keinen Preisnachlass geben würde. Sie machten einen schriftlichen Vertrag.
»Du könntest vielleicht den LKW in die Stadt bringen und bei der Autovermietung abgeben, dann kann ich gleich anfangen, das Schwein vorzubereiten. Und du sparst die Kosten für ein Taxi.«
»Wann muss das Fahrzeug abgegeben werden?«
»Bis morgen früh acht Uhr. Die Miete ist bezahlt. Und die Plane kannst du auch dalassen, die wurde mitgeliefert.«
Dann wollte Karhunen noch ein paar praktische Fragen besprechen.
»Wir müssten uns einigen, in welcher Körperhaltung du das Schwein haben willst. Soll es stehen oder springen? Und was ist mit dem Maul, wühlt es in der Erde, fletscht es die Zähne, oder was macht es? Ich würde empfehlen, wir richten das Maul so, schau her, ein bisschen nach oben, den Schlund geöffnet, die Zähne gefletscht …, Keiler haben nämlich verdammt prächtige Hauer. Es wäre schade, sie im Maul zu verstecken. Und unbedingt wäre ich auch dafür, die Rückenborsten nach oben zu bürsten. Das sieht wirklich prachtvoll aus, da kannst du sicher sein.«
Darauf einigten sie sich dann.
Als Rävänder das Wildschwein los war, fuhr er mit dem

LKW nach Kannelmäki. Dort stoppte er am Supermarkt, kaufte Selters und die Zutaten für belegte Brote ein, anschließend fuhr er in die Pelimannintie, um nach den Silvennoinens zu schauen.

Kurz kam ihm ein zynischer Gedanke. Eigentlich waren die Frauen selbst daran schuld, dass sie so oft verprügelt wurden. Wer zwang sie, mit diesem Halunken zusammenzuleben? Finnische Frauen haben den sonderbaren Hang, sich in Saufbolde zu verlieben, und dann bringen sie es nicht fertig, sich rechtzeitig scheiden zu lassen, sondern leben jahrelang unter aberwitziger Willkür, und Außenstehende müssen sie dann schützen.

Die Wohnung der Silvennoinens hatte nur zwei kleine Zimmer. Die wenigen Möbel waren ramponiert und zerkratzt. Keine einzige Deckenlampe war heil. Der Kühlschrank war defekt. Die Lebensmittel, die Rävänder mitbrachte, wurden auf dem Balkon gelagert. Im Badezimmer brannte zwar Licht, aber dort war der Spiegel zerschlagen. Wahrhaftig eine traurige Behausung.

Die Frauen redeten pausenlos. Natürlich bekamen sie nie Besuch, abgesehen von Vertretern des Sozialamtes und der Polizei. Die beiden platzierten Rävänder auf dem Sofa, aus dem die Füllung herausquoll, setzten sich rechts und links neben ihn und begannen zu plappern. Sie erzählten Räväner alles aus ihrem elenden Leben. Am späteren Abend stellten sie im Zimmer eine Kerze auf, um die belegten Brote nicht im Dunkeln verzehren zu müssen.

Die ältere Frau hieß Sonja Partanen. Sie bezog noch keine Rente, hatte aber auch keine Arbeit. Und was hätte die ihr auch genützt, der Schwiegersohn, Raimo Silvennoinen, hätte sowieso ihre gesamten Einkünfte an sich gebracht.

Die Tochter hieß Liisa, geborene Partanen. Sie war erst achtundzwanzig Jahre alt, eine zarte, dunkelhaarige Frau. Sie hätte auf gewisse Weise sogar schön ausgesehen, wäre sie nicht jahrelang so schwer verprügelt und misshandelt worden. Sie wirkte mindestens wie vierzig. Ihre Stimme war leise, der Blick irrte ängstlich umher.
Mutter und Tochter sprachen fast im Chor, unterbrachen sich gegenseitig. Die Mutter hatte zusammen mit ihrem Mann einen kleinen Bauernhof in Loimaa besessen. Vor einigen Jahren war sie verwitwet. Die Tochter, damals frisch verheiratet, war mit ihrem Mann nach Loimaa gekommen, um ihn vorzustellen und die Mutter aufzufordern, zu ihnen nach Helsinki zu ziehen, jetzt, da der Vater tot und sie allein war. Die Mutter sollte den Hof verkaufen, dann würden sie sich alle drei zusammen in Helsinki eine schöne Wohnung nehmen.
»Ich war eigentlich gegen den ganzen Zirkus, aber die beiden kamen jedes Wochenende und redeten vom Verkauf des Hofes, und stets hatten sie die Grundrisse all der schönen Wohnungen dabei …, sie versprachen Waschmaschine und Badewanne und was weiß ich alles. Eine Waschmaschine haben wir bis heute nicht, und wir werden sie hier auch nie haben. Man muss froh sein, überhaupt noch am Leben zu sein.«
Am Ende hatte sie den Bauernhof verkauft. Eine Wohnung war jedoch nie angeschafft worden, der Schwiegersohn hatte das Geld durchgebracht, mit Trinken und seinem Lotterleben. Als schließlich nichts mehr da gewesen war, war der Mann gewalttätig geworden.
Die alte Frau begann zu weinen.
Räwänder fragte, warum die Frauen dieses Leben erduldeten.

In Finnland war ja niemand gezwungen, mit einem so hundsgemeinen Kerl zusammenzuleben.
Die Tochter erzählte, dass sie viele Male beschlossen hatte, sich scheiden zu lassen, aber er hatte gedroht, sie totzuschlagen, falls sie das täte. Und einen Vorgeschmack darauf hatte sie weiß Gott schon bekommen. Zum Glück hatten sie keine Kinder. Zwei Fehlgeburten hatte sie gehabt, und einen Abbruch. Raimo hatte sie mit Füßen getreten.
»Liisa hat selbst mit mir nicht über alles sprechen können«, erklärte die Mutter. »Wir leben einfach von einem Tag zum anderen und wagen nicht weiter vorauszudenken. Nachts bekommen wir kaum Schlaf, dafür Prügel. Essen ist kaum da, saubere Sachen auch nicht. Ich habe hier in Helsinki schon mehr als zwölf Kilo abgenommen. In Loimaa war ich noch richtig dick, davon ist jetzt nicht mehr viel übrig.«
Es war bereits Nacht. Die Kerze war heruntergebrannt. Die Frauen flehten Rävänder an, bis zum Morgen zu bleiben. Zu dritt legten sie sich im Schlafzimmer aufs Bett, die Mutter in der Mitte, Rävänder zu ihrer Linken, die Tochter zur Rechten. Alle schliefen in voller Bekleidung, das war in der Familie so üblich. Die Frauen konnten ja nie sicher sein, wann Raimo Silvennoinen kommen und sie hochscheuchen würde.
In den frühen Morgenstunden, gegen zwei oder drei Uhr, rumorte der geschasste Werkzeugmacher Raimo Silvennoinen an der Tür und raste ins Schlafzimmer wie eine Rakete. Aber diesmal erwartete ihn nicht die schreiende Schwiegermutter und auch nicht die weinende Ehefrau, sondern Rävänders eiserne Faust, die den Halunken vom Schlafzimmer zurück ins Wohnzimmer und bis an die Flurtür schleuderte. Rävänder konnte es sich sparen, die dreckige Visage mit

einem zweiten Schlag zu polieren. Silvennoinen lag kläglich zuckend da wie ein durch die Mangel gedrehter Tintenfisch.

Räwänder entzündete eine Kerze, um sich das Ergebnis anzusehen. Raimo Silvennoinen rollte wütend die Augen. Er hielt es jedoch für klüger, auf dem Fußboden liegen zu bleiben. Er fürchtete sich, so wie einer, der Schwächere schlägt, den Stärkeren fürchtet.

»Mistkerl«, sagte Räwänder verächtlich.

Eigentlich hätte er jetzt die Polizei anrufen müssen, aber das Telefon war kaputt, außerdem waren seit Monaten keine Rechnungen bezahlt und der Anschluss längst stillgelegt worden. Räwänder gab den Frauen zweihundert Mark für Essen, dazu die Telefonnummern des Schleppers und der Fußpflegerin. Sie sollten anrufen, falls sie das dringende Bedürfnis dazu verspürten.

»Ich schaffe den Kerl zum Polizeirevier. Versuchen Sie jetzt, die restlichen Stunden zu schlafen. Wo ist übrigens das nächste Revier?«

»Das Polizeirevier von Haaga war bisher immer zuständig«, erklärten die Frauen.

Räwänder scheuchte Silvennoinen hoch. Er stieß den Mann vor sich her, verließ mit ihm die Wohnung und nahm den Fahrstuhl nach unten. Zum Glück wartete vor dem Haus der LKW. Er hätte gleich einen Sammeltransport aller ortsansässigen Ganoven durchführen können.

»Spring auf«, wies er Silvennoinen an.

Der kroch mühsam auf die Ladefläche. Räwänder folgte ihm und band seine Hände mit dem Seil, das beim Schweinetransport benutzt worden war, auf dem Rücken zusammen. Dabei belehrte er ihn, dass ihm ein Fluchtversuch nichts bringen, sondern nur dazu führen würde, dass er, Räivänder, ihn mithilfe des Krans an den nächsten Starkstrommast hängen würde.

»Wie kommt man von hier am besten zum Polizeirevier von Haaga?«, fragte er anschließend, aber Silvennoinen war äußerst mürrisch und nicht gewillt, ihm den Weg zu beschreiben, obwohl er ihn garantiert kannte.

Rävänder schlug die Ladeklappe zu und klemmte sich hinters Steuer. Er fuhr auf die Nurmijärventie und von da nach Haaga, wo er nach ein paar Umwegen das Polizeirevier fand. Er hielt mit seiner kriminellen Fracht vor dem Eingang, stieg aus und forderte Silvennoinen auf, von der Ladefläche herunterzukommen. Dann schob er den Mann ins Haus und zum diensthabenden Wachtmeister. Silvennoinen machte kurze steife Schritte, aber gehen musste er notgedrungen. Er zischte Rävänder über die Schulter zu:

»Wie lange hast du Hund schon bei uns rumgebumst?«

»Schnauze, und rein mit dir.«

Silvennoinen war auf dem Revier bestens bekannt. Der Diensthabende fragte ihn, warum der Mann gefesselt sei, hätte es sich nicht gehört, ihn in einem Streifenwagen der Polizei zu transportieren? Rävänder sagte, dass er ihn mitgebracht habe, weil er ein Fahrzeug und ein Seil und zufällig denselben Weg gehabt habe.

Der Beamte prüfte die Fahndungsmeldung und Silvennoinens Bußgeldsituation, dann schloss er ihn in die Zelle ein.

»Haben Sie noch irgendwelche Forderungen an ihn?«, fragte er Rävänder.

»Ich nicht. Aber setzen Sie den Halunken bloß nicht gleich wieder auf freien Fuß. Er geht auf direktem Wege nach

Hause, um seine Frau und seine Schwiegermutter zu verprügeln.«
»Nein, er bleibt erst mal eine Weile bei uns, dann kommt er in U-Haft, und der Knast ist ihm auch schon mal sicher.«
Während Räväder mit dem Lastwagen durch das erwachende Helsinki fuhr, musste er an die Frage denken, die Silvennoinen ihm vorhin gestellt hatte. Der Kerl war allen Ernstes eifersüchtig auf ihn. Doch wenn jemand Grund zur Eifersucht hatte, dann war es Räväder selbst.
Unter dem Aspekt der Eifersucht hatte er seine eigene Ehe noch gar nicht betrachtet. Oder vielmehr seine Scheidung, denn dieser Punkt war ja inzwischen erreicht. Seine Frau hatte einen neuen Mann, der in die Laivanvarustajankatu zu Besuch kam, wahrscheinlich dort übernachtete …, mit seiner Frau schlief, sein Rasierwasser benutzte, auf seinem Klo saß, seiner kleinen Tochter die Wange tätschelte, mit ihr plapperte …
Er presste die Finger so fest um das Lenkrad, dass das Auto, wäre es lebendig gewesen, lauter geheult hätte als die Sirene eines Krankenwagens. Mordlustige Eifersucht bemächtigte sich seiner. Sein Blick trübte sich, und womöglich wäre ein Unglück passiert, wäre es auf den Straßen nicht um diese Zeit noch so still gewesen.
Räväder ging in ein Nachtcafé, um sich zu beruhigen. Er trank Kaffee und wartete, dass die Autovermietung öffnete. Dann gab er den LKW ab und ging zur Uudenmaankatu. Aus einer Telefonzelle rief er die Fußpflegerin an und bat um die Schlüssel, damit er ins Haus käme.
»Wo in aller Welt bist du gewesen?«, fragte sie verärgert. Räväder erzählte, dass er, wie verabredet, das Wildschwein zum Ausstopfen nach Klaukkala gebracht hatte, aber auf der

Hinfahrt war er da in etwas hineingeraten. Er und der Präparator hatten einen toten Papagei mitnehmen wollen, und bei der Gelegenheit hatte er sich mit einem gewissen Silvennoinen prügeln müssen ..., die Polizei war gekommen, es hatte einen richtigen Aufruhr gegeben ..., und geschlafen hatte er bei Silvennoinens Frau und Schwiegermutter. Am frühen Morgen hatte er dann den besagten Silvennoinen festgenommen, ihn mit dem Schweineseil gefesselt und aufs Polizeirevier Haaga geschafft. Zum Glück hatte er den LKW zur Verfügung gehabt ...

»Hör auf, guter Mann. Stell dich unten vors Haus, dann werfe ich den Schlüssel runter.«

Irene Oinonen war wütend. Was hatte sie sich da wieder für einen Kerl aufgehalst. Er lieferte ihr mehr Erklärungen als die meisten ihrer früheren Männer zusammengenommen. Schweine und Silvennoinens ...

Sie schleuderte ihren Wohnungsschlüssel wütend aus dem Fenster, als sie sah, dass der Reeder inzwischen unten auf der Straße stand.

Noch wütender wurde sie, als sie seine mitleidigen Worte über Sonja Partanen und deren Tochter Liisa und über das elende Leben der beiden bedauernswerten Frauen zu hören bekam.

12

Beim Frühstück war Irene Oinonen ein wenig steif, wurde aber zugänglicher, als Rävänder ihr alles von Grund auf berichtete, was am vergangenen Tag und in der Nacht passiert war.

»Du hättest trotzdem anrufen können. Ich musste den ganzen Abend mutterseelenallein zu Hause sitzen.«

»Entschuldige. Aber dort gab es kein Telefon.«

Rävänder ging duschen. Als er wieder durchs Wohnzimmer trabte, um sich anzuziehen, stoppte ihn Irene Oinonen und rief ihn zu sich.

»Zeig mir mal deine Füße.«

Rävänder hob abwechselnd seine behaarten Beine.

»Setz dich da auf den Stuhl, und leg die Füße auf den Tisch«, kommandierte die Oinonen. Sie knipste eine Spotlampe hinter dem Sofa an und richtete den hellen Lichtkegel auf Rävänders grobschlächtige Füße. Dann beugte sie sich über den Tisch und fing an, mit geübten Handbewegungen den Spann zu untersuchen.

Rävänder kam sich lächerlich vor. Er bat, seine Füße ein andermal vorführen zu dürfen.

»Ich will mich wenigstens erst anziehen.«

»Sitz still, und zieh die Zehen nicht zusammen.«

Irene Oinonen untersuchte Rävänders Füße systematisch.

Sie nahm sie abwechselnd in ihre weichen Hände, betastete die Knochen und Sehnen, beugte die Zehen. Ein zufriedenes Lächeln zeigte sich auf ihrem Gesicht. Rävänder versuchte seine Füße vom Tisch wegzuziehen, aber sie erlaubte es nicht. Sie drückte auf den Waden herum, betastete die Kniescheiben und ließ ihre geübten Hände auch ein tüchtiges Stück zu den behaarten Schenkeln hinaufwandern.
»Du hast große Füße ..., wirklich große ...«
»Ich habe ja gesagt, dass ich Schuhgröße 45 habe«, brachte Rävänder heraus. Er wusste nicht recht, ob er sich über seine großen Füße freuen oder sich deswegen genieren sollte. Er spürte, dass er erregt war. Krampfhaft hielt er das Badetuch auf dem Schoß. Irene Oinonen ließ jedoch nicht nach, sie fuhr fort, auf den Füßen herumzudrücken.
Das Ende vom Liede war, dass Rävänder irgendwie, seinen Füßen folgend, ganz und gar auf den Tisch und auf der anderen Seite wieder hinunterrutschte, aufs Sofa zu Irene Oinonen, neben sie und schließlich auf sie drauf. Da gerieten für sie wie für ihn die Füße schnell zur Nebensache, ja sie waren gänzlich vergessen.
Als beide schließlich keuchend und nackt nebeneinanderlagen, bekannte Irene Oinonen:
»Du bist tatsächlich kein Plattfuß.«
Rävänder fühlte sich nach langer Zeit wieder glücklich. Er hätte gern eine Zigarette geraucht, hielt sich aber zurück. Er wusste, dass Frauen es nicht mochten, wenn der Mann sofort nach dem Beischlaf seine Hose sucht, Streichhölzer verlangt und anschließend die Bude vollqualmt.
»Ich war so amüsiert und zugleich voll Mitleid, als ich dich das erste Mal sah«, erinnerte sich Irene Oinonen.
»Was ist an mir so amüsant?«

»Da stand ein großer Mann auf dem Bootssteg, in einem zu kleinen, zerknitterten Anzug, die Jacke im Nacken faltig und die Hose über den Knöcheln so kurz, dass die Strümpfe vorguckten. Mein Gedanke war: Jesses, falls ich den Kerl nehme, dann wird er jedenfalls in diesen Klamotten nicht alt.«
Räwänder erklärte ein wenig verlegen, dass der Anzug seiner Meinung nach völlig in Ordnung und in jeder Hinsicht heil und sauber sei. Er achte auf seine Garderobe. Falls die Irene nicht gefalle, dann könnte er ...
»Was könntest du? Sei bloß still. Von jetzt an, und falls du hier wohnen willst, wähle ich deine Kleidung aus. Es kann nicht angehen, dass ein wohlhabender Reeder in einem zu kleinen Anzug herumläuft. Aber jetzt muss ich den Salon öffnen.«
Als Irene gegangen war, beschloss Räwänder, seine älteste Tochter anzurufen und sie rundheraus zu fragen, ob an seiner Stelle jemand anderes in der Laivanvarustajankatu wohne und was für ein Kerl dieser Stellvertreter sei. Die Tochter behauptete, nichts darüber zu wissen, aber an ihrer Stimmer erkannte er, dass sie nicht die Wahrheit sprach.
»Du solltest deinen Vater nicht anlügen.«
»Hör mal, Papa, du nimmst die ganze Sache einfach zu schwer. Warum akzeptierst du nicht einfach, dass Mama nun mal nicht mit dir auskommt? Ihr seid beide in einem Alter, in dem es euch möglich sein sollte, euch sachlich zu trennen.«
»Gut, gut. Ich hätte nur gern gewusst, welcher Kauz nach meinem Eigentum trachtet. Aber wenn du es dumm findest, dass man sich für sein Lebenswerk interessiert, dann reden wir eben nicht mehr darüber.«
Die Tochter redete ihm gut zu: Er solle vernünftig und nach-

sichtig sein. Er solle sich nicht von seinen Gefühlen beherrschen lassen, keine eifersüchtigen Rachegedanken hegen. Sie und ihr Mann Pentti seien stets bereit zu helfen und zu verstehen, zuzuhören und Ratschläge zu geben …

»Stell dir vor, ich würde mir eine Kugel in den Schädel jagen«, unterbrach er sie.

»Du hast ja einen merkwürdigen Sinn für Humor«, rief die Tochter erschrocken.

»Oder warum sollte ich nicht die *Vulcanus* und die Insel verkaufen und zum Beispiel nach Südamerika auswandern? Als reicher Mann hat man dort ein feines Leben.«

»Das meinst du doch nicht im Ernst? Außerdem darf man so viele Devisen gar nicht ausführen.«

Rävänder sagte, dass er Schuhe in Größe 45 trage. Wenn er die mit Tausend-Dollar-Scheinen besohle, könne er auf die Genehmigung der Finnischen Bank pfeifen.

»Wenn es dich so schrecklich belastet, kann ich es dir ja sagen. Mamas Freund heißt Karlsson. Ein wirklich feiner und guter Mensch, und er hat dir überhaupt nichts getan. Aber ich kann dich verstehen, Papa. Pentti sagt auch, wenn er in deiner Haut stecken würde, würde es ihn schwer treffen.«

»Soso, mein Schwiegersohn. Der Bengel kann meine Hose gar nicht ausfüllen.«

»Lass uns jetzt Schluss machen, Papa. Wo wohnst du?«

»Jedenfalls nicht zu Hause. Hei dann, und danke für den Karlsson.«

»Hei, und stell bloß nichts Dummes an.«

Nach dem Telefonat kam es Rävänder so vor, als hätte er mit seiner Frau gesprochen. Mutter und Tochter waren sich ziemlich ähnlich. Die ältere Tochter. Die jüngere war aus einem anderen Holz geschnitzt, kam mehr nach dem Papa.

Räwänder wollte sie anrufen, doch dann fiel ihm ein, dass sie um diese Zeit in der Schule war. Ob er sie wohl dort besuchen könnte, in der Pause vielleicht? Er zog sich seinen Popelinemantel an und verließ das Haus.

Piias Schule befand sich in der Sepänkatu. Räwänder hatte einmal an einem Elternabend teilgenommen, als über das Klebstoffschnüffeln gesprochen wurde. Man hatte beschlossen, etwas dagegen zu unternehmen. Lehrer und Eltern gemeinsam, im Interesse der Zukunft der Kinder. Jene Eltern allerdings, deren Kinder schnüffelten, hatten sich gar nicht die Mühe gemacht zu erscheinen, sodass die wohlgemeinten Beschlüsse des Abends wirkungslos blieben, so wie wohlgemeinte Beschlüsse generell.

Der Schulhof war leer, anscheinend waren die Kinder im Unterricht. Räwänder blieb hinter dem schmiedeeisernen Zaun stehen, zündete sich eine Zigarette an und dachte plötzlich, dass er sich der Tochter vielleicht doch lieber nicht zeigen sollte. War es überhaupt üblich, dass Väter ihre Kinder in der Pause besuchten? Piia würde sich vielleicht für ihn schämen. Er entschloss sich, seiner Wege zu gehen, tat es aber doch nicht, denn die Pause begann, Kinder strömten aus dem Gebäude. Unglaublicher Lärm erfüllte den Hof. Räwänder beobachtete die Kinder, kleine und große, die auf dem Hof herumrannten und schrien wie irre Affen. Es wurde geschubst und gekreischt, ein Spektakel wie auf einer Möwenklippe, auf der die Brutruhe empfindlich gestört worden war.

Räwänder hielt Ausschau. Piia trug, soweit er sich erinnerte, eine rote Jacke und braune Cordhosen. Mehrere Mädchen auf dem Hof waren so gekleidet. Möglicherweise entsprach es der aktuellen Mode, diese Sachen in der Schule zu tragen.

Rävänder wollte schon gehen, als er die Stimme seiner Tochter hörte.

»Aulis!«

Piia hatte ihn entdeckt und kam zum Zaun gelaufen, sie schämte sich keineswegs ihres Vaters. Heutzutage schämen sich die Kinder generell für nichts mehr, außer für ihre Eltern. Piia tat es jedenfalls nicht. Glück erfüllte Rävänder. Braves Mädchen.

»Ah, Piia. Ich kam zufällig hier vorbei. Du hast wohl gerade Pause?«

»Hm, ja. Du, Papa, ich bräuchte ein bisschen Geld, gibst du mir was, bist du so lieb? Seit du bei uns ausgezogen bist, habe ich kein Taschengeld gekriegt. Du schuldest mir eigentlich fünfundvierzig Mark.«

Rävänder gab seiner Tochter einen Fünfziger. Sie nahm den Schein durch den Zaun entgegen. Rävänder drückte ihre Hand.

»Hör mal, Piia. Ist bei uns zu Hause jemand eingezogen, nachdem ich weg bin?«

»Mama will nicht, dass ich es erzähle.«

»Es ist also jemand dort? Ein Mann, oder?«

»Hm. Er heißt Kurt Kim Karlsson. Er will, dass man ihn bloß KKK nennt, aber ich mach das nicht. Er ist echt doof. Er redet mit Mama dauernd bloß Schwedisch, und ich kapier nicht mal die Hälfte. Sie sagen, ich soll zu Hause kein Finnisch sprechen, weil ich das schon kann, Schwedisch kann ich aber nicht, und der KKK und Mama könnten es mir beibringen. Ich hab keinen Bock drauf, mir dauernd auf Schwedisch anzuhören: Willst du nicht deine Hausaufgaben machen, Piia, oder: Könntest du das und das einkaufen, Pia …? Ich kann den Kerl überhaupt nicht leiden. Er ist so ein Schlaffi, streicht mir durchs Haar und blökt: Wir werden bestimmt noch gute Freunde, wenn wir uns nur erst kennen lernen. Das will ich gar nicht! Und eigentlich kenne ich ihn ja schon, er ist ein totaler Langweiler. Du müsstest nach Hause kommen und ihn rausschmeißen, ich würde mich kaputtlachen.«

Piia kniff die Lippen zusammen und schaute zu Boden. Rävänder dachte bei sich, dass eine Ehescheidung ein grausames Spiel war. Die Tochter litt darunter genau wie er.

»Vielleicht war es ein wenig unbedacht von Mama, den Mann schon jetzt zu uns zu holen. Wir sind ja offiziell noch gar nicht geschieden. Wohnt der Karlsson denn schon richtig bei uns?«

»Ja, klar. All seine Klamotten hat er in dein Zimmer geschleppt, und im Bett pennt er auf deiner Seite. Deine Wintersachen haben sie in die Dachkammer gebracht. Ich hab sie nicht raufgetragen, obwohl Mama es verlangt hat.«

»Immerhin bleibt dir dein eigenes Zimmer. Und Schwedisch zu üben, ist nicht mal so schlecht. Du musst es ja nicht ständig sprechen, aber ..., nun ja, nun ja. Was wollte ich eigentlich sagen?«

»Weiß ich auch nicht.«

»Ruf mich an, Piia, hier hast du die Nummer in der Uudenmaankatu.«

»Ich muss jetzt gehen, danke für das Geld, Aulis.«

Die Tochter lief zu den anderen Kindern. Nette Kleine, dachte der Vater. Wie könnte er das Kind im Scheidungskrieg schützen?

Tief in Gedanken versunken machte sich Reeder Rävänder auf den Weg nach Kaivopuisto, in die Laivanvarustajankatu, in der sich seine Wohnung befand, jawohl, seine, verdammt. Jedenfalls immer noch und offiziell.

13

Räwänder klingelte an der Tür seiner Wohnung. Zwar trug er die eigenen Schlüssel in der Tasche, aber er hatte das Gefühl, zu Besuch zu kommen.

»Aulis! Was machst du …«

»Ich habe Piia getroffen. Das erinnerte mich an zu Hause.«

Drinnen in der Wohnung fragte seine Frau, ob er Kaffee oder lieber einen Schnaps wolle.

»Gib mir einen Schnaps. Gieß mir Wodka ein, wenn du welchen dahast.«

Während Räwänder sich den Wodka zuführte, brachte seine Frau einen Stapel Zeitungen und Briefe, hauptsächlich Rechnungen. Einige betrafen die Fixkosten der Familie, die meisten jedoch den Geschäftsverkehr der Schlepperfirma. Räwänder stopfte die Rechnungen in die Tasche. Die Zeitungen ließ er unbeachtet. Die Briefe las er und warf sie anschließend weg. Seine Frau bat ihn, seine Anschrift ändern zu lassen.

»Ich kann nicht all die Rechnungen für deine *Vulcanus* hier entgegennehmen.«

Räwänder rief seinen Buchhalter an und teilte ihm mit, dass seine Post ab sofort an die Adresse des Fußpflegesalons Irene gesandt werden sollte. Nach dem Telefonat machte er seine Frau darauf aufmerksam, dass er immer noch und bis auf

Weiteres der Eigentümer der gemeinsamen Wohnung sei. Erst wenn der Besitz im Rahmen der Scheidung aufgeteilt worden sei, dürfe sie mit ihrem Anteil machen, was sie wolle. Aber bis dahin solle sie sich mäßigen.

Sie erklärte, dass sie kein gemeinsames Eigentum verkauft und auch nicht anderweitig verschleudert habe. Sie habe sparsam gelebt, so wie immer.

Räviänder blies einen Rauchring über den Tisch, um sie zu ärgern.

»Hier riecht es nach fremdem Mann. Begreifst du nicht, dass in meinem Haus keine Außenstehenden zu wohnen haben? Sie wohnen außerhalb.«

»Meine Güte. Soll ich etwa zur Nonne werden? Dies ist schließlich auch mein Zuhause, also darf ich mir wohl einladen, wen ich will.«

»Aber einziehen darf hier niemand, ehe nicht die Scheidung durch ist.«

»Hier zieht ja auch keiner ein.«

»Lüg nicht. Hier haust ein näselnder Homo.«

»Du bist unverschämt.«

»Kurt Kim Karlsson. KKK …, der Mann ist wirklich kreativ, hat sich eine unglaublich treffende Abkürzung für seinen Namen ausgedacht.«

Räviänders Frau zuckte zusammen, errötete und wandte sich ab. Er sah, wie ihre Finger die Ecke des Tischtuches knüllten.

»Hier wird Schwedisch gesprochen und mit einem Schweden ins Bett gekrochen.«

Liisa wandte sich beleidigt an ihren Mann.

»Mein Leben geht dich nichts mehr an. Außerdem ist Kurt ganz anders als du. Er ist ein kultivierter Mann, nimmt stets

Rücksicht auf andere, ist empathisch im wahrsten Sinne des Wortes ... Ich verbiete dir, ihn zu verunglimpfen.«
Rävänder blies wieder dreist einen Rauchring.
»Vielleicht drehe ich aus dem Kerl eines Tages ein Seil und verknote es. Dann kannst du zur Beerdigung gehen und in feinem Schwedisch fromme Lieder trällern.«
»Du bist wirklich ekelhaft. Wie können Männer nur so eifersüchtig, roh und vulgär sein.«
Rävänder stand auf, irrte eine Weile durch die Wohnung, ging schließlich in die Bibliothek, in der er fast zwanzig Jahre lang den Schriftkram für seine Schlepperreederei erledigt hatte. Der Raum hatte ihm stets viel bedeutet. Jetzt waren die vertrauten Gegenstände weggeräumt und die Möbel anders angeordnet worden. Auf dem Schreibtisch, auf dem sonst Papiere gelegen hatten, lag ein Tischtuch, und darauf stand eine Vase mit dämlichen Kunstblumen. Anscheinend benötigte der neue Mann daheim keinen Schreibtisch. Vielleicht reichte ihm für den Anfang das Doppelbett. Verflucht noch mal!
Aus dem Bücherregal waren etliche Bücher entfernt worden, um Platz für allerlei Krimskrams zu schaffen, den Liisa aus den Mittelmeerländern angeschleppt hatte.
Rävänder nahm das alte Familienalbum aus dem Regal. Es enthielt Fotos aus der Verlobungszeit und vom glücklich wirkenden Hochzeitspaar, ferner zahlreiche Aufnahmen von der ersten Tochter und von den Sommern auf der Insel sowie ein wirklich prachtvolles Foto vom ersten Schlepper mit dem winkenden Rävänder auf der Kommandobrücke. Auch ein Foto von Piias Taufe war noch eingeklebt, aber alle folgenden steckten nur lose zwischen den Seiten. Vielleicht hatte Liisa damals bereits aufgehört zu glauben, dass sie irgendwann Frau Seefahrtsrat werden würde.

»Ich möchte mir dieses Foto von Piia zur Erinnerung mitnehmen, wenn möglich. Und es wäre gut, wenn ich auch von dir ein anständiges Foto hätte. Dann könnte ich sagen, dass ich mit diesem Weib zwanzig Jahre lang rumgemacht habe.«

»Zweiundzwanzig Jahre«, korrigierte seine Frau. Sie hatte sich ebenfalls einen Drink genommen und schien auf Streit aus zu sein.

»Wie oft habe ich vorgeschlagen, dass wir zum Fotografen gehen und richtig schöne Familienfotos von uns machen lassen, aber du hast immer gesagt, das hat noch Zeit. Einmal sagtest du sogar, dass dir die Totenmaske als Erinnerung genügt. Als ob daran irgendjemand Freude haben könnte. Und von Ehepaaren kann außerdem gar keine gemacht werden, Paare sterben ja nicht gleichzeitig. Frauen leben viel länger als Männer.«

Räwänder steckte Piias Foto in die Brieftasche und legte das Album wieder ins Regal. Er leerte sein Glas und verkündete auf einmal energisch:

»Geh und frisier dich. Hopphopp!«

Seine Frau fiel aus allen Wolken. Was war jetzt wieder los?

»Wir fahren zum Fotografen.«

Sie war entrüstet. Wozu denn jetzt noch ein Familienfoto machen lassen?

Räwänder führte seine Frau ins Schlafzimmer an den Frisiertisch und drückte ihr den Kamm in die Hand. In die andere Hand steckte er ihr die Parfümflasche.

»Los, schön kämmen. Ich melde uns beim Fotografen an und bestelle ein Taxi.«

Durch die Tür hörte er sie schimpfen.

»Ich verstehe dich nicht ..., mitten am Tag zum Fotografen, noch dazu jetzt, wo wir uns scheiden lassen.«

»Besser spät als ...«

»Du lässt dich dort aber nicht über die Scheidung aus, sonst komme ich nicht mit, und du gehst allein hin und lässt von deiner eigenen Visage meinetwegen hundert Fotos machen.«

Nichtsdestotrotz schminkte sich Frau Liisa Rävänder in aller Eile, wählte den zur Kleidung passenden Schmuck aus, und danach fuhr das Paar im Taxi in die Mannerheimintie zum Studio *Mamsell*.

»Wir möchten ein richtig feierliches Hochzeitsfoto«, verlangte Rävänder im Atelier. Der Fotograf arrangierte die hellen Lampen und einen kitschig schönen Hintergrund. Frau Liisa bekam für die Dauer der Aufnahmen einen Strauß leuchtender Plastikrosen in die Hand gedrückt. Der Fotograf bat beide, mal mit diesem und mal mit jenem Ausdruck in die Kamera zu schauen: fröhlich, etwas ernster, glücklich, hingebungsvoll, zukunftsorientiert. Alles wurde verewigt. Sie mussten einander umarmen, dann musste Rävänder seine Frau auf den Schoß nehmen, sie mussten sich in die Augen sehen, an den Kunstblumen riechen.

Die Aufnahmen dauerten fast eine Stunde. Rävänder begann sich zu langweilen, er sehnte sich nach einem Schnaps.

»Schicken Sie die Rechnung an diese Adresse. Die Probeabzüge können Sie an meine Frau schicken.«

Draußen auf der Straße zischte Liisa Rävänder, geborene Majander:

»Warum musstest du dem Fotografen verschiedene Adressen nennen! Er hat ganz komisch geguckt, er denkt wahrscheinlich, wir sind überhaupt nicht verheiratet. Immer muss man sich für dich schämen.«

»Jetzt einen Schnaps, und zwar sofort.«

Zwei Stunden später war das Paar, das im Dachrestaurant des nahegelegenen Warenhauses saß, bereits ein wenig betrunken. Mit schweren Lidern seufzte Liisa Rävänder, dass dies bereits das zweite Mal innerhalb kürzester Frist sei, dass sie Zeit im Restaurant verbrachten. Gemeinsam. Erst in Imatra und jetzt hier. Während ihrer Ehe sei das furchtbar selten vorgekommen.
»Ich versuche gerade, mich zu bessern.«
»Quatsch.«
Eine Stunde später hatte Rävänder die Idee, dass er seinen Nachfolger kennen lernen wollte. Er bat seine Frau, Karlsson einzuladen, damit er sich vorstellte. Sie widersprach, fürchtete, dass Rävänder irgendwelche Gewalttaten plante.
»Du machst aber keine Szene«, sagte sie warnend, als sie zum Telefon ging. »Kurt ist ein Gentleman, er pflegt sich nicht zu prügeln. Ich hoffe, dass auch du wenigstens dieses eine Mal versuchst, dich anständig zu benehmen.«
»Ich schwöre, dass ich ihn nicht umbringe. Mein Ehrenwort, dass er am Leben bleiben darf.«
So rief Liisa also an und organisierte die Wachablösung.

14

Kurt Kim Karlsson war ein großer, schneidiger Mann, auffallend elegant gekleidet. Diese schwierige Begegnung versetzte ihn in große Anspannung. Er trat gewollt forsch an den Tisch der Rävänders, aber man sah ihm an, dass ihm die Situation nicht gefiel. Nach der gegenseitigen Vorstellung leerten sie zunächst ein paar Gläser gemeinsam. Das geschah größtenteils schweigend, bis Rävänder äußerte:

»Dies ist gewissermaßen eine Wachablösung, oder wie.«

Frau Liisa Rävänder, geborene Majander, beeilte sich zu erklären:

»Ich glaube, ich lasse euch Männer allein miteinander reden. Eigentlich müsste ich längst zu Hause sein und für Piia das Essen machen. Hei dann.«

Die Männer blieben allein zurück, becherten, musterten einander.

»Ich hörte, dass du Geschäftsmann bist. Wie laufen die Geschäfte?«

Karlsson begann verlegen zu gestikulieren. Daraus ließ sich schließen, dass seine Geschäfte nicht ganz so gut liefen, wie er es sich wünschte.

»Maschinen und Anlagen für die Wollindustrie werden derzeit weniger importiert als je zuvor in diesem Jahrhundert. Eine Flaute in der Branche, wie du sicher weißt. Ich selbst kann nicht klagen, überhaupt nicht, aber ganz allgemein sind die Zeiten schwierig. Ich führe eine alte Agentur, sie steht für Qualität und Zuverlässigkeit.«

»Warst du schon mal verheiratet? Diese Geschichte mit Liisa ist doch sicher nicht deine erste?«

Karlsson erzählte, dass er in jüngeren Jahren verheiratet war …, die Ehe blieb kinderlos und endete bereits in den Sechzigerjahren. Seine Frau war Hippie geworden und nach Nepal gereist. Ihr Skelett war dem Vernehmen nach in irgendeinem Bergdorf im Himalaja gefunden worden, nach Opium riechende weibliche Knochen.

»Ich mag Kinder sehr, auch wenn ich keine eigenen habe. Deine Tochter Piia ist wirklich nett. Ich kann dir versprechen, dass ich dich nicht als Vater ersetzen will, hab keine Angst.«

»Aber mich willst du trotzdem ersetzen.«

Karlsson verteidigte vehement seine Position. Er behauptete, dass er auf keinen Fall das Zusammenleben der Rävänders habe zerstören wollen. Ihm habe sich der Eindruck aufgedrängt, dass die Beziehung zwischen den Partnern im Laufe der Jahre so weit abgekühlt war, dass es auch ohne ihn zur Scheidung gekommen wäre. Er sei eben just in dem Moment auf der Bildfläche erschienen, als die Sache akut wurde.

»Spar dir deine Erklärungen. Reden wir nicht weiter darüber. Ich wollte nur gern den Kerl treffen, der da weitermacht, wo ich aufhöre.«

Karlsson schwang sich dazu auf, Rävänder zu loben. Er bestellte auf eigene Rechnung Getränke, und so verlief das Gespräch bald in angenehmeren Bahnen. Die Männer fanden Gefallen an der Gesellschaft des jeweils anderen. Rävänder musste sich eingestehen, dass Karlsson eigentlich ein ganz prima Typ war. Scheiß drauf, dass das Leben die Männer zu Gegnern macht. Räviinder war bereit, das zu vergessen. Weiber streiten, Männer nicht.

»Du, Aulis, erlaubst du, dass ich mal rasch telefonieren gehe? Ich muss eine Verabredung absagen. Ich komme gleich zurück. Herr Ober, könnten Sie zwei Kognak an diesen Tisch bringen? Seien Sie so freundlich.«

Räviinder beobachtete beifällig, wie Karlsson sich entfernte.

In der Telefonzelle am Eingang wählte Karlsson eine Nummer. Er war nervös und unruhig.

Das Telefon klingelte in der Werkstatt von Fenstertischler Iivonen in Hietalahti, einem Hofgebäude am Ende der Kalevankatu, wo die kleine Tischlerwerkstatt seit den Dreißigerjahren ansässig war.

»Iivonens Fenster KG«, meldete sich der Mann in der Werkstatt. Er sah nicht im Mindesten wie ein Tischler aus, war noch keine dreißig. Mit seinen goldenen Locken wirkte er wie eine Frau. Er trug eng anliegende schwarze Lederklamotten und gelbe Halbstiefel, an seinen Ohren glänzte Silberschmuck, am Handgelenk klimperten goldene Armreifen, das Gesicht war geschminkt und die Lippen angemalt wie bei einem Schauspieler vor dem Auftritt. Er war vom Stamme der Gays, und außerdem ein eingefleischter Erpresser. Die Herstellung von Fensterrahmen war ihm vollkommen fremd. Hätte er auch nur ein einziges Fensterholz hobeln müssen, hätte er sich die zarten Hände zerschrammt. Ein äußerst heimtückischer Mensch. Selbst die Stimme klang wie die eines Mutterschafes.

»Entschuldige, Ilona, dass ich erst jetzt anrufe«, keuchte Kurt

Karlsson in den Apparat. »Ich bin an einen gewissen Reeder Rävänder geraten, er ist völlig betrunken, und ich kann ihn jetzt nicht allein lassen.«

»Ilona« Iivonen blökte leise drohend, rieb mit den Händen über die lederbekleideten Schenkel, redete geziert:

»KKK, mein Guter ..., dies ist schon das zweite Mal, dass du ein Treffen absagst. Reize mich nicht.«

Karlsson zitterte fast am Telefon. Sein Gesicht war verzerrt vor Wut und Abscheu, er trommelte mit der freien Hand an die Wand der Telefonzelle.

»Herrgott, du kannst wirklich schrecklich sein.«

»Ich bin nur ein bisschen einsam und abnorm, daran ist überhaupt nichts Schreckliches. Und natürlich bin ich auch ein Ganove, genau wie du.«

Die Luft in der Telefonzelle war heiß und feucht. Der Sauerstoff wurde knapp. Karlsson wischte sich den Schweiß von der Stirn.

»Gib mir Zeit, und halte die Leine nicht zu kurz, Ilona. Ich rufe dich noch heute Nacht an. Versuch ruhig zu bleiben, und unternimm nichts.«

»Mal sehen. Vergiss nicht anzurufen.«

Spätabends, an der Schwelle der Nacht, waren Rävänder und Karlsson schwer betrunken und inzwischen fast Freunde. So machten sich die zwei Balzrivalen also gemeinsam auf die Suche nach einem geeigneten Ort, wo sie weitertrinken konnten. Die meisten Restaurants hatten bereits geschlossen, und jene, die noch offen waren, wiesen die beiden, unter Hinweis auf ihren Zustand, ab. Da machte Rävänder den Vorschlag, dass sie in den Südhafen gehen könnten.

»Ich habe dort einen Schlepper liegen, die *Vulcanus*, gleich am Kai hinter dem Packhaus.«

Räwänder glaubte sich zu erinnern, dass in seiner Kajüte noch ein wenig Alkohol stand, eine oder zwei Flaschen Kognak. Auf jeden Fall würde er noch etwas im Versteck des Chefmaschinisten Sutinen im Maschinenraum finden.
Die beiden torkelten zum Hafen.
Beim Restaurant *Kappeli* kam ein Deutscher Schäferhund mit angelegten Ohren angerannt, quer in seiner Schnauze steckte ein Stab von gut einem Meter Länge. Der Hund kam direkt auf sie zu. Karlsson bekam mächtig Angst, Räwänder jedoch nicht. Er erklärte, dass der Mensch nie vor einem Tier Angst haben dürfe. Das mindere die Würde des Menschen in den Augen des Tieres, und wenn es das erkenne, fresse es den Angsthasen womöglich auf. Räwänder rief nach dem Hund, der wedelte mit dem Schwanz und kam angesaust.
Als der Hund bei ihnen war, sahen sie, dass er einen Speer in der Schnauze hielt. Jetzt begann sich auch Räwänder ein wenig zu fürchten, denn ein großer Schäferhund, der mit einem Speer bewaffnet ist, ist kein ganz unbedeutender Gegner auf den ohnehin gefährlichen nächtlichen Straßen einer Großstadt. Der Hund wedelte jedoch fröhlich mit dem Schwanz und legte den Speer den Männern zu Füßen. Es hatte den Anschein, als wäre er eigens gekommen, um ihnen den Speer zu bringen. Jetzt strich er ihnen um die Beine und wartete offenkundig auf eine Belohnung, wie sie anständige Hunde nach solchen Diensten normalerweise bekommen. Hunde apportieren Stöcke oder erlegte Vögel, sie tragen die Morgenzeitung, und dieser Hund apportierte eben einen Speer. Räwänder hob die Waffe auf und tätschelte den Hund zum Dank.
Der Speer hatte eine etwa dreißig Zentimeter lange stählerne Spitze, war von Hand geschmiedet und sorgfältig gefeilt. Ihn

schmückte ein Büschel langer Rosshaare. Der Schaft bestand aus einem harten schwarzen Holz und wirkte hohl. Rävänder schätzte, dass der Speer aus irgendeiner primitiven Kultur stammte. Vielleicht war er die persönliche Waffe eines rachsüchtigen Massai-Kriegers oder das täglich benutzte Werkzeug eines verbitterten Molukkenführers, mit dem er für Ordnung in seinem blutrünstigen Stamm sorgte.
Zusammen mit Hund und Speer setzten die Männer ihren Weg zur *Vulcanus* fort. Groß und dunkel lag sie im ruhigen Wasser des Hafenbeckens. Die Gruppe enterte das Schiff. Den Hund musste Rävänder über die hohe Reling hinüberheben, ebenso Karlsson. Rävänder machte Licht und führte seine Begleiter in die Mannschaftsmesse im Bug des Schleppers.
Von dem Hund sei so viel erzählt, dass man kurz zuvor versucht hatte, ihn aufzuspießen. Seine Besitzer hatten sich in ihrer schönen Wohnung in der Tähtitorninkatu gestritten. Der Streit hatte damit begonnen, dass die Gattin ihren Mann zu heftig ausgepeitscht hatte. Er war nämlich ein hoffnungsloser Masochist, und sie hatte einen Hang zum Sadismus. Das Paar war bereits mittleren Alters und seit jeher gewöhnt, sein Sexleben mit wilden Auspeitschritualen zu würzen. Als sie jünger gewesen waren, hatte es beiden grenzenlose Befriedigung gebracht, aber jetzt, da die Ehe bereits schal zu werden begann, klappte das Ganze nicht immer so wie früher. Der Mann hatte sich in letzter Zeit gelegentlich von jüngeren Frauen auspeitschen lassen, und die Gattin hatte Wind davon bekommen. Jetzt nutzte sie die Gelegenheit, die Peitsche mit solcher Wucht auf sein Hinterteil niedersausen zu lassen, dass er es nicht als Genuss, sondern als Folter empfand.

Rasend vor Wut riss er den prachtvollen Speer von der Wand, den seine Frau als Souvenir aus Afrika mitgebracht hatte, und versuchte sich damit gegen die gnadenlose Peitsche zu verteidigen. In diesem Moment kam der Hund des Paares ins Zimmer. Er glaubte, ein ausgelassenes Spiel sei im Gange, bellte fröhlich und wollte mit umhertollen. Dem Mann war all das zu viel, und er stürzte sich mit dem Speer in der Hand auf das Tier. Der Hund war Frauchens Liebling, also wollte der Mann ihn töten, um sich dadurch an ihr für ihre gefühllose Härte zu rächen, die so gar nichts mehr mit dem einstigen liebevollen Ritual zu tun hatte.
Die Frau öffnete blitzschnell die Tür und ließ den Hund hinaus. Der Mann folgte ihm und warf den Speer nach ihm, aber der Hund wich aus und nahm den Speer in die Schnauze, um ihn seinem Herrchen zurückzubringen. Doch er musste feststellen, dass das Spiel für diesmal beendet war. Das Herrchen nämlich kehrte in die Wohnung zurück und schloss die Tür hinter sich. So blieb der Hund allein draußen zurück, mit dem Speer in der Schnauze. Er war noch jung, hatte ein fröhliches und geselliges Wesen, und so beschloss er, nachdem er eine Weile im Dunkeln herumgelungert hatte, sich in der Stadt bessere Spielgefährten zu suchen. Geklappt hatte das erst am Restaurant *Kappeli*, wo Reeder Räwänder mit seinem Rivalen Karlsson unterwegs war. Ihnen hatte der Hund den Speer übergeben, wie wir wissen. Jetzt feierten sie fröhlich zu dritt in der Mannschaftsmesse der *Vulcanus*.
Auf dem Schiff fand sich Alkohol. Im Kühlschrank der Pantry hinter der Mannschaftsmesse lagerte außerdem üppiger Aufschnitt. Der Hund wurde mit Kochschinken gefüttert, zu trinken bekam er Milch. Räwänder und Karlsson machten sich ein paar Käsebrote zurecht und tranken dazu Kognak

aus Pappbechern. Im Maschinenraum fanden sie außerdem *Koskenkorva* und die halb geleerte Flasche Ouzo. Chefmaschinist Sutinen war ein heimlicher Säufer, aber ein mäßiger, denn der Ouzo hatte schon ziemlich lange vorgehalten. Jetzt wurde die Flasche jedoch leer.

Der Hund trug ein Halsband mit der Aufschrift *Remington*. Karlsson behauptete, dass das unmöglich der Name des Tieres sein könne, denn seines Wissens sei Remington eine berühmte Schreibmaschine, und Hunde könnten nicht schreiben. Und Rävänder wusste zu berichten, dass in Finnland gar keine Schreibmaschinen dieser Marke hergestellt wurden. Wie dem auch sei, die Männer nannten den Hund ab sofort Remington, und er schien den Namen zu mögen.

Als der Köter gefüttert und getränkt war, brachten ihn die Männer auf den Kai und sagten ihm, er solle nach Hause laufen. Aber er rührte sich nicht von der Stelle, sondern blieb da, um die *Vulcanus* zu bewachen. Wenn Nachtschwärmer auf dem Kai an der *Vulcanus* vorbeigehen wollten, knurrte Remington leise. Gehorsam machten die Leute dann um Hund und Schiff einen weiten Bogen.

Drinnen in der Messe spürte Rävänder den Moment gekommen, da ein Mann schlafen und alles Weltliche vergessen möchte, die Liebhaber seiner Frau ebenso wie fremde Schäferhunde und die tödlichen Speere von Kriegern der Urvölker. Rävänder zwängte sich ächzend ins enge Bett seiner Kajüte, schloss die Augen und entfernte die Gedanken aus seinem Gehirn. Ängstlich bat Karlsson seinen Kameraden, er möge ihn nicht allein lassen. Der Ärmste wollte von sich, seinen Lebensgewohnheiten, ja seinem ganzen Leben erzählen.

Es war eine traurige Jeremiade. Karlsson verriet, dass er bettelarm war. Eigentlich waren es gerade wirtschaftliche Gründe, die ihn in den letzten Jahren veranlasst hatten, seine Fühler nach Frauen auszustrecken. Frauen hatten für seinen Unterhalt gesorgt, hatten ihn ernährt, gekleidet, seine Telefonrechnungen bezahlt und den abgetretenen Fußboden seines kleinen Büros gesäubert. Die Geschäfte liefen so schlecht, dass er gezwungen gewesen war, Schulden zu machen. Die Importagentur stand zum Verkauf, aber niemand hatte ein Kaufangebot gemacht. Der Import von Maschinen und Anlagen für die Wollindustrie schien in diesem Land niemanden zu interessieren.

»Die Kunstfasern wurden mir zum Verhängnis«, schluchzte Karlsson.

Verbittert erklärte er, dass er, wäre Nylon nicht erfunden worden, jetzt ein reicher Mann wäre. Dann begann er immer heftiger zu klagen. Er verriet, dass er gnadenlos erpresst wurde. Vor zwei Jahren hatte er dummerweise mit einem Kerl Bekanntschaft geschlossen, der dann gewisse Dinge über ihn in Erfahrung gebracht hatte. Ungereimtheiten bei der Steuer, und auch beim Zoll war nicht immer alles sauber gelaufen. Dieser Mann namens Iivonen hatte seine vielfältigen Geldprobleme erkannt, die, wären sie publik geworden, ihm mit Sicherheit einige Monate Gefängnis eingebracht und die Firma in den Konkurs geführt hätten. In der Geschäftswelt wird ja immer irgendwelches Schwarzgeld beiseitegeschafft. Das weiß und tut schließlich jeder.

Der bewusste »Ilona« Iivonen hatte irgendwelche Beweise für Karlssons dunkle Geschäfte an Land gezogen und nutzte ihn jetzt aus. Es reichte nicht, dass er innerhalb von zwei Jahren fünfundvierzigtausend Mark an Iivonen abgedrückt hatte, nein, zu allem Überfluss musste er ihn auch noch

ab und zu in seiner Tischlerwerkstatt befummeln. »Ilona« Iivonen war nämlich in sein Opfer verliebt.
Rävänder war so betroffen, wie es seine Trunkenheit zuließ. Eine klassische Erpressung! Schmierige Geschichte, das musste man sagen.
»Der Iivonen hat sein Geschäft in der Kalevankatu?«
Karlsson erklärte, dass Iivonen gar kein Tischler war, weit gefehlt, aber die Werkstatt eignete sich als Deckmantel für all die dunklen und kriminellen Machenschaften besser als jeder andere Ort.
»Dort kann er in Ruhe agieren, Hauptsache, er trägt eine Dose mit Kitt unterm Arm. Solche Orte untersucht die Polizei nicht. Würden diese Typen ihre Absprachen in der Kneipe treffen und dort ihr Business durchziehen, dann würden sie bald auffliegen. Insofern ist eine Fensterfirma ein sicherer Ort. Glaserfirmen sind da schon wieder eine Sache für sich, aber an der Rahmenfront hast du nichts zu befürchten. Von dem ganzen erpressten Geld konnte ich keinen Pfennig bei der Steuer geltend machen«, klagte Karlsson. »Alles ist ohne Beleg an den Schurken geflossen. Manchmal kam es mir fast so vor, als wäre ich dabei, mir ein Eigenheim zu bauen. Alles musste schwarz bezahlt werden, und ich wusste oft nicht wovon.«
Karlsson weinte.
Rävänder schlürfte Kognak aus dem Pappbecher. Dann griff er nach dem Massai-Speer, schwenkte ihn und sagte mit drohender Stimme:
»Steh auf, Karlsson. Wir beenden die Erpressung. Wir bringen den Iivonen um, wenn er anders nicht hört.«
Auf dem Kai jaulte Remington, auch er hatte einen drohenden Unterton. Die Nacht der langen Speere war noch jung.

15

Auf dem Marktplatz am Hafen hielt Räwänder ein vorbeifahrendes Taxi an, aber der Fahrer weigerte sich, sie zu transportieren. Er erklärte, dass er nicht gewillt sei, um diese nächtliche Stunde Kunden mitzunehmen, die einen Speer schwenkten und einen großen Wolfshund bei sich hatten. Mit heulenden Reifen brauste der Dienstleister davon. Die Männer waren gezwungen, zu Fuß quer durch die Stadt zu marschieren, obwohl sie vom Trinken und Wachen todmüde waren.

Am Schwedischen Theater lungerten etwa zwanzig Jugendliche in Nietenjacken herum, allesamt betrunken und unter Drogen. Karlsson reagierte ängstlich, er schlug vor, lieber einen größeren Umweg zu machen, aber Räwänder beruhigte ihn und sagte, im Falle eines Angriffs werde er den ersten fünf Kerlen das Genick umdrehen und alle weiteren Interessenten häuten.

Die Jugendlichen machten ihnen jedoch äußerst aufmerksam Platz, als sie den Hund und den in der Nacht funkelnden Speer sahen. Es fiel keine einzige freche oder anzügliche Bemerkung. Niemand verlangte Zigaretten oder Geld. Und es schien auch keiner aus der Gruppe Verlangen danach zu haben, Reeder Räwänder und seiner Begleitung Gewalt anzutun. Über Jugendliche wird ja viel Schlechtes geredet, es heißt, sie seien gewalttätig und gleichgültig gegenüber menschlichem Leid, aber wenn es darauf ankommt, sind sie durchaus auch imstande, älteren Leuten mit Achtung zu begegnen. Alles nur eine Frage der Motivation. Die Kluft zwischen den Generationen ist nicht unüberbrückbar. Mit einem Kriegerspeer in der Hand und einem Wolfshund an der Seite springt Mann um Mann, Großmutter um Großmutter über diese Kluft, ganz zu schweigen von Reeder Aulis Rävänder mitten in der Nacht und sinnlos betrunken.

Als die Uhr die dritte Morgenstunde anzeigte, erreichte die Gruppe die Kalevankatu. Karlsson fischte den Schlüssel des Erpressernestes aus der Tasche und öffnete eine Hälfte der Doppeltür vor der Einfahrt. Sie schlichen in den dunklen Innenhof, sogar der Hund schlich.

Hinter einem rußigen Fenster des Hofgebäudes brannte Licht. Sie standen vor der Werkstatt von Iivonens Fenster KG.

»Einen Stein durch die Scheibe und dann stürmen«, erklärte Rävänder seinen ausgeklügelten Plan. Der Hund wedelte beifällig mit dem Schwanz. Auch er schien direktes und zügiges Handeln zu mögen. So sind die Deutschen Schäferhunde. Nicht umsonst werden die besten von ihnen zu Wachhunden und für andere zupackende gesellschaftliche Aufgaben ausgebildet.

»Mach bloß kein Fenster kaputt, ich habe einen Schlüssel«, flüsterte Kurt Kim Karlsson.

»Dann steck ihn ins Schloss, damit wir reinkommen.«

Zitternd vor Angst öffnete Karlsson die Eingangstür zur Werkstatt. Sie lauschten. Von drinnen war leise Musik zu hören. Vielleicht Schmuserock? Karlsson zögerte und verharrte vor der Tür, wagte sich nicht hinein. Rävänder schob ihn beiseite und marschierte forsch in die Werkstatt. Schäferhund Remington folgte ihm, bereit zum Handeln.

Die Werkstatt war voller Gegenstände aus der Fensterbranche: Tischlermaschinen, halbfertige und fertige Fenster, Holzware, Regale mit allerlei Kleinkram. Im hinteren Teil befand sich, durch einen Vorhang abgetrennt, ein kleines Meisterbüro, darin standen ein schwarzes Ledersofa und ein Couchtisch aus Mahagoni sowie ein abgenutzter Schreibtisch mit Rechenmaschine und Telefon. Auf dem Sofa lümmelte mit halbgeschlossenen Augen »Ilona« Iivonen in schrillen Lederklamotten und hörte gedämpfte Musik. In seiner weißen Hand qualmte eine Haschischzigarette, auf dem Tisch stand in Reichweite ein Glas, halb gefüllt mit einer gelben Flüssigkeit, an der er ab und zu mit seiner kleinen roten Zunge leckte.

Iivonen sprang wie von der Tarantel gestochen auf und machte sich zur Verteidigung bereit, aber als er den großen Hund und Rävänder mit ausgestrecktem Speer näher kommen sah, hielt er es für klüger, sich zu ergeben. Er stieß schreckliche Drohungen gegen Karlsson aus, der ihn, seinen Komplizen, so heimtückisch verraten habe.

Im Allgemeinen findet man in einer Tischlerwerkstatt kein starkes Seil, mit dem man die Hände des Besitzers fesseln könnte, hier allerdings gab es diverses Material zur Auswahl. Karlsson kannte die Verstecke, in denen Seile und Ketten und ein beträchtlicher Vorrat an Handschellen lagerten, die »Ilona« Iivonen bei seinen sexuellen Orgien als Hilfsmittel benutzte. Jetzt dienten sie erstmals ihrem ursprünglichen Zweck, nämlich einen Menschen zu fesseln, der keinen Gefallen daran fand. Rävänder fesselte Iivonen mit Handschellen an die Sofalehne und schwenkte vor seinem Gesicht eine

Peitsche. Weil Iivonen immer noch Racheschwüre gegen Karlsson ausstieß, stopfte Rävänder ihm den Mund mit einem eigens für diesen Zweck angefertigten Lederknebel, der innen ein Mundstück aus Gummi und an den Seiten Befestigungsriemen hatte. Er passte Iivonen genauso gut wie ein Maulkorb einem wütenden Köter. Mit Iivonens Gezeter war schlagartig Schluss.

Rävänder fühlte sich nüchterner als noch vor ein, zwei Stunden. Er begann sich ein wenig zu ärgern: Weshalb hatte er sich eigentlich in diese Geschichte eingemischt? Was brachte all das ihm eigentlich? Hatten er und Karlsson überhaupt ein Recht, sich des Mannes zu bemächtigen und ihn gewaltsam zu fesseln? Was sollte mit ihm geschehen?

Ähnliche Gedanken plagten offenbar auch Karlsson, denn er stammelte:

»Sind wir zu weit gegangen? Hoffentlich ist das kein Menschenraub.«

»Quatsch«, entschied Rävänder und sagte zu Iivonen: »Jetzt ist Schluss mit der Erpresserkarriere.«

Der Kerl musste möglichst rasch aus der Werkstatt fortgeschafft werden. Am Morgen würde Betrieb herrschen, Kunden und mögliche andere Erpressungsopfer würden kommen und die nächtliche Fesselungsaktion entdecken.

Karlsson nahm sich ein Stück Pappe und schrieb in Druckbuchstaben die Mitteilung darauf, dass die Werkstatt während der nächsten zwei Wochen wegen einer Auslandsreise des Inhabers geschlossen bliebe. Dieses Schild befestigten sie an der Außentür.

Karlsson schlug vor, Iivonen noch in derselben Nacht auf die *Vulcanus* zu schaffen und unter dem Maschinenraum einzuschließen. Aber Rävänder lehnte das ab. Die *Vulcanus* war täglich im Einsatz, und er wollte seine Mannschaft nicht zu Bewachern eines Erpressers machen.

Auch zu Irene Oinonen konnten sie Iivonen nicht bringen. Es war fraglich, ob Rävänder überhaupt selbst dorthin zurückkehren konnte, denn er hatte erneut vergessen, sie über seine Unternehmungen zu informieren. Er bekam das Gefühl, dass er als Mann ein rechtes Ekel war, nie war er in seinem neuen Zuhause. Er beschloss, sich zu bessern, falls das noch helfen würde.

Und wenn sie den Kerl zu den Silvennoinens brachten? Mutter und Tochter waren es gewohnt, mit einem Kriminellen zusammenzuwohnen. Warum sollte sich Iivonen dort nicht eine Weile als Gefangener aufhalten?

Aber es war wohl zu viel verlangt, dass die Frauen einen neuen Ganoven aufnahmen, kaum dass der alte verhaftet war. Rävänder beschloss, die ganze Idee zu vergessen.

»Nein, wir bringen ihn einfach in deine Wohnung«, kam ihm plötzlich die Erleuchtung, und er sah Karlsson an. »Dich hat der Kerl schließlich erpresst. Du kannst dich um ihn kümmern.«

Karlsson machte jedoch eine Geste, die darauf schließen ließ, dass bei ihm kein Platz für Iivonen war.

»Ich habe eigentlich keine Wohnung …, musste sie im Februar verkaufen wegen der Schulden der Firma, und seitdem wohne ich … ähm … mal hier und mal da.«

Rävänder geriet in Zorn.

»Du bist mir ja einer! Erst haust du auf den Putz, als wärest du mindestens Kommerzienrat oder Honorarkonsul, und dann bist du nur ein armer Schlucker, bis über beide Ohren verschuldet, die Firma pleite, du hast keine Wohnung, lässt dich von Frauen aushalten … Wenn ich das Liisa erzähle, kannst du die gute Partie wohl vergessen.«

»Fang du jetzt bloß nicht auch an, mich zu erpressen, Aulis. Ich bin ein Opfer unglücklicher Umstände. Sag Liisa nichts, lass uns über die Sache beraten.«

»Der Hund braucht Fressen. Wem mag der Köter überhaupt gehören? Ob ich ihn zur Oinonen bringen kann?«

Rävänder hatte eigentlich keine guten Freunde. Solange die Ehe intakt gewesen war, hatte er keine gebraucht, und jetzt, da die Scheidung bevorstand, fehlten sie ihm. Wer also würde einen gefangen genommenen Erpresser eben mal für eine Woche oder auch für zwei, womöglich für ein ganzes Jahr, in häusliche Pflege nehmen? Solche Freunde oder Bekannte hatte er nicht.

Plötzlich kam ihm eine Idee. Vielleicht könnte Tierpräparator Karhunen in dieser Situation helfen? In Klaukkala war Platz genug, da könnte auch noch ein Erpresser unterkommen. Wenn es sein musste, im selben Verschlag wie die toten Eulen und Nutrias.

Er rief Karhunen an. Schläfrig meldete der sich am Telefon. Als er hörte, wer der Anrufer war, redete er sofort über das Schwein.

»Das Wildschwein ist noch nicht fertig. Was willst du jetzt mitten in der Nacht damit? Bist du etwa betrunken, guter Mann?«

»Das Schwein brauche ich gar nicht, aber ich habe hier in Hietalahti einen Erpresser, und ich dachte, dass ich ihn zu dir nach Klaukkala bringen könnte. Was sagst du? Ich bezahle auch gut, wenn du einwilligst.«

Karhunen war eine Weile still. Dann fragte er, ob der Mann lebendig oder tot sei.

»Lebendig natürlich, was sonst.«
Nun schwieg Karhunen doppelt so lange. Schließlich begann er in ernstem Ton zu sprechen:
»Ich biete in meiner Firma zwar den Komplettservice, aber ich nehme im Allgemeinen keine lebenden Wesen zum Ausstopfen an. Und offen gesagt, Menschen habe ich noch nie ausgestopft. Oder doch, einmal habe ich für einen Kerl den linken Fuß ausgestopft, aber er war selber der Auftraggeber. Der Fuß wurde ihm amputiert, und er wollte ihn als Souvenir behalten. Ich werde jedoch keine ganzen Menschen ausstopfen, keine lebenden und auch keine toten. Falls das Ganze ein Scherz sein soll, kann ich nur sagen, dass ich ihn überhaupt nicht lustig finde.«
Rävänder erklärte, dass es weder ums Töten noch ums Ausstopfen, sondern lediglich um eine vorübergehende Unterbringung gehe.
Das änderte die Sache. Karhunen erklärte sich bereit, den Mann aufzunehmen, man müsse sich nur über den Preis einigen.
»Aber wie gesagt, ausstopfen werde ich ihn nicht.«
»Könntest du das Paket jetzt sofort von hier abholen?«
Das ließe sich machen, versprach Karhunen, sofern sein Auto anspringen würde.
»Die Batterie ist ein bisschen alt, oder vielleicht sind auch die Zündkerzen verbraucht«, bedauerte er und legte auf.
»So, Iivonen. Gleich kommst du in eine Firma, die Raubtiere und Schlangen ausstopft. Ein recht passender Ort für einen Erpresser, meinst du nicht auch?«, sagte Rävänder und sah dem Burschen scharf in die Augen. Darin spiegelte sich das blanke Entsetzen.

16

In den frühen Morgenstunden trafen die Männer mit »Ilona« Iivonen in Karhunens Werkstatt in Klaukkala ein. Der Präparator stellte hinten im Kühlkeller, der nach Murmeltier roch, eine hölzerne Pritsche auf, komplettiert durch eine fünf Zentimeter dicke Schaumgummimatratze, zwei vergilbte Laken und eine Decke.

Vor der eigentlichen Einkerkerung wurde für Iivonen eine Art Betriebsbesichtigung durchgeführt. Die Männer dachten sich, dass die vielfältigen und grausigen Requisiten, die gebraucht wurden, um tote Tiere zu häuten, zu trocknen und auszustopfen, beruhigend auf den Gemütszustand des Erpressers wirken könnten. Mit schreckgeweiteten Augen betrachtete Iivonen die Tierkadaver.

Als er das Wildschwein sah, hätte er sich fast übergeben. Der Geruch war ekelerregend, nichts für zarte Gemüter.

Rävänder vereinbarte mit Karhunen die Einzelheiten für Iivonens Betreuung. »Ilona« sollte täglich zwei warme Mahlzeiten sowie die Möglichkeit zum Waschen und zum Verrichten seiner Notdurft erhalten. Karhunens Entschädigung würde zweihundert Mark pro Tag betragen.

»Es geht wohl in Ordnung, wenn ich ihm das gleiche Essen vorsetze, das ich mir selber mache?«, fragte Karhunen. »Fleischklöße, Nudelauflauf und Karelischer Fleischtopf.«

Iivonen gestikulierte wild. Man nahm ihm den Knebel aus dem Mund, um zu erfahren, was er zu sagen hatte. Er erklärte, dass er keine Fleischgerichte essen könne, er sei Vegetarier.

Der Wunsch nach einer speziellen Diät wurde nicht berücksichtigt. Im Gegenteil, Karhunen erklärte, dass er in den Karelischen Fleischtopf gelegentlich ein paar Stückchen Schlangenschwanz oder anderes geeignetes Raubtierfleisch mit hineingebe, insbesondere ein klein wenig Arsch vom Raubvogel würze das Essen ganz ungemein. Das Weiße in Iivonens Augen färbte sich grün, als er an seine künftige Verpflegung dachte.

Rävänder wollte auch Schäferhund Remington gern in Vollpension geben, da der von den Wohlgerüchen in der Werkstatt begeistert war. Dieses Angebot lehnte Karhunen allerdings ab und verwies darauf, dass sich der Hund womöglich einige der fürs Ausstopfen vorgesehenen Viecher einverleiben würde. Was sollte er, Karhunen, dann seinen Kunden sagen?

Karlsson prüfte das Kellerschloss und die Haltbarkeit der Türen. Er machte sich Sorgen darüber, ob Iivonen überhaupt in seinem Gefängnis bleiben würde. Dass der Erpresser nur ja nicht flüchtete!

»Hier kommt ohne meine Erlaubnis keiner anders raus als ausgestopft, haha«, schwor Karhunen. Iivonen schlotterte sichtbar.

Iivonen bekam ein Handtuch. Sein Gürtel und seine Schnürsenkel wurden ihm abgenommen, und dann wurde er in sein Kabuff gesteckt. Er behauptete, dass er das Recht habe, seinen Anwalt anzurufen, aber dieses Recht wurde ihm verweigert. Rävänder erklärte, dass dieser spezielle

Fall von Freiheitsberaubung keine offizielle Polizeiaktion sei. Man handele hier vollkommen inoffiziell und im Namen der Selbstjustiz. Jeder sei sein eigener Sachwalter, und somit seien Anwälte, die nichts mit der Sache zu tun hätten, nicht gestattet. Der Schlüssel drehte sich im Schloss.

»Tritt gegen die Tür oder klappere mit der Pritsche, wenn du Hunger kriegst«, riet Präparator Karhunen seinem Schützling.

Anschließend zeigte er Räviinder die Stützkonstruktion für das Wildschwein, die er zusammengeschweißt hatte. Sie wirkte stabil.

»Wenn ich ein Tier ausstopfe, dann sieht es hinterher lebendiger aus als zu Lebzeiten«, prahlte er. »Und es wird stärker. Normalerweise können sich nicht zwei große Männer auf ein Schwein setzen, ohne dass sein Rückgrat bricht. Dieses Schwein hier hält sogar das Gewicht von drei Männern aus, ohne dass die Eisenstäbe nachgeben.«

Räviinder und Karlsson kehrten im Taxi in die Stadt zurück. Räviinder riet dem anderen:

»Du solltest die Werkstatt von dem Iivonen gründlich durchsuchen. Mir scheint, dass der Typ außer dir womöglich noch andere Erpressungsopfer hat. Aber sei vorsichtig, verrate dich nicht.«

Karlsson erkundigte sich, ob er sich weiterhin vorübergehend bei Liisa Räviinder in der Laivanvarustajankatu aufhalten dürfe, denn er habe derzeit tatsächlich keinen Ort zum Wohnen.

»Wenn du nicht den Vater spielst, dann meinetwegen.«

»Ich ziehe aus dem Schlafzimmer aus und schlafe in der Bibliothek«, versprach Karlsson.

Räväner gab ihm die Telefonnummer der Fußpflegerin, und dann trennten sie sich. Räväner nahm Remington mit in Irene Oinonens Wohnung. Er warf sich aufs Bett, ohne sich auszuziehen, und fing sofort an zu schnarchen. Der Hund schlief seinen Hundeschlaf.
Räväner schlief immer noch, als Irene Oinonen aus ihrem Salon kam und mit ihm schimpfte.
Woher stammte der Hund, woher der Speer? Wo hatte sich Räväner selbst wieder herumgetrieben? War sie denn nur ein Dummchen, gerade gut genug, einem Kerl Quartier zu geben und auch noch seine Füße zu pflegen? Begriff Räväner denn nicht, dass es so auf die Dauer nicht weiterging? Was hatte er zu alledem zu sagen?
Er fing an zu erklären, dass er am vergangenen Tag lediglich versucht hatte, seine Frau zu treffen, und dann war er auch ihrem neuen Mann begegnet, der sich als Schwindler entpuppt hatte, und …
»Du hast ja bemerkenswerte Kontakte.«
»Und dieser Hund, der lief uns letzte Nacht zufällig über den Weg … Ich wollte mit diesem Karlsson auf die *Vulcanus*, ein bisschen was trinken, der Hund trug diesen Speer übrigens in der Schnauze … Wir haben ihn gefüttert, haben auch ein bisschen getrunken, und dann sind wir nach Hietalahti gegangen, um einen Erpresser zu verprügeln …, den haben wir anschließend nach Klaukkala zum Tierpräparator gebracht, da ist er, und da bleibt er.«
Räväner machte eine Pause. Er sah, dass Irene Oinonen nicht gerade gnädig gestimmt war. Also beschloss er, die Situation zu entkrampfen, indem er sich freigiebig zeigte.
»Ich beabsichtige übrigens, dir den Keiler zu schenken, wenn es dir recht ist …, ich bringe ihn her, sowie Karhunen

ihn fertig hat. Vielleicht stellst du ihn in deinem Salon aus, er könnte die Kunden interessieren. Er wird echt stabil, auf seinem Rücken können drei Männer reiten. Übrigens, der Hund heißt Remington …«

Der Hund wedelte mit dem Schwanz und sah Irene Oinonen flehend in die Augen. Tiere verstehen sich auf so etwas.

Irene Oinonen seufzte. Erklärungen hatte Aulis Rävänder immer reichlich parat. Sie händigte ihm einen Brief aus, den ein Jurist für ihn abgegeben hatte.

Der Brief war von Anwalt Jarkko Nikander. Dieser hatte im Scheidungsprozess aufs Tempo gedrückt. Das Amtsgericht würde den Fall bereits in zwei Wochen verhandeln. Infrage käme zunächst eine Trennungszeit und dann die endgültige Trennung. Über die Aufteilung des Besitzes müssten sich die Parteien bereits vor dem Gerichtstermin einigen, richtete Nikander mit Grüßen aus. Die Vorladung würde folgen.

Rävänder sagte sich, dass seine Frau wohl kaum bereit wäre, sich in eine neue Ehe mit Karlsson zu stürzen, wenn sie erführe, dass er finanziell am Ende war und sich aushalten ließ.

»Wärest du mir wieder gut, Irene, wenn wir zum Wochenende auf die Insel fahren würden? Wir wären zu zweit dort und könnten versuchen, uns ein bisschen besser kennen zu lernen, denn wir hatten bisher ja kaum Zeit für Gespräche.«

Irene Oinonen schnaubte nur wütend und ging hinüber in den Salon. Peng, machte die Tür. Doch nachsichtig, wie Irene war, plante sie bereits im Gehen, sich womöglich bis zum Wochenende umstimmen zu lassen.

Im Halbschlaf dachte Rävänder, dass es großartig wäre,

wenn Irene gestatten würde, dass auch Piia mitfährt. Sofern Irene selbst mitkommt. Er beschloss zu schlafen, so wie auch der Hund.

Irene Oinonen gab nach und fuhr mit hinaus. Auch das Wetter wurde immer prächtiger, je weiter der Mai voranschritt. Am Tag vor Pfingsten lud Rävänder zusammen mit seiner Tochter Piia die Ausrüstung nebst Proviant, Getränken, Papptellern und Tischtüchern ins Boot. Sie waren zu zweit, warteten anschließend am Kai. Irene Oinonen hatte versprochen, ihren Fußpflegesalon mittags zu schließen und gemeinsam mit Schäferhund Remington zum Boot zu kommen. »Ich bin total gespannt auf den Hund. Aber eigentlich hätte ich doch lieber ein Pony. Ich darf doch mit Remington auf der Insel rumtoben, Aulis? Und füttern will ich ihn auch.«

»Auf den Hund bist du gespannt, aber auf Irene nicht.«

»Das ist doch nur eine ganz normale Frau«, erklärte Piia.

»Woher weißt du das? Sie könnte ja auch böse sein, eine richtige Hexe, die Kinder wegen jeder Kleinigkeit anschreit und auch sonst immer alles bestimmen will.«

»So ist sie nicht. Ich finde sie ganz okay. Ich war in ihrem Salon und habe ihr unsere Schulzeitung verkauft, die Adresse hat mir Karlsson gegeben. Ich habe ihr aber nicht gesagt, wer ich bin. Sie schreit mich garantiert nicht an. Sie hat zwei Zeitungen gekauft und war auch sonst richtig nett.«

Die beiden Tage auf der Insel waren herrlich, genau wie erwartet.

Alle genossen ihren kurzen Urlaub am Meer. Gerade zu dieser Zeit zogen die arktischen Seevögel in riesigen Schwärmen über den Finnischen Meerbusen. Die Ringelgänse und

Polarenten überflogen die Insel, einige Schwärme ließen sich im stillen Wasser nieder, um auszuruhen. Im Inneren der Insel blühten im Wald schon die Buschwindröschen, und die Knospen der Birke sprangen auf. Die Wintermäuse verließen den Keller des Sommerhauses und zogen in den Wald. Der Igel kam, um Milch zu trinken. Piia rannte mit Remington über die Felsen, Irene Oinonen führte Räv änder am Ufer spazieren. Allen schmeckte das Essen, und der Hausherr heizte die Sauna.

Am Abend fragte Piia:

»Wollt ihr heiraten, wenn Mama und Papa geschieden sind?«

Irene Oinonen wurde verlegen.

»Aber Piia, darum geht es ja gar nicht. Wir sind nur Freunde. Lass uns über etwas anderes reden.«

Piia ließ jedoch nicht locker.

»Ihr seid wirklich doof. Kapiert ihr denn nicht, dass ein Kind wissen muss, was die Großen vorhaben? Ein Kind hat es nicht leicht, wenn es nichts weiß. Ich bin noch keine zehn, ich kann noch nicht zu Hause ausziehen und arbeiten gehen oder heiraten. Ich muss erfahren, wo ich wohnen werde.«

Rävänder schürte das Feuer im Kamin und begann zu erklären, dass sich solche Ehefragen nicht so ohne Weiteres entscheiden ließen ... Man musste langsam vorgehen, Schritt für Schritt ... ähm ...

»Genauso ist es, Piia. Aber was auch geschieht, du bleibst nicht allein«, beteuerte Irene Oinonen.

»Oh, wenn ich bloß wüsste, was das Leben mir bringt«, sinnierte Piia altklug. »Gut, dass du in Helsinki wohnst, Irene. Ich fände es schrecklich, wenn Papa womöglich nach Lappland ziehen würde.«

»Ich kann dir die Zukunft voraussagen«, Irene Oinonens Eifer war erwacht. »Gib mir deine Hand, Piia, ich sehe sie mir an, ich habe das gelernt.«
Rävänder ging nach draußen. Wahrsagerei interessierte ihn nicht sonderlich. Er drehte eine Runde auf der Insel, rauchte, lauschte dem Geschnatter der Seevögel. Die Luft war kühl und frisch.
Als er wieder ins Haus kam, waren Piia und Remington schon schlafen gegangen. Irene hatte Piia zugedeckt und ihr einen Gutenachtkuss gegeben.
»Ein bisschen naseweis, das Mädchen, aber trotzdem ein wirklich feiner Charakter«, erzählte sie. »Ich habe ihr einen guten Ehemann prophezeit. Sie hat bereits einen gewissen Jari, das ist ein Bursche von elf Jahren. Wie wäre es, wenn ich auch dir wahrsage? Zieh die Schuhe aus.«
Rävänder protestierte nicht. Ein wenig unangenehm war es ihm allerdings, vor einer Frau im Schein des Kaminfeuers die Fußsohlen zu entblößen, es war peinlich, und es kitzelte. Irene Oinonen begann die Lebenslinien an seinen Fußsohlen zu interpretieren. Sie entdeckte die widersprüchlichsten Charakterzüge an ihm, zum Beispiel Mut, Eigensinn, Güte und Haltlosigkeit. Die vom großen Zeh abgehende Hautfurche bedeutete ein langes oder zumindest ein breites Leben, so behauptete sie. Liebe fand sich gehäuft unterhalb des Spanns, an beiden Fußsohlen.
Irene Oinonen sagte, dass sie nicht an Handlesen glaube, das sei Zeitvertreib und bloße Spielerei für sie. Aber wenn sie aus den Fußsohlen der Männer weissage, dann sei es ihr ernst.
»Ich habe hier dicht an der Ferse eine ähnliche Liebeslinie wie du. Für seine Fußsohlen kann der Mensch nichts. Wir

sind damit geboren und müssen damit leben. Wenn du doch nur immer so gut sein könntest wie hier auf der Insel.«
Die Füße sind der Spiegel des Menschen, so heißt es. Die Fußsohlen zeigen zur Erde, die Erde ist die Mutter der Welt. Mütter lügen nicht.

17

Gleich nach Pfingsten rief der verkrachte Importeur Kurt Kim Karlsson auf der Nummer des Fußpflegesalons bei Reeder Rävänder an. Er war ganz aufgeregt.

»Hör zu, Aulis, ich habe Iivonens Erpresserbuchführung gefunden. Könnte ich jetzt gleich zu dir kommen? Viele Grüße übrigens von deiner Frau Liisa. Ich schlafe jetzt in der Bibliothek, so wie vereinbart.«

Karlsson erschien innerhalb weniger Minuten. Er schleppte eine dicke Aktentasche, die eine Mappe mit blauem Deckel enthielt. Sie war randvoll mit »Ilona« Iivonens Papieren.

»Lag das alles in der Fensterwerkstatt?«, fragte Rävänder.

»Dort war überhaupt nichts, obwohl ich am Wochenende die ganze Bude auf den Kopf gestellt habe. Ich habe sogar die Hobelbank aufgeschraubt, aber auch da war nichts. Dann fand ich eine Zahlenreihe, und zwar innen am Frontbrett der untersten Schreibtischschublade. Ich dachte zuerst, es wäre die Zahlenfolge für den Tresor oder etwas Ähnliches, aber es war eine Telefonnummer.«

»Und du hast dort angerufen, oder?«

»Natürlich habe ich dort angerufen, aber es antwortete niemand. Iivonen sitzt ja im Keller des Tierpräparators, wie könnte er also ans Telefon gehen? Und auch sonst meldete sich niemand. Ich habe dann bei der Auskunft gefragt, wem die Nummer gehört. Man sagte mir, es sei die Nummer einer Firma, *Finn-Farma 2000* hieß sie, glaube ich. Im Handelsregister fand ich die Adresse, es ist die Huvilakatu, und ich fuhr sofort hin. Dort befindet sich gar keine Firma, wie ich schon vermutet hatte. Ich rief also bei der Hausverwaltung an und stellte mich als Klavierstimmer vor, daraufhin schickten sie den Hausmeister, der mir den Schlüssel gab. Ich ging rein und befand mich in einer Fünf-Zimmer-Luxusbude, Iivonens echtes Hauptquartier.«

Karlsson war äußerst erbost über den Luxus, den er in der Huvilakatu vorgefunden hatte. Sein Zorn war verständlich, schließlich finanzierte er diese Wohnung mit. Iivonen hatte ihn in den letzten Jahren um zigtausend Mark erpresst.

Karlsson zeigte die Dokumente, die er in der Wohnung gefunden hatte. Sie hatten dort fast offen herumgelegen, wie er erzählte. Iivonen hatte vermutlich die Adresse in der Huvilakatu für sicher gehalten und geglaubt, dass dort niemand schnüffeln würde.

»Diese Mappe fand ich im Bücherregal hinter Pornokassetten und dem Lexikon. Die Bankunterlagen steckten in einer Plastiktüte im Spülkasten der Toilette. In so einem Versteck findet sie sogar ein Kind! Innen im Deckel des Flügels klebten kompromittierende Fotos von mir und von ein paar anderen Leuten. Stell dir vor, die waren an den Flügeldeckel gepinnt. Jeder x-beliebige Klavierstimmer hätte sie an sich nehmen können.«

Rävänder sah sich die Fotos an. Sie waren tatsächlich widerwärtig, zeigten Karlsson mit nacktem Hintern und eindeutig betrunken, zusammen mit ein paar Frauen und Männern. Das Gesicht war deutlich zu erkennen, Irrtum ausgeschlossen. Es gab auch Fotos von anderen Erpressungsopfern, die mit Männern posierten.

»Leg sie weg. Ich schäme mich so verdammt. Man macht doch mancherlei Unsinn im Leben«, murmelte Karlsson.

Der Erpresser hatte in der Mappe alle seine Opfer systematisch aufgelistet, so als hätte er einen Schnellkurs im Archiv der Geheimpolizei absolviert. Von jedem einzelnen hatte er eine detaillierte Charakteristik erstellt, mit den vollständigen Personendaten, einer Darlegung der Vermögens- und Familienverhältnisse, einem Blick auf den beruflichen Werdegang unter Erwähnung der Arbeitgeber – überhaupt lauter Informationen, die bei einer Erpressung von Nutzen sein konnten. Hinter jedem Namen seiner »Kunden« hatte er die Summen eingetragen, die dieser bereits gezahlt hatte, die er ihm noch »schuldete« und die er sich künftig wohl noch abpressen lassen würde. Die Mappe enthielt außerdem Daten und Vertragstexte. Abscheuliche Papiere. Räwänder verspürte Übelkeit.

Die Aktivitäten waren äußerst ertragreich gewesen. Allein auf den Bankkonten lagerten Summen, die in die Hunderttausende gingen. Ferner gab es ein Verzeichnis von Wertpapieren, Obligationen und Schuldscheinen sowie Börsenaktien. Iivonen war ein reicher Mann, viel reicher als Reeder Räwänder.

Iivonen hatte sich die Mühe erspart, arme Männer zu erpressen. Seine Opfer waren vorrangig Ärzte, Manager, Pastoren, Offiziere, auch ein ehemaliger Minister war darunter. Als eine Art Rarität hatte er in seine Galerie fünf Arbeiter aufgenommen, die laut seiner Buchführung im betrunkenen Zustand in der Kirche von Munsala das Kirchensilber gestohlen hatten. Wie sie Iivonen in die Fänge geraten waren, verriet die Buchführung nicht. Brav zahlten sie schon seit anderthalb Jahren an ihn, und zwar fünfundsiebzig Mark pro Nase und Woche.

Rävänder nahm die Mappe von Karlsson entgegen und schloss sie im Männermuseum der Fußpflegerin ein. Er sagte, dass die jetzt vorliegenden Fakten ausreichen könnten, einen großangelegten Erpressungsfall aufzudecken. Man brauchte nur die Kriminalpolizei zu benachrichtigen, und alles würde seinen Gang gehen. Iivonen könnte aus der Werkstatt des Tierpräparators geholt und in die Untersuchungshaft überstellt werden.

»Um Himmels willen, nein!«, schrie Schwindler Karlsson. »Wenn die Polizei sich damit befasst, sind wir alle erledigt.«

»Dann eben nicht. Es war nur so ein Gedanke. Dann müssen wir uns halt etwas anderes ausdenken.«

Vielleicht wäre es am klügsten, alle Opfer zusammenzurufen und gemeinsam über die Sache zu beraten? Vor allem musste entschieden werden, was mit »Ilona« geschehen sollte. Im Keller der Werkstatt in Klaukkala konnte er nicht ewig bleiben. Höchstens bis zum Herbst, dann sollte man die anständigen Tiere von der Gegenwart des Molches erlösen, sinnierte Rävänder.

»Hier haben wir ja die Adressen und Telefonnummern sämtlicher Opfer. Karlsson, du könntest all die Halunken zusammenrufen. Wir mieten meinetwegen ein abgelegenes Hotel im Wald und veranstalten eine Tagung. Oder ihr Halunken veranstaltet sie, ich als ehrlicher Mann habe ja nichts dort zu suchen«, erklärte er.

»Du solltest nicht dauernd in diesem Ton von uns reden.«

»Benutz eine Telefonzelle für die Gespräche. Von der Laivanvarustajankatu aus werden solche Versammlungen nicht einberufen.«

Karlsson kopierte sich das Opferverzeichnis aus der Mappe und entfernte sich.

Dann meldete sich Tierpräparator Karhunen am Telefon. Er hatte Sorgen. »Ilona« war auf die Idee verfallen, in seiner einsamen Gefängniszelle zu erkranken. Er hatte verlangt, auf dem schnellsten Wege in ein Gesundheitszentrum gebracht zu werden, und hatte über Magen- und Rückenschmerzen geklagt.

»Der Kerl ist ganz grün im Gesicht, wie eine Ratte, die seit zwei Stunden tot ist«, beschrieb der Präparator den Zustand des Patienten.

Rävänder verbot ihm, Iivonen in ein Gesundheitszentrum zu bringen.

»Ich schicke in Kürze einen Arzt zu euch. Sei unbesorgt, der Typ stirbt nicht.«

»Ich habe ihm Griesbrei gekocht, aber er hat alles an die Wand gespritzt. Ein unmöglicher Charakter, ich hätte richtig Lust, ihn zu verdreschen.«

Rävänder holte sich die Erpressermappe und studierte die Opferliste. Drei Ärzte gab es, die Iivonen schon seit Jahren aus unterschiedlichen Gründen erpresste. Rävänder wählte den Lizentiaten der Medizin Kourula als den geeignetsten Kandidaten aus, denn er war schon seit fünf Jahren Iivonens Opfer. Er rief den Arzt an und sagte ihm, dass es um einen Patienten mit einer eingebildeten Krankheit gehe, den solle er sich ansehen und am besten jetzt gleich in den Fußpflegesalon Oinonen kommen.

Als Kourula eintraf, verriet Rävänder ihm die Hintergründe. Er sagte, dass er über Kourulas Schicksal im Bilde sei. Jetzt sitze der Erpresser in Klaukkala hinter Schloss und Riegel, dort müsse er untersucht werden. Kourula freute sich ungemein. Er wühlte in seinem Arztkoffer und versicherte, dass er jede Menge Instrumente dabeihabe, um die ihn sogar die Inquisitoren beneidet hätten. Gemeinsam stiegen die Männer ins Auto und fuhren nach Klaukkala in die Tierpräparationswerkstatt für einen Hausbesuch bei »Ilona« Iivonen in der Zelle.

Unterwegs erzählte Rävänder dem Arzt von Iivonens Erpressungssystem.

»Ich habe insgesamt mehr als vierzig Opfer gezählt. Es handelt sich vermutlich um einen der größten Erpressungsskandale landesweit.«

Kourula sagte, dass er geglaubt habe, dem Mann ganz allein ausgeliefert zu sein. Hätte er geahnt, dass es vierzig Schicksalsgenossen gab, hätte er sie bestimmt kontaktiert.

In Klaukkala angekommen, krempelte der Arzt mit einem mordlustigen Glanz in den Augen die Ärmel hoch. Sein Blick ließ darauf schließen, dass Iivonen ihn in den fünf Jahren um sehr hohe Summen erpresst hatte.

»Aha, hier wird also ein Arzt gebraucht«, brüllte Kourula so laut und drohend, dass es aus den Tiefen des öden Kellers bis nach draußen drang. Rävänder beugte sich tiefer über die Lüftungsklappe, um zu verfolgen, welche Behandlungsmethoden Kourula seinem Erpresser angedeihen ließ. Es hörte sich an, als hätte Iivonen begonnen zu stöhnen. Anscheinend dehnte Kourula seinen ärztlichen Eid.

Noch einmal versuchte Iivonen seinem Opfer zu drohen, doch das zog nicht mehr. Iivonen war kein Erpresser mehr, sondern selbst das Opfer. Das war Kourulas Methoden deutlich anzumerken. Er war bei seiner ärztlichen Untersuchung rabiater als ein Viehdoktor oder ein rauer Militärarzt. Aus der Zelle war dumpfes Klopfen zu hören, als er mit dem Gummihammer an Iivonens Kniescheiben die Reflexe prüfte. Er schlug so brutal zu, dass Iivonen fast Wasser in den Knien bekommen hätte. Der Arzt sah dem Patienten auch in den Hals. Iivonens Stimme klang laut und animalisch, als er Aa! rief. Kourula maß seinen Blutdruck, indem er ihm die Hand um die Kehle presste, und den Enddarm inspizierte er mithilfe des Schraubenziehers. Zum Schluss zwang er Iivonen, einen dicken Gummischlauch von einem Meter Länge zu schlucken, damit er herausfinden konnte, was der Halunke gegessen hatte.

»Reines Theater, die ganze Krankheit«, lautete Kourulas Diagnose. »Ich habe ihm eine Spritze gegeben. In ein paar Stunden wacht er mit Durstgefühlen auf, dann geben Sie ihm Wasser und Brot, das ist alles.«

Auf der Rückfahrt erkundigte sich Rävänder, welche Sünde es war, die Iivonen Anlass gegeben hatte, Kourula all die Jahre zu erpressen. Denn er wirkte nicht wie ein Homosexueller, und die bildeten ja die große Mehrheit unter Iivonens Opfern.

Kourula seufzte, sah auf einmal grau aus.

»Ich bin ein unverbesserlicher Bock. Das ist die Ursache all meiner Probleme«, murmelte er.

»Na, so was. Vergewaltigung? Inzest?«

»Aber nein. Einfach ein ganz gewöhnlicher Bock.«

Rävänder lachte. Ein Mann mit übersteigertem Geschlechtstrieb war ja keineswegs so kriminell oder abartig, dass ein Iivonen Grund hätte, ihn zu erpressen. Kourula flunkerte vermutlich.

»Ich habe wegen der Frauen wahrhaftig schon viel gelitten.

Ich habe ein so verdammtes Verlangen nach ihnen, dass ich ständig an sie denken muss, und eigentlich habe ich mein ganzes Leben damit verbracht, ihnen hinterherzulaufen. Dabei war ich durchaus erfolgreich, das kann ich nicht leugnen. Ich hatte Hunderte von Beziehungen, das schwöre ich. Und sie lieben mich allen Ernstes, was ich gar nicht begreifen kann. Ganz kluge und vernünftige Frauen werden schwach, sobald ich nur frage. Und das tue ich, sobald ich auf Hörweite an sie herankomme.«

Kourula seufzte.

»Auch momentan ist mir wieder danach. Das Leben ist wirklich hart.«

»Du übertreibst bestimmt«, versuchte es Räv änder.

»Jedes Wort ist wahr. Ich war tatsächlich gezwungen, an den Iivonen zu zahlen, weil er meine Aufzeichnungen, die ich über Jahre geführt hatte, in die Finger gekriegt hat. Sie enthielten Hunderte Telefonnummern und diverse Informationen. Ich habe außerdem mindestens fünfzehn uneheliche Kinder. Auch damit erpresste er mich. Ich hatte Beziehungen mit den Ehefrauen von Bischöfen, den Haushaltshilfen von Ministern, den Müttern von Polizeichefs und Witwen von Kommerzienräten. Ich wundere mich nur, was diese Frauen an mir finden. Ich bin doch nur ein ganz gewöhnlicher, hässlicher Mann. Schau nur, dieses Gesicht, und trotzdem sind ständig ein paar Frauen von mir schwanger.«

Rävänder musste zugeben, dass Kourula nicht eben schön war. Sein Gesicht war aufgedunsen, die Züge nicht wirklich angenehm. Aber seine Augen glühten bemerkenswert. Ab und zu flammte in ihnen ein unersättlicher Blick auf, den man sicherlich auch als Liebesglut deuten konnte.

»Auch jetzt gerade ist wieder eine Frau im sechsten Monat

schwanger von mir. Vor zwei Wochen gebar eine andere Zwillinge. Zum Glück waren die Kinder gesund, das ist ja die Hauptsache. Und heute Morgen kam meine eigene Frau strahlend zu mir, umarmte mich und sagte, dass bei ihr die Periode wieder ausgeblieben sei. Dabei haben wir schon sieben Kinder. Ich zahle Alimente in drei verschiedene Länder. Ich wäre ein reicher Mann, Rävänder, wenn ich nicht diesen schrecklichen Trieb hätte.«

Der Arzt grübelte eine Weile über die Früchte seines Triebes nach.

»Die Verhütung ist fast immer auf der Strecke geblieben. Wie soll das auch in der Eile klappen ...«

Rävänder tröstete den Lizentiaten.

»Für Arztkinder ist Platz genug auf der Welt, sei unbesorgt. Und jetzt bist du ja den Erpresser los, denn Iivonen sitzt gefangen im Keller.«

Kourulas Miene hellte sich auf. »Erzähl diese Geschichten aber nicht herum. Ich habe schon mit mir selber genug zu tun.«

»Wem sollte ich sie erzählen, ich bin kein Erpresser. Du kannst unbesorgt sein.«

Sie tauschten sich über Iivonens Schicksal aus. Kourula überlegte, ob es am besten wäre, den Mann endgültig zu eliminieren, oder welche Alternativen es sonst gäbe. Rävänder schlug vor, eine Konferenz abzuhalten, auf der Iivonens Opfer gemeinsam versuchen sollten, eine Lösung zu finden. Sie könnten sich in ein abgelegenes Hotel zurückziehen, um über die Zukunft des Erpressers zu beraten. Diesen Gedanken fand der Arzt ausgezeichnet, es war nur wichtig, dafür zu sorgen, dass über die Veranstaltung nichts nach außen drang.

Rävänder erklärte, dass sich Iivonens Verschwinden auf jeden Fall bald herumsprechen würde, wenn die anderen Opfer ihn wegen der Zahlungen zu kontaktieren versuchten. Sie müssten alle vorher informiert und zur Zurückhaltung gemahnt werden. Und er erwähnte, dass er bereits einen gewissen Karlsson, erpresst wegen Wirtschaftsvergehen und anderen dunklen Geschäften, mit der Einberufung der Konferenz beauftragt habe.
Kourula war ihm außerordentlich dankbar dafür, dass er Iivonen festgesetzt und nach Klaukkala gebracht hatte. Er wollte sich seinem Wohltäter gegenüber gern erkenntlich zeigen.
Darauf sagte Rävänder: »Du könntest eigentlich nach Kannelmäki in die Pelimannintie fahren und dort zwei misshandelte Frauen kurieren. Mit Labortests und allem Drum und Dran.«
Er erzählte vom unglücklichen Schicksal der Silvennoinens. Kourula versprach, sich die Frauen anzusehen. Er war spezialisiert auf innere Erkrankungen, solche Patienten waren sein eigentlicher Broterwerb.
Anderthalb Wochen später rief Kourula bei Rävänder an und erzählte ihm, dass er Frau Silvennoinen und ihre Mutter aus medizinischer Sicht komplett wiederhergestellt habe.
»Sie waren tatsächlich schlimm zugerichtet, die Ärmsten. Bei den Röntgenuntersuchungen stellte ich bei beiden zahlreiche Knochenbrüche unterschiedlichen Alters fest. Es fanden sich auch Bindegewebsverletzungen, Narben, Zerrungen, die unterschiedlichsten Spuren. Für beide müssen neue Zahnprothesen angefertigt werden. Bei der Mutter werden im Herbst die Krampfadern operiert, und das Magengeschwür der Tochter wird fortlaufend medikamentös behandelt.«

Rävänder wollte wissen, was er Kourula für die Maßnahmen schuldete.
»Ich habe ja versprochen, dass ich das umsonst mache. Und außerdem haben die Frauen die ganze Behandlung in natura bezahlt. Ich wohne schon fast zwei Wochen bei ihnen in Kannelmäki. Sie lassen mich gar nicht mehr weg, ich kann kaum meinen Dienst versehen. Aber nett sind sie, wirklich und wahrhaftig«, pries Lizentiat Kourula die beiden.
Doch bereits vor diesem Telefonat hatte eine große geheime Konferenz stattgefunden, an der eine Rekordzahl finnischer Halunken teilgenommen hatte. Auf dieser Konferenz war Iivonens Schicksal besiegelt worden.

18

Reeder Aulis Räwänder lag mit der Fußpflegerin Irene Oinonen auf ihrem breiten Wasserbett. Es war früher Morgen, erst sechs Uhr, und sie hatten jede Menge Zeit.

»Was hältst du davon, Irene, wenn wir am kommenden Wochenende irgendwo eine Tagung abhalten? Du kommst mit, nimmst dir auch mal frei«, plauderte Räwänder.

Auf der Terminliste der Fußpflegerin standen für den kommenden Sonnabend drei schrundige Klauen, aber deren Behandlung konnte sie ihrer Hilfskraft anvertrauen. Ja, sie würde gern mitkommen. Sie küsste Räwänder aufs Ohr, aus dem schwarze Haare sprossen. Eine spitze Zunge kannte keine Scheu.

Mittags traf sich Räwänder mit Pleitier Karlsson. Sie speisten im vornehmen *Seurahuone*, im selben Salon, in dem sich Mannerheim während des Krieges mit seinen getreuen Generälen zu beraten pflegte. Räwänder und Karlsson bestellten die Vorspeise und unterhielten sich mit gedämpfter Stimme.

»Fürs Erste stehen uns etwa 240 000 Mark von Iivonen zur Verfügung. Ich habe den Tresor des Schweins in der Huvilakatu geöffnet und zwei Handvoll Diamanten und Schmuck an das Edelsteingeschäft Tillander verkauft. Dort nahmen sie es gern, weil sie im letzten Winter einen ziemlich beträchtlichen Lagerschwund zu verzeichnen hatten«, berichtete Karlsson stolz.

Er hatte Iivonens Opferliste studiert und festgestellt, dass ein Oberkommissar darunter war. Er war in Iivonens Fängen gelandet, weil er sich einiger Dienstvergehen schuldig gemacht hatte, von denen Iivonen Wind bekommen hatte.

»Ein richtig netter Kerl. Er kam in der Mittagspause vom Polizeipräsidium Pasila herüber, brachte eine Tasche voller Einbruchswerkzeug mit und knackte den Tresor wie eine Auster. Wir brauchten nicht mal Dynamit. Der Mann arbeitet zufällig beim Dezernat für Gewaltdelikte.«

In Iivonens Tresor hatten sie ein Bündel Börsenaktien gefunden, ferner Obligationen, Schuldscheine und Schmuck. Karlsson schätzte Iivonens Vermögen auf drei oder vier Millionen Mark. Hinzu kamen die Luxuswohnung in der Huvilakatu und die Tischlerwerkstatt in Hietalahti.

Karlsson griff nach einem Aktenkoffer, der unter dem Tisch stand, und reichte ihn Rävänder.

»Hier ist der ganze Mist. Nimmst du ihn, oder soll ich ihn nehmen?«

»Ich bringe ihn in meinem Bankschließfach unter«, entschied Rävänder und nahm den Koffer entgegen. »Wäre es nicht großartig, die Konferenz auf einem Schiff zu veranstalten?«, schlug er dann vor. Karlsson war derselben Meinung, bezweifelte aber, dass es jetzt noch gelingen würde, auf den Fähren nach Schweden Konferenzräume zu mieten. Soweit er wusste, musste man sie ein halbes Jahr im Voraus buchen. Trotzdem verließ er kurz den Raum, um bei der Reederei anzurufen. Als er zurückkam, berichtete er, dass lediglich noch die Möglichkeit bestand, ein ganzes

Schiff für die Konferenz zu mieten, einzeln waren die Konferenzräume bereits vor Weihnachten vergeben worden. Was also tun?

»Wir lassen uns auf die Warteliste setzen«, entschied Rävänder. »Vielleicht storniert eine der angemeldeten Gruppen ihre Reise, dann könnten wir am kommenden Wochenende fahren.«

»Wenn man das ganze Schiff mietet, kostet das fast zwei Millionen«, informierte Karlsson. »Eigentlich sollten wir Iivonens Geld nicht gleich für die erste Konferenz verplempern.«

»Stimmt«, bestätigte Rävänder. »Aber ich werde mal den Reedereiverband anrufen. Immerhin bin ich selbst Reeder.«

Er telefonierte und erfuhr, dass es eine winzige Chance gab, weil eine bestimmte Reisegesellschaft eventuell ihre Fahrt stornieren würde. Es handelte sich um eine fünfzigköpfige Gruppe ökumenischer Geistlicher, die bereits ein Jahr zuvor Versammlungsräume reserviert, nun aber gewisse Schwierigkeiten mit der Programmgestaltung bekommen hatten. Der Papst nämlich hatte Wind von der Tagesordnung der Konferenz bekommen, auf der in einer – nach Meinung des Vatikans – unangemessenen Art und Weise über Bevölkerungspolitik gesprochen werden sollte. Ein Prälat des Papstes hatte zu verstehen gegeben, dass an der Schiffstagung zwischen Helsinki und Stockholm kein einziger katholischer Geistlicher teilnehmen würde, wenn die Tagesordnung der Veranstaltung nicht geändert würde. Außerdem verlangte der Vatikan, dass sämtliche Kondomautomaten auf dem Schiff für die Dauer der Fahrt abgeschlossen würden. Die Mormonen wiederum konnten dem ebenfalls aus religiösen Gründen nicht zustimmen, und so stand die Durchführung

der Konferenz auf der Kippe, denn aus Salt Lake City sollten die finanziellen Mittel kommen. Zu allem Überfluss hatte ein geisteskranker Baptistenpfarrer, der als Vertreter der Sowjetunion teilnehmen wollte, kein Visum bekommen. Das Gemeinschaftsprojekt der Kirchen stand also vor Hindernissen, die unüberwindlich schienen.
Räwänder hinterließ seine Telefonnummer bei der Sekretärin des Reedereiverbandes, die sich zu kümmern versprach, und nach einer halben Stunde rief ein Pastor im *Seurahuone* an und teilte mit, dass aus der Konferenz der ökumenischen Geistlichen nichts würde und dass Räwänder in den von ihnen reservierten Räumen Teufelsanbetungen durchführen dürfe, wenn er wolle. »Die Ökumene kann manchmal verflucht nerven«, schimpfte der Mann, der fast zwei Jahre lang an den Vorbereitungen gearbeitet hatte.
Die Sache war also klar. Die Konferenz würde am Sonnabend gegen elf Uhr auf dem Schiff beginnen. Man würde im Hafen tagen, bis das Schiff um 18.00 ablegen würde. In Stockholm träfe man dann am nächsten Morgen um 9.00 Uhr Ortszeit ein. Das ganze Gesindel könnte dort shoppen und mittagessen, und sollte noch Bedarf bestehen, die Konferenz fortzusetzen, so hätte man dazu nachmittags auf dem Schiff erneut Gelegenheit. Die Rückfahrt würde um 18.00 Uhr Ortszeit beginnen, und am Sonntagmorgen um 9.00 Uhr wäre man wieder in Helsinki. Wenn jemand früher nach Hause wollte, so könnte er bereits am Sonntagabend die Linienmaschine der Finnair von Stockholm nach Helsinki nehmen. Oki doki, sagte Räwänder. Er beschloss, mit Irene Oinonen zurückzufliegen. Eine Nacht auf dem Schiff würde genügen. Er gehörte ja eigentlich nicht zu den von Iivonen erpressten Halunken. Und auch die Oinonen nicht.

Karlsson zückte die Liste mit den Konferenzteilnehmern. Insgesamt zweiundvierzig Namen standen darauf. Nur zwei Frauen waren darunter, alles andere waren Männer. Das gesamte Verzeichnis las sich wie folgt:

Neben dem Lizentiaten Kourula hatte Iivonen noch zwei weitere Ärzte erpresst. Zu seinen Opfern gehörten ferner 5 Fabrikarbeiter, 1 Superintendent, 1 ehemaliger Minister, 2 Handelsvertreter, 1 Oberkommissar, 5 Betriebsleiter, 2 selbstständige Unternehmer, 1 Friseur, 1 Offizier, 1 Flugkapitän, 1 EDV-Programmierer, 2 Ingenieure, 1 Journalist, 1 Amtspräsident, 1 Restaurantbesitzer, 2 Musiker, 1 Volkswirt, 1 Bankdirektor, 3 Magister, 1 Literaturkritiker, 1 Rektor, 1 Assessor, 1 Küchenchef, 1 Lagerverwalter und 1 Wirtschaftsleiter.

Räwänder fand, dass man die Konferenz ein bisschen vorbereiten müsse, indem man zum Beispiel formuliere, um welche Probleme es gehe.

An zentraler Stelle stand die Entscheidung darüber, was man mit Iivonen machen sollte. Ihn gründlich vermöbeln? Ihn aus dem Land jagen? Ihn zu Tode erschrecken? Ihn lebenslänglich in Klaukkala gefangen halten? Ihn kastrieren? Ihn der Polizei übergeben? Oder ihn töten und ausstopfen? Möglichkeiten gab es viele, und dazu mussten die Teilnehmer auf dem Schiff Stellung nehmen.

Die zweite wichtige Frage war, was mit Iivonens Vermögen geschehen sollte. Wie legal oder illegal war es, Gelder daraus für die Konferenz einzusetzen?

Räwänder sah sich die Teilnehmerliste an. Fachkenntnisse im Umgang mit Geld schienen vorhanden. Es gab Personen mit einer speziellen kaufmännischen Ausbildung, andere hatten Erfahrungen in der Verwaltung. In dieser Frage

würde es in der Praxis kaum Schwierigkeiten geben. Eine andere Sache war, wie die Geldmittel verteilt oder investiert werden sollten.
Außerdem musste man natürlich Vorkehrungen zur Geheimhaltung der Konferenz treffen. Karlsson wies darauf hin, dass es unter den Teilnehmern einen hochrangigen Polizeibeamten sowie mindestens zwei oder drei Freimaurer gab, die Erfahrungen mit geheimen Konferenzen hatten.
»Übrigens habe ich zum Spaß errechnet, dass wir in unserer Truppe einundzwanzig Rotarier, elf Lions und sieben Rotisseure haben. Ziemlich harte Hunde, stimmt's, Rävänder?«
Nach dem Mittagessen hinterlegte Rävänder Iivonens Wertpapiere in seinem eigenen Bankschließfach. Später am Abend erzählte er der Oinonen, dass die Konferenz auf dem Schiff stattfinden werde. Karlsson habe versprochen, schnellstmöglich die Einladungen auszusprechen. Man erwarte zweiundvierzig Teilnehmer.
Sie ihrerseits berichtete, dass der Tierpräparator angerufen und mitgeteilt habe, dass das Wildschwein ausgestopft sei. Er werde in Kürze die Rechnung schicken.
Rävänder seufzte. Ständig neue Ausgaben. Bei der *Vulcanus* musste die Schiffsschraube erneuert werden. Vielleicht lag der Fehler im Wellentunnel? Das bedeutete eine Reparatur des Lagers. Am klügsten wäre es, demnächst nach Holland zu fliegen und wegen einer neuen Schraube zu verhandeln. Das musste er selbst machen, Hagman verstand sich nicht aufs Feilschen, war zu gutmütig dafür, seine Welt waren die Meere. Er würde jeden Preis bezahlen, nur weil er wehmütig wird beim Anblick des Hafens in Rotterdam.
»Vor Johannis müsste ich auch noch nach Holland reisen. Wo sollen wir Remington lassen, falls du mitkommst?«

Irene Oinonen freute sich riesig. Sie hatte schon immer den Wunsch gehabt, das Land der Tulpen und Holzschuhe zu besuchen. Gerade jetzt war die Jahreszeit, da in Mitteleuropa die Blumen der Welt blühten. Sie versprach, den Hund für die Dauer ihres Hollandaufenthalts zu Bekannten zu bringen. Auch während der Fahrt nach Schweden musste man ihn irgendwo lassen, auf die Fähre konnte er unmöglich mitkommen. Er würde die ganze Zeit bellen und dem Büfett mehr zusprechen als die deutschen Touristen. Sie hatte eine Kundin mit Hühneraugen, eine alte Jungfer, die Hunde liebte, ihr könnte sie Remington ganz sicher im Bedarfsfall immer in Pflege geben.

Am Sonnabend, dem 8. Juni, war endlich alles bereit. Die Konferenz würde um elf Uhr auf dem weißen Fährschiff beginnen. Rävänder, Oinonen und Karlsson gingen schon eine halbe Stunde vor Beginn an Bord, um sich zu überzeugen, dass alles ordentlich vorbereitet war. Karlsson hinterließ bei den Beamten im Terminal ein Bündel mit Tickets und bat sie, diese laut Liste an die Teilnehmer auszugeben. Somit war nach menschlichem Ermessen alles für die Schiffskonferenz der Halunken bereit.

Die Fähre selbst war wirklich groß und sah auch auf ihre Art prächtig aus. Sie hatte eine Länge von hundertsechzig Metern und war ein paar Jahre zuvor auf der Wärtsila-Werft in Turku gebaut worden. Ihre Breite betrug fast dreißig Meter, der Tiefgang sieben Meter. Rävänders eigenes Schiff, der Schlepper *Vulcanus*, hatte ein Gewicht von 160 Tonnen, dieser Riese hier hatte 26 000 Bruttoregistertonnen! Als Eigner eines solchen Schiffes müsste Rävänder nicht bei jeder Tour mit an Bord sein. Er könnte alles von Land aus regeln, während Hunderte von Angestellten die

Arbeit machten. Aber andererseits brachten diese Autofähren den Reedern auch schnell mal Verluste ein, wie es hieß. In der heutigen Zeit war die Seefahrt äußerst anspruchsvoll. Ebenso wie in der Wollindustrie, für die die Lage sich auch nicht einfach gestaltete, waren auch in der Seefahrt ein fester Glaube an die Zukunft und enormes berufliches Können unabdingbar. Wer wüsste das besser als Räväander.

Die Konferenzräume befanden sich auf dem neunten Deck. Für das Treffen von Iivonens Opfern war ein Salon für 48 Personen reserviert, der mit allen erforderlichen audiovisuellen Hilfsmitteln ausgestattet war. Eine hilfsbereite Konferenzmanagerin zeigte Räväander, Oinonen und Karlsson, was seitens der Fährreederei vorbereitet worden war.

»Man hat uns zu verstehen gegeben, dass Ihre Konferenz geheim ist. Deshalb haben wir für Sie diesen Raum ausgewählt, der eine Schallisolierung allererster Güte besitzt, außerdem ist es zu dem Zeitpunkt draußen vor der Tür absolut ruhig.«

Die Frau berichtete, dass sie mit ihren Mitarbeitern am Nachmittag belegte Brote und Mineralwasser in den Raum bringen würde. Zum Abendessen könnten sich die Gäste im Restaurant am Büfett bedienen. Zum Service gehörten ferner morgens in Stockholm ein Seefrühstück und auf der Rückfahrt erneut ein Abendessen und nochmals ein Seefrühstück im Heimathafen Helsinki.

»Und dann kann ich Ihnen noch diese Bilder des Gekreuzigten zeigen, die Reihenfolge ist hoffentlich richtig. Es handelt sich ja insgesamt um fünfzehn Pfarrbezirke, nicht wahr?«

Die Managerin holte einen Diaprojektor aus dem Schrank und schaltete ihn routiniert ein. Sie schob eine Diakassette in das Gerät, schaltete das Licht im Raum aus und richtete das hellerleuchtete Bild auf die große Leinwand an der Stirnseite des Raumes.

Auf der Leinwand sah man Jesus Christus am Kreuz, neben ihm zwei Verbrecher. Das Foto war von einem Altarbild gemacht worden, anscheinend in irgendeiner anglikanischen Kirche. Gleich darauf erschien eine andere Interpretation desselben Themas, diesmal in einer katholischen Version. Dann wurde Jesus am Kreuz in einer amerikanischen, orthodoxen und in vielen weiteren Darstellungen gezeigt, insgesamt in fünfzehn verschiedenen Versionen. Als die Vorführung beendet war, machte die Managerin wieder Licht im Raum und sah Räwänder erwartungsvoll an. »Ich habe die Dias persönlich so angeordnet, ich dachte mir, dass sie in dieser Form gut zusammenpassen. Aber die Reihenfolge kann man natürlich auch ändern.«

Räwänder begriff, dass die Information über die Stornierung des ökumenischen Treffens noch nicht bis aufs Schiff gedrungen war. Er brachte es jedoch nicht übers Herz, die Managerin, die so um das Gelingen der Konferenz bemüht war, auf die Veränderung aufmerksam zu machen. Außerdem würde es dieser neuen Truppe, bestehend aus gut vierzig Halunken, guttun, sich den Gekreuzigten einmal anzuschauen. Vielleicht würde sich bei einigen das Gewissen wenigstens ein bisschen regen.

»Haben Sie vielen Dank. Die Reihenfolge der Bilder ist vortrefflich.«

»Für jeden Teilnehmer ist eine Kabine in der ersten Kategorie reserviert. Es sind Zweierkabinen, jede mit Meerblick und eigenem Bad. Für Sie, Dompropst Räwänder, ist die Reederkabine auf dem Oberdeck vorgesehen. Hoffentlich entspricht dieses Arrangement Ihren Erwartungen.«

Die Managerin begleitete den »Dompropst« persönlich zur Luxuskabine. Sie staunte außerordentlich, als auch Irene Oinonen mitkam. Anscheinend hatte sie geglaubt, dass der Dompropst Junggeselle war. Doch sie fing keine Diskussion darüber an. Kirchenfürsten sollte man auf so einer entspannenden Schiffskonferenz durchaus ein paar besondere Annehmlichkeiten gönnen. Und galt nicht der Zölibat selbst in Kirchenkreisen schon als altmodisch?
Als sich die Managerin entfernt hatte, richteten sich Räväns-der und Irene Oinonen häuslich ein. Sie verstauten ihre Sachen in den geräumigen Schränken, benutzten das Badezimmer, und im Kühlschrank fanden sie zwei Flaschen ausgezeichneten Abendmahlswein. Räväner schenkte Irene und sich selbst ein Glas ein, sie stießen miteinander an.
So also leben die Dompröpste, wenn es um die Ökumene geht, sinnierte Räväner. Sein Name war immerhin bei der Managerin angekommen, insoweit waren Karlssons Reservierungen also erfolgreich gewesen. Nun, warum sollte ein gewöhnlicher Schlepperreeder nicht mal ein, zwei Tage als Dompropst herumlaufen. Kirchenmänner erhielten kleine Gehälter, aber an den Sachbezügen gab es nichts auszusetzen.
Als sie ihre Gläser geleert hatten, kehrten Räväner und Oinonen in den Konferenzraum zurück. Die meisten Teilnehmer waren inzwischen eingetroffen. Man schüttelte sich die Hand. Alle sprachen gedämpft, wahrten Zurückhaltung, blickten an die Decke. An der Kleidung sah man, dass hier das vornehme Finnland versammelt war. Die Männer trugen graue oder hellblaue Wollstoffanzüge mit Weste. Anzüge mit Nadelstreifen waren eher weniger vertreten. Nadelstreifen sind das Zeichen der Abteilungsleiter. Reiche Männer

kleiden sich einfarbig. Das Muster verlor an Bedeutung, als Al Capone Nadelstreifen trug. Nadelstreifenanzug, schwarzes Hemd und gelbe Krawatte sowie gelbe Gamaschen sind das Zeichen für eine kriminelle Gesinnung, mangelnden Geschmack und Dummheit. Kriminelle Dummheit. Die Halunkengruppe war außerdem mit dünnen ledernen Aktenmappen ausgestattet. Die Herren führten kleine lederne Trolleys mit sich, wie man sie auf Flugreisen in die Kabine mitnimmt. Und sie dufteten nach feinem Rasierwasser. Brillen mit schmalem Rand, gut gewachste Oberlippenbärte. Die Hände schmal, die Nägel gut gepflegt. Wie mochten die Füße beschaffen sein?, dachte Irene Oinonen.

Die fünf Arbeiter, jene Pechvögel, die seinerzeit das Kirchensilber von Munsala gestohlen hatten, trafen kurz vor elf Uhr mit dem Taxi am Terminal ein. Nachdem sie ihre Tickets erhalten und an Bord gekommen waren, erkundigten sie sich im Büro des Zahlmeisters nach den Konferenzräumen. Anschließend steuerten sie die Bar an, wo sie ein paar Drinks kippten, und erst dann fuhren sie mit dem Lift auf das Konferenzdeck. Da sie als Letzte kamen, mussten sie allen Anwesenden die Hand geben. Feine Herrschaften noch und noch. Mit schweißnassen Händen setzten sich die fünf anschließend in die hinterste Stuhlreihe und zündeten sich erst mal Zigaretten an. Als sie keine Aschenbecher fanden, begriffen sie, dass man in dem Raum nicht rauchen durfte. Sie drückten die Zigaretten an der Schuhsohle aus und verwahrten sie anschließend in der Streichholzschachtel. Ihren betrunkenen Raubzug in Munsala bereuten sie sehr. Sie hatten dafür einen Haufen Geld an Iivonen zahlen müssen, und nun auch noch diese Konferenz! Zwei Tage mit feinen Leuten auf einem Schiff. Großer Gott, was für ein Alptraum.

Vor der Konstituierung der Konferenz bat Karlsson die Oinonen und Räwänder, kurz in die Bar mitzukommen, die sich ein Deck tiefer befand. Er zog außerdem einen gewissen Direktor Satomäki hinzu, der sich als Mitglied der früheren Übergangsregierung erwies, in der er Minister ohne Portefeuille gewesen war. Dem Mann war anzumerken, dass er es gewöhnt war, seine Zeit in Kabinetten zu verbringen. Sein Verhalten war gedämpft, gepaart mit einem Schuss Müdigkeit und Melancholie. Räwänder überlegte, was der Mann wohl getan haben mochte, dass er in Iivonens Fänge geraten war. Bestechung? Schmierige Frauengeschichten? Sexuelle Abartigkeit? Was er auch immer angestellt hatte, Iivonen selbst war jedenfalls als Könner auf seinem Gebiet anzusehen. An den Ergebnissen gemessen, konnte man ihn gut und gern als den besten Erpresser landesweit bezeichnen. Was hätte er nicht alles auf anderen Gebieten erreichen können … Hätte er die Offizierslaufbahn eingeschlagen, wäre er mit seinen Fähigkeiten jetzt mindestens Major oder Oberstleutnant. Hätte er seinerzeit Theologie studiert, wäre er wahrscheinlich heute Superintendent. Aber als Erpresser lag er im öden Keller des Tierpräparators in Klaukkala auf einer dünnen, schmutzigen Schaumgummimatratze und kratzte sich die Schuppen von der Haut. Seinetwegen hatte sich auf einem weißen Schiff eine Konklave versammelt, deren Aufgabe es war, über die Zukunft des Erpressers zu entscheiden.
Direktor Satomäki erzählte, dass er ein mittelgroßes Importunternehmen leite, das Lösungsmittel für die chemische Industrie importiere. Wäre er noch jünger, würde er den Betrieb wohl erweitern, aber jetzt mit sechzig habe er nicht mehr den notwendigen unternehmerischen Elan.

Karlsson vergewisserte sich, dass niemand vom Personal in Hörweite war.
»Direktor Satomäki, könnten Sie vielleicht den Wirtschaftsausschuss der Konferenz leiten? Es ist angedacht, dass Reeder Räländer den Vorsitz führt und auch als unser gemeinsamer Schatzmeister fungiert, aber zu seiner Unterstützung benötigen wir ökonomischen Sachverstand. Meiner Meinung nach wären Sie als ehemaliger Minister gut für die Aufgabe geeignet.«
Für einen kurzen Moment blitzten in Salomäkis müden Augen Genugtuung und Machtgier auf. Der ehemalige Minister kam kurz zum Vorschein, zeigte den Fuchsschwanz. Satomäki schloss die Augen und äußerte:
»Warum nicht. Wenn die Versammlung es will, stehe ich zur Verfügung.«

19

Es wurde eine laute und mordgierige Versammlung. Reeder Rävänder wurde zum Vorsitzenden gewählt. Ferner wurden zwei Ausschüsse gewählt, der Wirtschafts- und der Geheimhaltungsausschuss. Leiter des Letzteren wurde Oberkommissar Hentunen, die beiden weiteren Mitglieder waren Freimaurer. Die drei hatten bereits vorab von ihrer bevorstehenden Wahl Wind bekommen und erste entsprechende Schritte eingeleitet. Sie hatten dem Personal des Konferenzdecks klargemacht, dass die Konferenz absolut geschlossen und geheim war. Auch hatten sie das ganze Schiff gründlich durchsucht, einschließlich des Autodecks. Zu Beginn der Konferenz referierten sie kurz über Geheimhaltung und deren praktische Umsetzung. Niemandem blieb unklar, wie er sich auf dem Schiff zu verhalten und seine Zeit zu verbringen hatte. Auf der Konferenz durfte kein Protokoll geführt werden, auch private Notizen waren nicht gestattet. Die Mikrofone wurden abgeschaltet und an der Saaltür zwei Mann als Wache postiert. Die Konferenzteilnehmer mussten ein feierliches Schweigegelöbnis ablegen. Es erinnerte ein wenig an den Fahneneid, die Teilnehmer erhoben sich zu dem Zweck von ihren Plätzen. Während des Gelöbnisses wurden auf der Leinwand Bilder des Gekreuzigten gezeigt. Hentunen erklärte, dass derjenige,

der das Schweigegelöbnis breche, ans Kreuz genagelt werde.
Zum Leiter des Wirtschaftsausschusses wurde erwartungsgemäß Direktor Satomäki gewählt. Zur Unterstützung bekam er einen Bankdirektor, einen wirtschaftlichen Leiter, einen Ökonomen und einen Assessor an die Seite gestellt.
Zum Schatzmeister wurde Rävänder bestimmt, der bereits einen großen Teil von Iivonens Vermögen in Verwahrung hatte.
Als sich die Versammlung konstituiert hatte, eröffnete der Vorsitzende Räväunder die allgemeine Diskussion zum Thema »Ilona« Iivonens Zukunft. Gleich zu Beginn gab es zwanzig Wortmeldungen. Im Laufe der Diskussion gingen weitere Meldungen ein.
Oberkommissar Hentunen, der Vorsitzende des Geheimhaltungsausschusses, war der Meinung, dass man den Fall Iivonen auf keinen Fall von der Polizei untersuchen lassen sollte. Seinen Standpunkt begründete er damit, dass er als Polizist wusste, was eventuell daraus folgte.
»Im besten Falle könnte der Vorgang sogar bei mir landen. Das wäre eine Katastrophe. Es ist vollkommen ausgeschlossen, einfach Gras über die Sache wachsen zu lassen. Dies ist kein gewöhnlicher Kriminalfall, er würde großes öffentliches Interesse hervorrufen. Wenn die Polizei davon erfährt und dadurch etwas an die Presse durchsickert, würde die ganze Nation kopfstehen. Außerdem bin ich mir sicher, dass das Ergebnis weder die Polizei noch die Justiz oder einen von uns zufriedenstellen würde. Nutznießer wären nur die Herausgeber der Skandalpresse und die neidischen und schadenfrohen Bürger. Ich sehe keinen Sinn darin, das zu unterstützen.«

Die Versammlung beschloss einstimmig, den Fall Iivonen nicht an die Polizei weiterzuleiten. Man würde sich an das halten, was der Oberkommissar gesagt hatte.
Der Lizentiat Kourula bat ums Wort. Er verriet, wo der Erpresser gegenwärtig gefangen gehalten wurde und in welchem Zustand er war.
»Als Spezialist für innere Erkrankungen kann ich natürlich nicht sagen, wie seine Gemütslage ist, aber ich behaupte, dass er seelisch jedenfalls nicht gebrochen ist und vermutlich auch nicht zerbrechen wird. Ich habe ihn jedoch physisch untersucht und kann ein medizinisches Urteil über seinen Gesundheitszustand abgeben. Meines Erachtens, und ich bin mir dessen sicher, ist Iivonens körperliche Verfassung einigermaßen normal. Seine Lebensfunktionen sind in Ordnung, organische Schäden habe ich nicht feststellen können. Der Puls ist ein wenig beschleunigt und der Blutdruck leicht erhöht, aber darüber wundere ich mich nicht, da ich die Bedingungen kenne, unter denen er gegenwärtig existieren muss. Ich habe eine Magenspiegelung vorgenommen, und auch da konnte ich keine Krankheitssymptome erkennen. Seine Reflexe sind normal. Trotz seiner gegenteiligen Behauptungen leidet Iivonen an keiner ansteckenden Krankheit. Meiner Meinung nach erträgt er, bei seinem gegenwärtigen Gesundheitszustand, durchaus eine längere Gefangenschaft.«
Zum Abschluss wies Kourula allerdings darauf hin, dass er nicht empfehlen konnte, Iivonen länger als ein halbes Jahr in der Werkstatt des Tierpräparators in Klaukkala zu lassen. Die dortige Zelle sei dafür zu klein und zu feucht. Auch sei es nicht möglich, ihm ausreichend Bewegung an der frischen Luft zu verschaffen, denn die als Gefängnis dienende Werk-

statt liege in einer eng bebauten Eigenheimsiedlung. Es würde unnötige Aufmerksamkeit erregen, wenn Tierpräparator Karhunen seinem Gefangenen auf dem eigenen Hinterhof Auslauf gewähren würde.

In mehreren anschließenden Diskussionsbeiträgen wurde der Gedanke geäußert, man sollte Iivonen töten und seinen Körper beseitigen. Diese Vorschläge ernteten spontanen Beifall. Rävänder klopfte mit dem Hammer des Vorsitzenden auf den Tisch und bat um Ruhe. Er forderte lebensbejahendere Vorschläge.

Superintendent K. erhob sich und begann zu sprechen.

»Unsere Situation ist in vielerlei Hinsicht ernst. Wir haben die Verantwortung für ein Menschenleben, für einen gestrauchelten Bruder. Wir können ihn nicht begnadigen, auch wenn wir es wollten, aber ich möchte mich auch nicht daran beteiligen, diesen nichtsnutzigen Menschen umzubringen, denn uns allen wurde schon in der Bibel verboten zu töten ... Ich schlage also vor, dass wir uns eine andere Lösung für unseren gestrauchelten Bruder ausdenken.«

Flugkapitän R. erklärte sich bereit, für Iivonen ein billiges One-Way-Ticket zum Beispiel auf ein einsames Atoll in der Südsee zu besorgen. Das Problem sei allerdings, so räumte er ein, wie man Iivonen unbemerkt in die Maschine hinein- und am Ziel wieder herausbefördern und zudem sicherstellen könne, dass er bis ans Ende seines Lebens auf der anderen Seite des Erdballs ausharre.

EDV-Programmierer U. schlug vor, Iivonen geistig zu beeinflussen und dabei die widerwärtige Seite seiner Persönlichkeit auszulöschen, sodass er ungefährlich würde. Zu diesem Thema entspann sich eine lange Diskussion, die am Ende zu der Einsicht führte, dass eine Gehirnwäsche bei Iivonen aus-

sichtslos sei. Nach Meinung der meisten Konferenzteilnehmer war er dafür einfach zu böse.
Immer wieder war von Mord die Rede. Allerdings meldete sich niemand, der den Mord persönlich ausführen wollte. Doch der Gedanke fand mehr Unterstützung als alle anderen Lösungsmodelle.
Ingenieur E. schlug vor, Iivonen zu eliminieren, indem man einen Unfall herbeiführte. Man könne ihn mit dem Auto überfahren, man könne ihn betrunken machen und dann ins Meer stoßen und so weiter, die Hauptsache sei, dass der Todesfall wie ein Unglück wirke.
Amtsdirektor S. hatte die Idee, Iivonen durch irgendeine geeignete Krankheit umzubringen. Man könne eine tödliche Dosis etwa von Cholerabakterien besorgen und Iivonen zwingen, sie zu schlucken. Danach würde man einfach zuschauen, wie der Erpresser an der Cholera sterben würde. Bei einer Obduktion ließe sich die Krankheit natürlich nachweisen, aber es sterben ja immer mal Menschen an der Cholera, also dürften die Behörden nicht weiter nachbohren. Zu Iivonens Opfern zählten ja mehrere Ärzte. Sie könnten damit betraut werden, ihn mit der Krankheit zu infizieren.
Die anwesenden Ärzte schüttelten zweifelnd den Kopf. Lizentiat Kourula erklärte, dass ihm kein Virus bekannt sei, das Iivonen garantiert töten würde und leicht zu beschaffen sei, ohne dass es sich als Epidemie weiter verbreitete und dabei Hunderte, womöglich Tausende unschuldiger Menschen töten würde.
»Vielleicht könnten wir das AIDS-Virus in Erwägung ziehen. Iivonen ist ja schwul, und niemand würde sich wundern, wenn er an der krankheitsbedingten Immunschwäche stirbt. Das Problem ist nur, dass man dieses Virus nirgends

bekommt. Es sei denn, hier unter uns befindet sich ein Träger, man kann ja nie wissen.«
Die Anwesenden begannen sich heftig zu räuspern. Rävänder klopfte mit dem Hammer auf den Tisch und forderte Kourula auf, sich nicht über die sexuelle Orientierung anderer zu mokieren.
Küchenchef S. hatte die Idee, eine schlimme Lebensmittelvergiftung für Iivonen zu arrangieren. Er nannte einige Salate auf Mayonnaisebasis, in denen sich ohne Weiteres die aggressivsten Magenkeime verstecken ließen, sogar solche, die den Esser das Leben kosteten. Bankdirektor P. stellte einen durch äußeren Druck zustande gekommenen Selbstmord zur Diskussion. Könnte man Iivonen nicht beispielsweise nahelegen, sich zu erhängen?
Friseur O. schlug vor, mit Iivonen Vertragsverhandlungen aufzunehmen. Man könnte ihm eine geeignete einmalige Entschädigung dafür zahlen, dass er seine Opfer in Ruhe ließe, man würde das alles schriftlich festhalten und …
Erregte Rufe unterbrachen die Rede des Friseurs. Die anderen Teilnehmer erklärten ihm, dass sie bisher genau so verfahren waren. Jeder hatte einen Vertrag mit Iivonen, und in Erfüllung dieser Verträge hatte er ja sein schmutziges Spiel gespielt.
»Wir könnten diesmal einen Gruppenvertrag machen, hätten als Vertragspartner mehr Macht«, versuchte es der Friseur weiter, aber sein Vorschlag rief lediglich Wut unter den Anwesenden hervor. Sie verboten ihm, auch seinen eigenen Vertrag mit Iivonen weiter zu erfüllen.
Handelsvertreter N. brachte den Gedanken an ein Verschwinden Iivonens ins Spiel. Er war ein Witzbold und erzählte zunächst die Geschichte von einem Bekannten, der

abends zu Hause gesagt hatte, er wolle sich Zigaretten vom Kiosk holen. Er hatte ohne Mantel das Haus verlassen und war nie wiedergekommen. Seitdem waren fast zehn Jahre vergangen, und niemand hatte je wieder von dem Mann gehört. Ein echter Jux!

Assessor J. fand den Gedanken an ein endgültiges Verschwinden gar nicht so übel. Soweit er wusste, verschwanden in Finnland jährlich mehr als fünfhundert Menschen, und die meisten von ihnen tauchten nie wieder auf. Warum sollte man nicht dafür sorgen, dass Iivonen sich in diese Gruppe der spurlos Verschwundenen einreihte?

Oberkommissar Hentunen erklärte daraufhin, dass Assessor J. falsch informiert sei. In Finnland verschwänden jährlich an die tausend Personen, aber nur etwa hundert tauchten nicht wieder auf.

Der Assessor und der Oberkommissar stritten eine Weile über die Zahl der Verschwundenen. Rävänder benutzte wieder seinen Hammer und wies darauf hin, dass es nicht Aufgabe der Konferenz sei, das auszudiskutieren. Es gehe vielmehr darum, eine Lösung für das Problem Iivonen zu finden, die alle zufrieden stelle. Wenn man ihn, den Vorsitzenden, fragen würde, so käme ein Mord nicht infrage. Die Lösung musste woanders gesucht werden. Falls die Konferenz beschließen würde, Iivonen umzubringen, so würde er seinen Vorsitz den Mördern überlassen.

Dreher U. aus der Gruppe der Arbeiter hielt einen kurzen theoretischen Beitrag. Er wollte wissen, ob ein für Mord oder Totschlag verhängtes Urteil gemildert würde, wenn anstelle eines Einzeltäters zum Beispiel zweiundvierzig Personen dahinterständen. Wenn man die für Mord fällige lebenslange Haft zwischen zweiundvierzig Schuldigen gleichmäßig aufteilen könnte, dann müsste jeder nur ein paar Monate absitzen. Und sein Kollege R. erklärte, dass er gern für den Mord an Iivonen für fünf oder sechs Monate ins Gefängnis wandern würde, Hauptsache, die Erpressung würde aufhören und man wäre den Kerl für immer los.

Mit anderen Worten, warum sollte man Iivonen also nicht umbringen, ihn einfach öffentlich töten? Anschließend würde man die Tat bei der Polizei melden, sich schuldig bekennen und das Urteil in zweiundvierzig Teile teilen.

Assessor J. und Oberkommissar Hentunen erklärten, dass das finnische Gesetzbuch kein solches Teilungsprinzip bei Gerichtsurteilen kenne. Solidarhaftung bedeute in Finnland, dass jeder der zweiundvierzig Mörder jeweils lebenslänglich bekäme. Eine andere Frage sei, wie man den Mord in der Praxis gestalten wolle, wenn es nur ein Opfer, aber zweiundvierzig Mörder geben solle. Bei so vielen Teilnehmern hätte bei weitem nicht jeder Gelegenheit zuzuschlagen. Da käme höchstens eine Gewehrsalve in Betracht, so wie bei einem Hinrichtungskommando.

»Wenn dafür jeder lebenslänglich kriegt, dann machen wir's nicht in der Gruppe«, erklärten die Arbeiter. Sie fanden die finnische Gesetzgebung dumm und ungerecht. Sie wollten schließlich nicht zweiundvierzig Iivonens umbringen, sondern nur diesen einen.

Auch die restlichen Diskussionsbeiträge kreisten um den Mordgedanken. Die unterschiedlichsten Methoden wurden vorgeschlagen, wie etwa der Sturz aus dem obersten Stock eines Hochhauses, Vergiften, Erschießen, Erhängen, Zerstückeln oder lebendig Begraben. Major L. war fürs Sprengen.

Flugkapitän R. hatte lange schweigend dagesessen. Jetzt

wollte er sprechen. Er hatte einen interessanten Vorschlag, den er der Versammlung unterbreiten wollte. Ihm zufolge könne man Iivonen in ein geeignetes Kleinflugzeug setzen und ihn mit dem Fallschirm beispielsweise über Sibirien abwerfen, über irgendeiner eisigen Tundra, aus der es für ihn garantiert keine Rückkehr nach Finnland gäbe. Der Flugkapitän hatte Bücher gelesen, in denen beschrieben wurde, wie unmöglich es war, aus den Ländern des Ostblocks in den Westen abzuhauen.

Viele fanden den Vorschlag ausgezeichnet. Einige meinten aber auch, dass Iivonen ein tückischer Kerl war, sodass er womöglich doch wieder in Finnland auftauchen würde, etwa als Dolmetscher einer russischen Handelsdelegation. Sie kannten ihn. Er verstand es, Kontakte zu knüpfen, und würde notfalls in die Kommunistische Partei der Sowjetunion eintreten, um sein angestrebtes Ziel zu erreichen.

Jetzt meldete sich Friseur O. aufgeregt zu Wort. Er schlug vor, Iivonen, ehe man ihn in den Osten brachte, überall auf dem Körper mit antikommunistischen Losungen zu tätowieren, am besten in kyrillischen Buchstaben, damit die einheimische Bevölkerung gleich erkannte, wes Geistes Kind er war. Auch auf seine Stirn und die Handrücken sollte man die Schmähungen tätowieren, damit er seine politische Haltung nicht unter der Kleidung verstecken konnte. Auf die Stirn könnte man etwa schreiben »Lenin war ein Schwein« oder »Gorbatschow ist ein Arsch«. Mit solchen Texten versehen, hätte Iivonen keine Chance, in der Hierarchie der Kommunistischen Partei der Sowjetunion so weit aufzusteigen, dass er als Dolmetscher einer Handelsdelegation oder einer Jugendgruppe nach Finnland käme. Prima Idee, oder?

Inzwischen war es Essenszeit. Rävänder dankte den Konferenzteilnehmern und gab eine kurze Zusammenfassung der Diskussion. Bisher sei es nicht gelungen, eine tragfähige Idee hinsichtlich des Schicksals Iivonens zu entwickeln. Abschließend warnte er die Teilnehmer noch davor, mit Außenstehenden über den Inhalt der Veranstaltung zu sprechen.

Also ging man auseinander. Rävänder suchte seine Reederkabine auf, wo Irene Oinonen voller leidenschaftlicher Gefühle auf ihn wartete.

20

Während das große weiße Schiff Fahrt aufnahm, begaben sich Oinonen und Räväner zum Essen ins À-la-carte-Restaurant. Die meisten der Konferenzteilnehmer hatten sich für die Mahlzeit im Restaurant auf dem untersten Deck eingefunden, wo es ein üppiges Büfett gab, im stillen À-la-carte-Restaurant saßen dagegen Direktor Satomäki und Schwindel-Geschäftsmann Karlsson. Sie rückten am Tisch zusammen.

»Herr Dompropst und Madame sind so freundlich und wählen aus«, sagte Karlsson. Er und Satomäki hatten sich die Kehlen mit ein paar Aperitifs gespült.

Sie speisten Steinmorchelsuppe, Rebhuhn und Pflaumenpudding. Räväner spendierte der Gesellschaft auf Iivonens Rechnung ein paar Karaffen ausgezeichneten Abendmahlswein. Die Speisen waren gut zubereitet und der Wein aromatisch.

Nach der schmackhaften Mahlzeit blieben die vier noch am Tisch sitzen. Es war angenehm, die vorbeigleitende finnische Schärenlandschaft zu betrachten. Räväner konnte rechter Hand seine eigene Insel erkennen. Hoffentlich sind dort nicht noch weitere Wildschweine angetrieben worden, dachte er in Erinnerung an die Rechnung, die der Tierpräparator jüngst fürs Ausstopfen präsentiert hatte.

Trotz des ausgezeichneten Essens wirkte Direktor Satomäki irgendwie vergrämt. Zwar hatte er schon etliche tüchtige Drinks zu sich genommen, aber sie hatten seine Stimmung nicht gehoben, sodass er mehr bestellte. Für die ganze Tischrunde, wenn's recht war. Warum nicht, sicher doch.
Der Barmann machte die Getränke zurecht und brachte sie an den Tisch. Als er ein wenig Trinkgeld bekam, bedankte er sich:
»Thank you, Mister.«
Kaum war er weg, schimpfte Satomäki los.
»Verflucht, warum wird auf einem finnischen Schiff Englisch geredet? Was soll das? Der Kerl weiß ganz genau, dass ich ein Finne bin, aber er muss unbedingt ausländisch quatschen.«
»Das ist nur eine harmlose Gewohnheit«, verteidigte Irene Oinonen den Kellner. Auch sie selbst sage manchmal, wenn ihre Kunden Slang sprachen, »jees« oder »so what«.
»Das ist der Ausverkauf des eigenen Landes«, wetterte Satomäki. Dann hielt er eine regelrechte Predigt über Patriotismus und wie dieser sich äußerte oder wie man sein Fehlen erkannte. Obwohl er selbst Chef einer Importfirma sei, träume er dennoch nicht von den Kulturen fremder Länder. Er kaufe Waren billig im Ausland ein und verkaufe sie etwas teurer in Finnland, er sei Geschäftsmann. Aber er importiere nur solche von der Industrie benötigten Lösungsmittel, die im eigenen Land nicht hergestellt wurden. In einem kleinen Land sei nicht für jede Brühe der Markt vorhanden. Aber er wisse, was sich gehöre, er spreche Englisch in England und Finnisch in Finnland.
»Finnland hat in den letzten Jahren den Verstand verloren. In diesem Land wird nichts anderes getan als amerikanische

Werbung geguckt und sinnlos geshoppt. Und dann wird die Jugend geisteskrank und nimmt Rauschgift in Überdosen. Früher hängte sich ein Mann zumindest noch auf, wenn es darauf ankam, aber heute lassen sich die Leute aus purer Faulheit in die Irrenanstalt einweisen.«

Irene Oinonen versuchte das Gespräch in angenehmere Bahnen zu lenken. Sie fragte, ob es stimme, dass Direktor Satomäki einst vor Jahren Minister gewesen sei. Sie glaube sich daran zu erinnern.

»Nun ja ..., das waren noch Zeiten in den Sechzigerjahren ... Ich war damals ein junger Mann, knapp über vierzig. Es war ja kein großartiges Ministeramt, ich war Mitglied einer Übergangsregierung, aber an den Stil jener Zeit erinnere ich mich noch genau. Ein Minister war, wie kein anderer, eine hochgestellte Persönlichkeit. Damals gab es in Finnland noch Herren und richtige Arbeiter. Jetzt gibt es beides nicht mehr. Diese verfluchte Gleichrangigkeit ist mir ein Dorn im Auge. In jeder Angelegenheit müssen immer alle gleichberechtigt sein. Heute verdienen die Arbeiter fast mehr als die Herren, und die Herren katzbuckeln vor ihnen.«

Satomäki bestellte wieder eine Runde. Trinkgeld gab er nicht mehr. Er hatte schon mächtig einen in der Krone.

»Auch von der Gleichberechtigung zwischen Männern und Frauen zu reden ist müßig. Die Frauen sind aufeinander dermaßen neidisch, dass sie niemals mit den Männern gleichberechtigt sein werden. Die Frauen fressen einander auf, wo sie nur können, das ist der Fehler. Ich nehme im Fahrstuhl immer noch den Hut ab, wenn sich Frauen darin befinden. Ich halte ihnen die Tür auf und so was alles. Aber ich zahle ihnen nicht den gleichen Lohn für die gleiche Arbeit, dazu können mich die Frauen nicht zwingen. Das ist falsch, aber der Fehler liegt nicht bei mir, es ist nicht Aufgabe des Arbeitgebers, die Interessen der Arbeiter zu vertreten. Bei mir sind zahlenmäßig mehr Frauen beschäftigt als üblich in unseren Firmen. Ich stelle Frauen ein, weil es billiger ist und weil sie die besseren Arbeiter sind. Die Männer sind faul und unfähig, sie bekommen ihren Lohn dafür, dass sie am Arbeitsplatz herumgammeln. So sieht es aus.«

Satomäki trank ein wenig. Plötzlich entspannte sich sein mürrisches Gesicht. Er schien an etwas Angenehmes zu denken.

»Ich entstamme einer alten Familie. Wir Satomäkis sind bereits in der dritten Generation Herren. Sofern man mich denn noch dazu zählen kann. Aber zu Zeiten meines Großvaters, um die Jahrhundertwende, da waren wir es. Damals gab es in Finnland noch eine wirkliche Oberschicht. Damals verstanden es die Herren, ihr Leben zu genießen. Was hätten sie auch sonst für einen Nutzen von ihrem Reichtum gehabt? Mein Großvater war ein reicher Patriot, er brauchte nichts weiter zu tun, als Punsch zu trinken und zu politisieren. Er hatte fünf Mägde, zwei Kutschen, herrliche Pferde, Villen in der Stadt mit drei hohen Steinmauern, das Geschirr wurde aus Holland bestellt, der Wein aus Portugal und Frankreich. Zweimal am Tag zog man sich um. Es gab für die Familie einen eigenen Leibarzt, einen Anwalt und ein Notariat. Großvater verstand sein Geld zu genießen. Er saß im Senat, zwirbelte seinen Schnurrbart und redete Unsinn. Er rauchte dicke Zigarren, im Sommer segelte er vor Airisto, und im Spätherbst reiste er zur Kur nach Mitteleuropa. In Finnland spielte er Skruuvi und in Frankreich Roulette. Großmutter ließ sich ihre Gallensteine in Berlin operieren. Ich habe die Dinger immer noch in einer Glasflasche bei mir

stehen. Welcher Sozi kann wohl in Berlin entfernte weibliche Gallensteine als Erbe aufweisen?«
Rävänder hätte am liebsten die Bemerkung eingestreut, dass Satomäkis Großvater seinerzeit ein Ausbeuter und Profiteur der schlimmsten Sorte gewesen war, aber er kam gar nicht dazu, den Mund zu öffnen, denn Satomäki war längst dazu übergegangen, von seinem Vater und der Zeit zwischen den Weltkriegen zu erzählen.
»Mein Vater war vom selben Schlag. Ein wahrer Vaterlandsfreund und Herr. Meine ersten Erinnerungen an ihn stammen aus den Dreißigerjahren, ich selbst bin nämlich Jahrgang 1924. Ich trug einen von der Schneiderin genähten Matrosenanzug. Eine Magd zog mich morgens an und kämmte mich. Wir besaßen ein gelbes Studebaker-Cabriolet, mit dem mein Vater betrunken auf dem Lande herumfuhr und Kühe und Weiber erschreckte. Häufig landete er mit dem Auto im Graben, aber er lachte nur. Wir besaßen prachtvolle Boote, ich selbst lernte schon mit zehn Jahren das Segeln. Mein Vater investierte Geld in Olonets. Uns besuchten damals häufig wortkarge Männer in Lodenhosen. Ich begriff nichts von der ganzen Sache und begreife es bis heute nicht. Ich finde, man sollte keine Investitionen außerhalb der Landesgrenzen tätigen. Nicht im Krieg und auch nicht im Frieden. Während der Wirtschaftskrise ging es vielen Geschäftsleuten wirklich schlecht, aber mein Vater war so schlau, Bauernhöfe aufzukaufen. Die kamen jeden Tag unter den Hammer, Auswahl gab es genug. Vor Ausbruch des Winterkrieges hatten wir drei Autos und fast zehn Bedienstete. Der Krieg war dann natürlich hart und wurde teuer, aber dank der Kriegsentschädigungen kam mein Vater wieder auf die Beine. Während des Generalstreiks im Jahre

sechsundfünfzig jubelte er und sagte: Das gefällt mir! Er sagte, wenn ein finnischer Arbeiter sich zu viel vornimmt, dann schneidet er sich ins eigene Fleisch. Und so kam es dann auch. Die Arbeiter wurden in die Knie gezwungen bis zum Ende der Sechzigerjahre. Vater starb 1966, den einkommenspolitischen Konsens erlebte er nicht mehr. Er erlebte nicht, wie die Klasse der Herren in Finnland ausgerottet wurde.«

»Nun, du bist doch wohl immer noch ein Herr«, warf Rävänder ein.

»Gewiss, gewiss. Ich habe Besitz, habe gute Einnahmen. Ich leugne es nicht. Aber heutzutage muss man das verbergen. Man muss versuchen, heimlich reich zu sein, still für sich, so als wäre einer, der zufällig einen Haufen Geld besitzt, irgendwie unnormal. Diese heutige Zeit begünstigt den finnischen Herren nicht. Ich muss zum Beispiel in Kauniainen in einem ganz gewöhnlichen Eigenheim wohnen. Wir haben kein einziges Dienstmädchen, könnt ihr euch das vorstellen? Es sind einfach keine mehr zu bekommen, selbst wenn man ihnen das Gehalt eines Ingenieurs anbietet. Meine Frau spült das Geschirr persönlich mit der Maschine, eine Schande. Manchmal sagt sie, dass es am besten wäre, sie würde arbeiten gehen, denkt nur! Frau Satomäki geht auf ihre alten Tage in irgendein verdammtes Büro. Hausfrauen werden angeblich nicht mehr geschätzt.«

Satomäki nahm einen Schluck aus seinem Glas.

»Ich würde so gern ein teures Auto englischen Fabrikats fahren, leisten könnte ich es mir. Aber in Finnland kommt das nicht infrage. Man muss einen japanischen Mittelklassewagen als Dienstauto nehmen, sonst wird man für einen Angeber gehalten und ausgelacht. In den Sechzigerjahren, als ich Minister war, fuhr man immerhin noch mit großen schwarzen amerikanischen Schlitten. Heute kommt der finnische Minister kümmerlich in einem kleinen Saab daher. Wie ein Grundschullehrer oder Besamer. Wenn sich die Politiker für ihre Macht schämen, ist es kein Wunder, dass sie in der allgemeinen Achtung sinken.«

Satomäki machte eine Pause. Er zündete sich eine Zigarette an. Sein Gesicht war müde, unter den Augen hingen schwere Tränensäcke. Er wirkte wie ein Mann, dem man seine Ideale geraubt hatte. Irgendwie hatte Rävänder Mitleid mit diesem einflussreichen Mann, dem das Herrentum abhandengekommen war und mit ihm die Lebensfreude und die Willenskraft. Es war ihm äußerlich anzumerken.

»In der Arbeitswelt geht es drunter und drüber. Und wenn unsereinem mal ein kleiner Lapsus unterläuft, hat man prompt einen verdammten Erpresser an der Backe, der einen erpresst. Solche Iivonens sind es, die die heutige Zeit hervorbringt. Entschuldigung, Frau Oinonen, aber es ist einfach so. Und gleichzeitig leisten die Arbeiter Tag und Nacht Schwarzarbeit, schwelgen in gestohlenen Steuergeldern, und kein Hahn kräht danach. Im Betrieb streiken sie, eine Stunde am Vormittag und eine am Nachmittag. Sitzen da und schwingen große Reden von der Revolution, aber im Ernstfall würden sie alle nach Schweden abhauen, fliehen wie die Kulaken des Zaren. Heutzutage wird eine Firma gewaltsam durch Streik in den Konkurs getrieben. Oder man muss Roboter anschaffen, um die Arbeiter zu ersetzen. Roboter veranstalten jedenfalls keinen Sitzstreik. Schickt man mal einen versoffenen Arbeiter in die Wüste, befindet sich deswegen sofort die ganze Nation in einem Sympathiestreik. Wenn unsereiner mal am Arbeitsplatz einen Drink nimmt, muss man den ganzen restlichen Tag lang Pastillen lutschen, damit die eigenen Leute nicht bei der Presse anrufen. Die Arbeiter torkeln am Freitag schon morgens besoffen herum. Ihr müsst mal um die Mittagszeit ins Alkoholgeschäft gehen. Da seht ihr Hausfrauen und Maler Schlange stehen. So ist es heutzutage in Finnland, Homos werden gehätschelt ...«

Irene Oinonen flüsterte Rävänder zu, dass sie sich zur Ruhe begeben wolle. Es wäre ein Jammer, die teure Luxuskabine nicht zu nutzen. Räväander begriff, dass sie nicht den ganzen Abend dasitzen und sich das Gejammer des angetrunkenen Satomäki über die Probleme der Besitzenden in Finnland anhören wollte. Er schlug Satomäki vor, ebenfalls seine Kabine aufzusuchen. Man hatte schon reichlich getrunken, morgen würde man Stockholm erreichen und die Konferenz fortsetzen.

Auf dem Salondeck redete Satomäki noch weiter auf Räväder ein:

»Verdammt, warum bin ich bloß in diese Truppe geraten. Das ist eine Versammlung von Homos, ist es nicht so, Räväder? Und ich stelle mich sogar noch für den Wirtschaftsausschuss zur Verfügung! Wenn früher mal in Finnland ein Homosexueller auftauchte, wurde er aufs Rad geflochten und zu Hackfleisch verarbeitet. Heute haben diese Typen eigene Restaurants und Partys und eigene Verbände ... Große Kerle, und knutschen sich mitten auf der Esplanade. Zur Armee gehen sie nicht, was sollten die weibischen Männer da auch, für Frauen gibt es schließlich keine Wehrpflicht. Sie haben ihre eigenen Zeitungen und eigene Buchklubs. Bald fordern sie wahrscheinlich einen eigenen Homokanal im Fernsehen. Eigene Nachrichten und einen eigenen

Reichstag, eine Schwulenrepublik in Finnland …, verflucht noch mal. Der Vormarsch des dritten Geschlechts, wahr und wahrhaftig.«

An der Tür seiner Kabine hängte sich Satomäki an Räwänders Hals und küsste ihn auf beide Wangen.

»Räwänder, wir beide sind in dieser Truppe die einzigen Herren und wirklichen Männer. Du bist Reeder, ich bin Direktor. Und wir sind keine Homos. Gute Nacht. Jetzt schmeißt sich dieser Junge ins Bett und steht vor Weihnachten nicht wieder auf, verdammt noch mal.«

21

Am Morgen wurde Oinonen und Räwänder ein köstliches Seefrühstück serviert. Das gehörte zum Sonderservice für die Reederkabine. Die beiden genossen den Ausblick aus den großen Fenstern, bewunderten den schönen Stockholmer Schärengarten und schließlich die Stadt selbst, als das Schiff im Hafen festmachte. Es war neun Uhr Ortszeit.

Nach dem Frühstück lagen beide zwei Stunden müßig herum. Um elf Uhr begann dann wieder die Konferenz der Halunken. Räwänder eilte in den Saal, um den Vorsitz zu führen. Irene Oinonen blieb in der Kabine und las »Stockholm heute«-Broschüren.

Es war noch kein einstimmiger Beschluss über Iivonens künftiges Schicksal zustande gekommen. Somit musste Räwänder verkünden, dass der Erpresser vorerst in Klaukkala beim Tierpräparator verbleiben würde, bis man sich über seine Zukunft einig wäre.

Was sein Vermögen betraf, wurde der Wirtschaftsausschuss beauftragt, sich darum zu kümmern. Es musste eine geeignete Firma oder Stiftung gegründet werden, auf die das Vermögen übertragen werden konnte, und wenn das geschehen wäre, könnte jedem der Erpressten die Summe zurückerstattet werden, die er an Iivonen hatte zahlen müssen. Bei den Beschlüssen, die es im Zusammenhang mit dem Vermögen zu treffen galt, sollte auf jeden Teilhaber ein Mandat fallen, das seinem Anteil entsprach. Zum Glück hatte Iivonen genau Buch geführt, sodass sich die jeweiligen Mandate einfach errechnen ließen.

Als sich die Teilnehmer so weit geeinigt hatten, bedankte sich Räväander bei ihnen und sagte, dass er die Fähre verlassen werde, um mit der Abendmaschine nach Helsinki zu fliegen. Den Hammer des Vorsitzenden übergebe er an Kurt Kim Karlsson. Sollte jemand von den Konferenzteilnehmern den Wunsch haben, ihn, Räväander, zu kontaktieren, so sei das am besten über Karlsson möglich.

Sowie Räväander seine Kabine und das Schiff verlassen hatte, begann auf der Konferenz eine Diskussion um seine Person. Die Teilnehmer konstatierten, dass Reeder Räväander zwar in jeder Weise ein honoriger Mann sei, aber unter Umständen auch gefährlich. Seine Haltung zur Lösung des Problems Iivonen hatte unter den Leuten für einige Verärgerung gesorgt.

Viele brachten in ihren Diskussionsbeiträgen zum Ausdruck, dass Räväander, wenn er wollte, womöglich Iivonens Platz einnehmen und an seiner Stelle die Leute erpressen könnte. Was sollte ihn daran hindern? Die Konferenzteilnehmer bereuten außerdem, dass sie Räväander einen führenden Platz im Wirtschaftsausschuss eingeräumt hatten. Unter Umständen würde er sich Iivonens Vermögen selber krallen, und niemand könnte ihn dann daran hindern.

Direktor Satomäki erklärte, dass er Reeder Räväander absolut vertraue. Seine Erklärung fand jedoch keinen Widerhall. Man sagte ihm, dass die Konferenz jetzt anstelle von einer gleich zwei Personalfragen zu lösen habe. Zunächst müsse Iivonen von der Tagesordnung verschwinden, und gleich danach auch Rävänder. Viele fanden, dass der Reeder ein wahrer Trottel sein müsste, wenn er nicht versuchen würde, aus der entstandenen Situation Nutzen zu ziehen. Es half nichts, auch wenn Satomäki beschwor, dass Rävänder auf ihn einen ehrlichen Eindruck gemacht habe. Rävänder wirke geradlinig, man könne ihm vertrauen. Außerdem habe er Iivonen selbst festgenommen und in Verwahrung gebracht. Bedeute das denn gar nichts?

»Wir wirken alle wie ehrliche Männer, und wer sind wir in Wirklichkeit?«, sagte Wirtschaftsleiter K. »Wir sind in der Mehrheit Homosexuelle und einige auch kriminell. Sie genauso wie wir. Ich zum Beispiel bin Masochist und Betrüger. Hier neben mir sitzt ein Mann, der ist bisexuell und hat gegen die Devisenbestimmungen verstoßen.«

»Stimmt«, sagte Bankdirektor L. mit roten Ohren, aber fester Stimme.

»Ich schlage vor, dass wir Iivonen und Rävänder an einen abgelegenen Ort bringen und beide ermorden«, erklärte Ingenieur Y. Er erhielt breite Zustimmung, und wieder entstand eine ausufernde Diskussion. Alle Methoden des Tötens, die am Vortag auf Iivonen gezielt hatten, kamen jetzt erneut zur Sprache. Jetzt galt es, zwei Personen zu beseitigen, und viele Teilnehmer fanden, dass das alte Sprichwort von den zwei Fliegen, die man mit einer Klappe schlägt, recht gut auch auf dieses Problem anzuwenden sei. Schlimm nur, dass Rävänder noch auf freiem Fuß sei. Das müsse schleunigst korrigiert werden, lautete die Meinung der Mehrheit.

Rävänder und Irene Oinonen machten sich bereit, die Sehenswürdigkeiten Stockholms anzusehen. Bis zum Start der Abendmaschine würden sie einen kompletten Urlaubstag in der Hauptstadt des Nachbarlandes genießen können. Das

Wetter war bestens geeignet, die Sonne schien, und es wehte ein sanfter Wind.

Die beiden fuhren mit dem Taxi vom Hafen ins Stadtzentrum, wo sie sich die Sonnabendbeilage von *Dagens Nyheter* kauften, denn die enthielt passende Tipps für die Gestaltung des Tages.

Zunächst spazierten sie durch Stockholms Altstadt. In den Boutiquen der Västerlånggatan entdeckte Irene Oinonen einige ihrer Meinung nach topmodische Kleidungsstücke. Rävänder folgte ihr auf dem Fuße und bezahlte die Einkäufe von Iivonens Geld. Dann sahen sie sich die *Vasa* an, die noch auf der Jungfernfahrt im Jahre 1628 gesunken war. Rävänder dachte bei sich, dass der Reeder dieses Schiffes wahrlich nicht zu beneiden war. Zum Glück hatte damals das Heer das Schiff bauen lassen. So musste kein Privatmann finanziell für das peinliche Unglück aufkommen. Natürlich ertranken Seeleute, als das Schiff sank, aber zu jener Zeit war das Leben eines Seemannes nicht viel wert.

Als die *Vasa* besichtigt war, besuchten sie gleich noch das Meereshistorische Museum. Auf der Werft war der Eisbrecher Sankt Erik ausgestellt. Ränder genoss es ungemein, die alten Schiffe zu betrachten. Er sagte sich, dass es großartig wäre, wenn seine *Vulcanus* irgendwann einmal im Helsinkier Meeresmuseum ausgestellt würde. Er könnte sie später dorthin verkaufen, dann müsste er sie nicht verschrotten.

Vor dem Mittagessen besuchten Oinonen und Rävänder noch den Tierpark, und dann kehrten sie im *Djurgardsbrunns Wärdshus* ein und aßen, bis sie fast platzten.

Zur selben Zeit wurde auf der Schiffskonferenz fieberhaft beraten, wann und wie Rävänder und Iivonen ausgeschaltet werden sollten. Schließlich wurde der Beschluss gefasst, dass alle Opfer Iivonens freie Hand haben sollten, den beiden den Garaus zu machen, gerade so wie sie es für richtig hielten. Um unangenehme Zufälle zu vermeiden, sollte ein jeder, der Mordabsichten hegte, Verbindungsmann Karlsson über die Art der geplanten Operation informieren und ihm anschließend auch mitteilen, wie sie verlaufen war. Wenn jemand beim ersten Versuch scheiterte, könnten andere Interessenten ihr Glück versuchen. Über kurz oder lang wären sowohl Iivonen als auch Rävänder tot oder blieben jedenfalls verschwunden.

Die dringlichste Aufgabe war nach Meinung der Konferenz, Iivonen an einen anderen Ort zu schaffen. Wenn Rävänder Wind davon bekäme, dass man trotz allem beschlossen hatte, den Kerl zu liquidieren, würde er sicherlich versuchen, das zu verhindern. Also musste man Iivonen aus der Werkstatt des Präparators in Klaukkala holen und an einen anderen, sichereren Ort bringen, wo man in aller Ruhe buchstäblich die Luft aus ihm herauslassen könnte. Es empfahl sich, auch Rävänder schnellstmöglich festzusetzen und zum Schweigen zu bringen.

Direktor Satomäki sagte sich von beiden Mordplänen los. Er drohte sogar damit, die Polizei zu informieren, nahm aber davon Abstand, als man ihn darauf aufmerksam machte, dass seine Veruntreuungen ans Licht kämen, wenn er sich an die Polizei wenden würde.

»Ich fordere dich auf, Bruder Satomäki, die Polizei in diesem Fall komplett aus dem Spiel zu lassen«, warnte Oberkommissar Hentunen ihn ernst. Zähneknirschend fügte sich Satomäki. Immerhin besaß er aber so viel Ehrlichkeit, dass er Rävänder auf der Rückfahrt eine Karte schickte, die er an den

Schlepper *Vulcanus* adressierte. In Druckbuchstaben schrieb er darauf:
»Dein Leben bedroht seit Verlassen des Schiffes. Sei vorsichtig. Ein Freund.«
Außer dieser Karte verfasste er am Tisch in der Bar noch einige andere, zum Beispiel an seine Frau zu Hause, an einige Geschäftsfreunde und an ein paar Geliebte. Als Kurt Kim Karlsson zufällig erschien, übergab ihm Satomäki die Karten und bat ihn, sie im Büro des Zahlmeisters in den Briefkasten zu werfen. Er selber wolle sich zum Schlafen in seine Kabine zurückziehen.
Karlsson nahm ein paar Drinks und las nachdenklich Satomäkis Karten. Bei Rävänders Karte zuckte er zusammen. Und so warf er denn später nur die anderen in den Briefkasten, die an Rävänder gerichtete jedoch lieber in den Papierkorb. Er sagte sich, dass er so vielleicht seine Zukunft sicherte. Wenn Rävänder ermordet würde, was wahrscheinlich schien, könnte er die Witwe heiraten, bekäme eine schöne Wohnung und den Aktienbestand einer Schlepperfirma, sogar eine Villa auf einer Insel im Meer und anderen herrlichen Mammon. Außerdem hätte er noch die Chance, von Iivonens Kapital zu zehren, wenn auch dieser Kerl erst mal tot wäre. Und das würde sicherlich nicht lange dauern.
Karlsson dachte beiläufig, dass er, hätte er ein ebenso sensibles Gewissen wie manch anderer, jetzt Stiche in der Brust verspüren würde. Aber sein Gewissen reagierte kaum auf all das, was er gerade auf den Weg brachte. Er schwor sich, dass er persönlich kein Gewaltverbrechen begehen würde. Ihm genügte es, den größtmöglichen Nutzen aus einem solchen zu ziehen.
Die Schiffskonferenz war also erfolgreich gewesen. Sie hatte

Beschlüsse gefasst, hatte ihre Aufgabe erfüllt. Die Teilnehmer feierten die ganze Nacht hindurch, während das Schiff von Stockholm nach Helsinki zurückfuhr.
Räværder und die Oinonen flogen am Abend nach Helsinki. Rävänder nahm sich vor, auf der Heimfahrt vom Flughafen einen Abstecher nach Klaukkala zu machen, er wollte sich gern überzeugen, ob Iivonen noch sicher in seiner Zelle saß. Gleichzeitig könnte er sich erkundigen, wie es um das Wildschwein stand. In Seutula angekommen, gab Rävänder dem Taxifahrer Klaukkala als Fahrziel an.
»Es ist ausgestopft«, verkündete Präparator Karhunen, als Rävänder mit Irene Oinonen ankam.
Er präsentierte den beiden das Ergebnis seiner Arbeit. Das prächtige Tier war auf dem Deckel einer lackierten Edelholzkiste befestigt. Es war in halb springender Haltung fixiert. Das Maul stand offen, sodass die riesigen, furchterregenden Hauer zu sehen waren. Mit aufgerichteten Rückenborsten und glühenden Augen griff es einen unsichtbaren Feind an. Ein wahrhaft gruseliger Anblick.
Sie vereinbarten, dass der Präparator es am nächsten Morgen an Oinonens Adresse liefern würde. Für die Zahlung räumte er Rävänder eine Frist von zwei Wochen ein.
Dann sahen sie nach Iivonen in seinem Kerker. Der Erpresser knirschte in seinem dunklen Kabuff mit den Zähnen. Auf Fragen antwortete er nicht.
»Jetzt nimmt er das Essen ganz gut an«, erzählte Karhunen zufrieden. »Nachts schreit er ein bisschen herum, aber an so was bin ich gewöhnt. Meine Frau war zu Lebzeiten ganz ähnlich, schrie nachts und maulte tagsüber. Sonst eigentlich ein netter Mensch, obwohl sie nachts Lärm machte. War ein bisschen neurotisch in der Dunkelheit, nichts weiter.«

»Hüte den Iivonen noch ein Weilchen. Ich glaube, ich bringe ihn bald woanders unter, an einem Ort, der sich besser eignet. Vielleicht auf der Insel, im Keller meines Sommerhauses. Da kann er dann auch lärmen, so viel er will.«

Zu Hause in der Uudenmaankatu äußerte sich Irene Oinonen zum Wildschwein und erklärte, dass sie es gar nicht gern sähe, wenn das Tier zu ihr in die Wohnung käme.

»Wo sollen wir hin damit? Remington reicht schon völlig.«

»Nun, ich kann das Schwein ja vorläufig in dein Männermuseum stecken. Behalt es als Erinnerung an mich, falls wir uns trennen.«

Am Morgen setzte Rävänder eine Annonce in die Zeitung, dass ein ausgestopftes Wildschwein zu verkaufen wäre. Er nannte die Besichtigungszeiten und Oinonens Adresse. Das Tier selbst pries er als großes und imposantes Prachtstück an.

Als das erledigt war, rief er den Präparator an und sagte ihm, das Schwein könne kommen. Bald schon fuhr Karhunen samt Schwein und Kiste in der Uudenmaankatu vor. Sie überlegten gemeinsam, wie sie es anstellen sollten, das Vieh in die Wohnung der Oinonen zu verfrachten. Die Transportkiste war groß und schwer wie der Sarg eines Sumoringers.

Sie beschlossen, erst die Kiste und dann das Schwein hinaufzubringen. Rävänder bat die Mitarbeiter des polnischen Reisebüros, das sich im selben Treppenaufgang befand, nach dem Schwein zu sehen, während er mit dem Präparator die Kiste nach oben wuchtete, das Schwein stellten sie solange auf den Bürgersteig. Die Polen kamen gern heraus, um das Tier zu bewachen und zu bewundern.

»Oh, ist das süß«, sagte eine junge Polin und kraulte das Schwein hinter den Ohren. In Polen gibt es viele Wildschweine, die Einheimischen mögen sie und ihr Fleisch. Man sah, dass die Reisebüroangestellten Heimweh bekamen, als sie das ausgestopfte Wildschwein auf dem Bürgersteig sahen.

Rävänder und Karhunen kamen herunter, um das Schwein zu holen.

Auf dem Bürgersteig herrschte Gedränge, da sich Passanten um das Wildschwein versammelt hatten. Fragen schwirrten durch die Luft. Wer hatte das Tier erlegt, war es eine Bache oder ein Keiler, wie viel wog es? Weshalb stand es jetzt hier auf der Straße? Handelte es sich um einen verrückten Streich?

»Fass du vorn an, ich halte es am Hintern«, sagte Rävänder geschäftig zu Karhunen. »Machen Sie Platz, verehrte Herrschaften!« Und die Polen bat er, die Tür aufzuhalten.

Sie trugen das Schwein zum Fahrstuhl. Auf allen vieren passte es natürlich nicht hinein, sie mussten es auf die Hinterbeine stellen. Es war so stattlich, dass sein Maul den Männern bis an die Augen reichte. Zum Glück war sonst niemand da, der im Lift mitfahren wollte. Rävänder drückte den Knopf, und los ging die Fahrt.

Als sie oben ankamen, stand dort wartend das üble Klatschweib, das es in jedem finnischen Mehrfamilienhaus gibt und das es für seine Pflicht hält, die Lebensgewohnheiten der Mieter zu kontrollieren. Die Frau erschrak beim Anblick des Wildschweins so sehr, dass sie beinah in Ohnmacht fiel. Im Laufe der Jahrzehnte hatte es im Haus durchaus den einen oder anderen sonderbaren Vorfall gegeben, aber dies war das erste Mal, dass ein Raubtier ins Haus gebracht wurde.

Rävänder herrschte sie an, sie solle mit dem sinnlosen Gezeter aufhören und lieber die Gittertür des Fahrstuhls aufhalten, damit die Männer das Wildschwein unbeschadet hinausbugsieren konnten. Die Frau berappelte sich und gehorchte. Das Schwein wurde herausgehoben und auf die Beine gestellt. Die Männer wischten sich den Schweiß von der Stirn. Das Vieh wog immer noch verdammt viel, obwohl es jetzt aus Füllmaterial und nicht mehr aus Fleisch und Blut war.

Der Fahrstuhl war zwar jetzt frei, aber die Frau stieg nicht ein, sondern wartete ab, wohin die Männer das Wildschwein bringen würden. Rävänder ärgerte sich über ihre Neugier. Er erklärte:

»Das Tier soll zur Oinonen, falls es das ist, worauf Sie warten.«

Die Frau war beleidigt, brachte es aber trotzdem nicht fertig, in den Fahrstuhl zu steigen, sondern verfolgte den Transport des Wildschweins bis zum Schluss. Es wurde tatsächlich zur Oinonen getragen. Von drinnen war wütendes Hundegebell zu hören. Remington hatte den Wildschweingeruch gewittert und wollte sein Revier verteidigen.

Erst als das Schwein drinnen und Oinonens Tür wieder geschlossen war, stieg die Frau in den Fahrstuhl. Ihre Miene spiegelte reinstes Glück. Sie verfügte jetzt über den köstlichsten Tratsch des Jahrzehnts. Bei der Oinonen wimmelte es von Männern, und jetzt hatte sie auch noch einen Wolfshund und Wildschweine bei sich. Diese Geschichte war noch atemberaubender als jene, die sich 1976 im selben Haus zugetragen hatte. Damals war der Hausverwalter höchstpersönlich betrunken mit dem Moped seines Sohnes von der Straße ins Haus gefahren. Die Glastür war kaputtgegangen, und der Hausverwalter musste erst ins Krankenhaus und dann in Polizeiarrest gebracht werden.

Auf der nächsten Jahresversammlung war ein neuer Verwalter gewählt worden, wie es sich gehört hatte. Aufgabe eines Hausverwalters war es, die Interessen der Bewohner zu wahren und nicht, mit dem Moped durch Glastüren zu fahren.

Räv änder und Karhunen beruhigten Remington, der zunächst außer Rand und Band war, sich aber bald an das Schwein gewöhnte, als er begriff, dass es nicht mehr lebte. Das Schwein wurde in seine Transportkiste gestellt und im Männermuseum untergebracht. Als Karhunen sich verabschiedet hatte, ging Rävänder mit Remington nach draußen, und anschließend rief er im Reisebüro an und bestellte Flugtickets für zwei Personen nach Amsterdam. Hinterher telegrafierte er nach Rotterdam und teilte mit, dass er die Werft besuchen wolle, um über den Austausch der Propeller an seinem Schlepper zu verhandeln. Es handelte sich um jene Werft, auf der die *Vulcanus* seinerzeit gebaut worden war. Rävänder beabsichtigte, sich bei der Gelegenheit auch schon mal nach neuen Schleppern umzusehen. Vielleicht könnte er die *Vulcanus* gelegentlich gegen ein neueres Modell austauschen? Und die holländischen Schlepper waren billig im Vergleich zu den dänischen oder schwedischen.

Schließlich rief Rävänder noch in der Anwaltskanzlei Ruuttunen an und beauftragte sie, ihn bei dem anstehenden Ehescheidungsprozess zu vertreten. Er schickte der Kanzlei die Vorladung zu, aus der hervorging, dass die Scheidungssache am 17. des laufenden Monats in der Abteilung IV des Helsinkier Amtsgerichts verhandelt werden sollte. In einem Brief, den er beifügte, nannte er seine eigenen Forderungen: Er verlangte das Sorgerecht für seine jüngere Tochter Piia, außerdem sollte die Aufteilung des Besitzes gerecht entschieden und überhaupt alles mit Augenmaß behandelt werden. Eine Trennungszeit konnte als Bedingung wegfallen, Rävänder war zur direkten Scheidung bereit.

Solche Dinge werden nicht besser, wenn man sie hinausschiebt, schrieb er an den Anwalt, Punkt und Unterschrift.

22

Der Verkauf eines ausgestopften Wildschweins mag Unerfahrenen als leichte Aufgabe erscheinen, doch das trifft nicht unbedingt zu. Reeder Räivänder erlebte es, als er am nächsten Morgen um zehn Uhr, zu Beginn der Besichtigungszeit, die Wohnungstür der Oinonen öffnete. Er hatte das Wildschwein samt Kiste auf dem Couchtisch platziert, und zwar so, dass das durchs Fenster einfallende Licht genau in das aufgerissene Maul traf, sodass die Hauer nur so blinkten. Ein wahrhaft beeindruckendes Handelsobjekt.

Gleich um zehn erschienen die ersten Interessenten. Die Menschen strömten zu Dutzenden herbei, sodass Räivänder die Tür zum Treppenhaus offen lassen musste. In Finnlands Hauptstadt schien es ein enormes Interesse an Wildschweinen zu geben. Kein Wunder, dachte Räivänder, denn die wurden selten zum Kauf angeboten. Er beschloss, fünfzehntausend Mark für das Tier zu nehmen.

Räivänder versammelte die Kunden um das Schwein und erzählte ihnen alles, was seiner Meinung nach von Interesse für sie war. Die Leute stellten ihm unzählige Fragen zu dem Tier und seiner Geschichte. Sie wollten wissen, wie viel es wog, ob er eine Garantie anbot, wie die Zahlungsbedingungen waren und wie das Schwein aufbewahrt werden musste, damit die Borsten nicht ihren Glanz verloren.

Bald schweiften die Besucher durch Oinonens ganze Wohnung und musterten sie, so als wollten sie die Wohnung und nicht das Wildschwein kaufen. Sie betasteten das Leder der Couchgarnitur, spähten in die Schränke, und im Männermuseum hielten sich immer zwei, drei Neugierige auf und begutachteten den Nachlass von Oinonens Partnern. Rävänder hob die Stimme und bat die Leute, zum Wildschwein zurückzukehren. Nicht die Wohnung stand zum Verkauf, sondern das Schwein. Widerstrebend versammelten sich die Leute erneut um das Tier. Einige äußerten nun Kritik. Das Schwein wirke unnatürlich wütend. Womöglich habe es Flöhe. Es sei zu teuer. Es sei unanständig, überhaupt ein Wildtier auszustopfen, und noch unanständiger, es in Verkaufsabsicht auszustellen. Das Schwein wurde von allen Seiten betastet. Jemand fragte, ob es heimlich erlegt worden sei. Hatte es womöglich Trichinen gehabt? Vielleicht hatte es an Tollwut gelitten? Ein Mann fragte nach einem Gutachten der Gesundheitsbehörde und möglichen gesundheitlichen Schäden. Niemand aus der Menschenmenge unterbreitete ein ernstzunehmendes Kaufangebot oder schien überhaupt am Kauf interessiert. Das Publikum hatte sich nur zum Zeitvertreib in Oinonens Wohnung versammelt, es bestand hauptsächlich aus Rentnern und Hausfrauen, vervollständigt durch ein paar harmlose Irre.

»Wenn sie kein Interesse an diesem Schwein haben, schlage ich vor, dass Sie sich entfernen«, sagte Räväncer schließlich genervt. Fast beleidigt zogen sich die Leute aus der Wohnung zurück. Im Gehen sagten sie, dass es selten in der Stadt einen so dreisten Betrugsversuch mit einem Schwein gegeben habe. Ein Höchstpreis für ein womöglich gestohlenes Tier!

Die Oinonen rief aus ihrem Salon an und erkundigte sich, ob das Schwein einen Käufer gefunden habe.

»Zwar sind an die fünfzig Neugierige gekommen, aber keiner von ihnen war ein wirklicher Kaufinteressent. Sie haben nur die Wohnung begutachtet und das Schwein aus der Nähe bestaunt. In dieser Stadt wohnt seltsames Volk.«

»Das war zu erwarten. Du hättest um schriftliche Angebote bitten sollen, dann hättest du das Schwein nicht irgendwelchen Müßiggängern vorführen müssen«, sagte Oinonen.

Rävänder war verärgert und auch ein bisschen verbittert. Er wusste nicht, was er mit dem Schwein machen sollte. Für eine neue Vorführung war keine Zeit mehr, jedenfalls nicht vor der Hollandreise. Oinonen hatte die Idee, dass er es dem Zoologischen Museum anbieten sollte.

»Die haben sogar ein Kalb mit zwei Köpfen, warum sollten sie sich nicht auch für einen neuen Keiler interessieren.«

Diesen Gedanken fand Rävänder vorzüglich. Er rief im Zoologischen Museum der Universität Helsinki an, sprach mit Direktor Jyrkiäinen und erzählte ihm, dass er ein frisch ausgestopftes Wildschwein besitze, das er dem Museum gern verkaufen wolle. Er selbst habe keine wirkliche Verwendung für den Keiler, und er könne zu einem angemessenen Preis gern darauf verzichten. Der Direktor ließ sich weitere Informationen geben. Im Verlaufe des Gesprächs stieg sein Interesse an dem Tier.

»Über ein estnisches Wildschwein verfügen wir tatsächlich nicht in unseren Beständen. Wir haben eine magere und verblichene polnische Bache und einen jungen Keiler, der voriges Jahr in Orivesi vom Auto überfahren wurde, aber in der Tat kein großes und repräsentatives Exemplar. Könnte ich mal einen Blick auf Ihr Wildschwein werfen?«

Kurz bevor der Museumsdirektor eintraf, rief Karlsson an und erzählte, dass auf der Schiffskonferenz nach Rävänders Aufbruch nichts Besonderes mehr beschlossen worden sei. Rävänder sagte ihm, dass er in ein paar Tagen nach Holland reisen werde, und er gab Karlsson Adresse und Telefonnummer seines dortigen Hotels für den Fall, dass KKK einen Anlass habe, ihn zu kontaktieren.

Als Rävänder auflegte, bekam er das Gefühl, dass Karlsson allzu freundlich geklungen hatte. Seine Rede war das reinste Marzipan gewesen. Rävänder beschloss, den Mann genauer im Auge zu behalten. Man konnte nie wissen, was solchen Halunken in den Kopf kam. Müsste er vielleicht auch seine Frau vor dem Kerl warnen? Andererseits täte es Liisa Rävänder ganz gut, an einen Schurken zu geraten. Wenigstens könnte es ihr eine Lehre sein.

Direktor Jyrkiäinen war sofort begeistert von dem Wildschwein. Er war ein Experte, beklopfte das Tier von allen Seiten und lobte es in den höchsten Tönen, schwelgte in der Vorstellung, es seiner Sammlung einzuverleiben. Ein Prachtexemplar, in der Tat! Wenn er das Schwein tatsächlich im Zoologischen Museum ausstellen könnte, müsste er auch einen Pressetermin anberaumen. Jetzt kurz vor dem Sommer mangelte es den Zeitungen an interessanten Themen, das Schweine-Event würde garantiert in allen Blättern landen. Die Besucherzahlen im Museum würden im Sommer eine neue Rekordhöhe erreichen. Und das Allerbeste: Der Korkeasaari-Zoo hatte derzeit Probleme. Dort wurde renoviert, und es wurden Bären getötet. Die Gelegenheit war gut, die Konkurrenz zu schlagen, das Zoologische Museum würde Korkeasaari an Beliebtheit übertreffen. Und falls nicht, so bekäme das Museum zumindest die notwendige

PR und könnte mit gutem Grund staatliche Fördermittel beantragen.
Räv änder bot ihm das Schwein für fünfzehntausend Mark an.
»Oh, wir haben leider überhaupt kein Geld«, bedauerte Direktor Jyrkiäinen. »Aber wie wäre es mit einem Tauschhandel? Wir geben Ihnen unsere beiden vorhandenen Schweine, und Sie geben uns dieses. Ich finde, das wäre ein faires Geschäft, nicht wahr? Zwei Schweine sind immerhin zweimal mehr als eines. Ich denke, Sie sollten sich die Sache überlegen.«
Räv änder war jedoch gezwungen, das Angebot des Direktors abzulehnen. Er sagte, er sei ein ganz gewöhnlicher Schiffsreeder. Aufgabe seiner Firma seien Schlepperdienste für Handelsschiffe, er brauche keine ausgestopften Wildschweine. Er habe schon mit diesem einen Exemplar viel zu viel am Hals, zwei zu besitzen, sei undenkbar für ihn.
Als der Direktor hörte, dass Räv änder Schiffsreeder war, freute er sich ungemein. Waren Reeder nicht reiche Menschen? Was hinderte Räv änder daran, dem Zoologischen Museum der Universität das Schwein zu schenken? Das wäre eine ehrenwerte Kulturtat, die man am Zoologischen Institut zu schätzen wüsste. Man könnte sogar in Erwägung ziehen, vorn an der Transportkiste ein kleines Metallschild anzubringen, auf dem diese großartige Schenkung erwähnt würde.
Räv änder bedauerte. Er sei kein sehr bedeutender Reeder, besitze nur einen einzigen alten Schlepper. Zu allem Überfluss sei seine Ehe in die Brüche gegangen, und es sei wahrscheinlich, dass er die Hälfte seines Besitzes verlieren würde.

Der Direktor nahm Anteil an Räväanders Kummer. Er lobte noch eine Weile das Schwein und verabschiedete sich dann. Räväander ließ Remington aus dem Badezimmer, wo der sich den ganzen Morgen hatte aufhalten müssen. Der Hund sah sein Herrchen mitleidig an. Er schien ihm sagen zu wollen, dass er sich wegen eines toten Schweins nicht grämen sollte. Dann holte er den Killerspeer des Massai-Kriegers hinter dem Sofa hervor und bedeutete Räväander, dass er ein wenig spielen wollte. Ein fröhlicher Hund, und sehr verständnisvoll.

Räväander war allerdings nicht in der Stimmung zu spielen. Er nahm Remington den Speer weg und wollte ihn in Oinonens Männermuseum tragen, aber dann stutzte er. Im Stahl befand sich am unteren Ende eine Gravur. Siehe da, das hatte er noch gar nicht bemerkt. Nun ja, als der Hund ihm und Karlsson den Speer gebracht hatte, war es Nacht und sie beide betrunken gewesen. Da kommt man nicht gleich auf die Idee, am Speer nach eingeritzten Zeichen zu suchen.

In den Stahl waren ein Name und eine Jahreszahl eingraviert. »Ensio Knuutila 1983«. Räväander brachte den Speer ins Männermuseum und notierte sich Namen und Jahreszahl. Es war offensichtlich, dass der Speer einem gewissen Ensio Knuutila gehörte, folglich war es durchaus möglich, dass derselbe Knuutila auch Remingtons Herrchen war. Gleich nach der Rückkehr aus Holland wollte Räväander den Mann aufspüren. Wenigstens den Speer könnte er ihm zurückgeben, und vielleicht würde Knuutila einwilligen, ihm Remington zu verkaufen. Piia wäre begeistert und könnte den Hund während des Sommers haben.

Räväander ging mit Remington nach draußen. Als er mit dem

Hund wieder die Wohnung betrat, hörte er das Telefon klingeln.
Eine gewisse Bergrätin Gillenböckel rief an und erkundigte sich, ob das Wildschwein schon verkauft sei. Falls nicht, würde sie es sich gern ansehen. Wie wäre es, könnte der Herr ihr das Schwein Anfang der kommenden Woche zeigen? Am Wochenende war die Frau Bergrätin, wie sie sagte, besetzt. Sie wollte sich mit Bekannten in Kopenhagen treffen, aber gleich am Montag hätte sie wieder Zeit. Sie erzählte, dass sie Witwe, aber trotzdem sehr beschäftigt sei. Oder vielleicht gerade deshalb.
Sie machten den Termin aus. Dann klingelte das Telefon erneut. Jetzt meldete sich ein Mann, der sich nicht vorstellte. Er sagte nur, dass er Reeder Rävänder möglichst bald in einer äußerst interessanten Angelegenheit treffen wolle. Könnte Herr Rävänder freundlicherweise mit seinem Auto zur Mülldeponie Mankas kommen? Dort würde ihn der Anrufer erwarten.
Warum ausgerechnet zur Mülldeponie? Kannte der Anrufer keinen geeigneteren Treffpunkt?, wunderte sich Rävänder. Er fragte, wer der Anrufer sei, bekam aber zur Antwort, dass er das am Telefon nicht sagen könne. Aber die Autofahrt nach Mankas würde sich sicher lohnen. Eine so wichtige Fahrt würde Rävänder nie wieder im Leben unternehmen, das könne er schwören, so der Anrufer.
Also gut. Der Hund war ausgeführt und das Schwein gezeigt. Rävänder konnte durchaus mal schnell nach Mankas fahren. Hinterher müsste er noch Anwalt Ruuttunen aufsuchen und die Flugtickets nach Amsterdam abholen. Rävänder verließ das Haus und stieg in sein Auto.
Unterwegs kam ihm der Gedanke, dass er Oinonen und Piia

anrufen müsste. Es wäre schön, wenn die Tochter sie beide am Flughafen verabschieden könnte, zu ihrem Flug nach Amsterdam. Rävänder fuhr auf einen großen Parkplatz in Tapiola und trat in eine Telefonzelle, die sich neben der Taxihaltestelle befand. Er sprach erst lange mit der Oinonen, und dann rief er zu Hause an. Niemand nahm ab. Rävänder beschloss zu warten. Er holte sich am Kiosk Zigaretten und die Abendzeitung und ging dann wieder in die Zelle, um einen neuen Versuch zu unternehmen. Jetzt meldete sich Piia, sie war gerade aus der Schule gekommen. Sie freute sich sehr, als ihr Vater sie bat, nach Seutula mitzukommen. Rävänder versprach, ihr dort ein Softeis zu spendieren. Und er erzählte ihr, dass er möglicherweise Remingtons Herrchen ausfindig gemacht hatte, aber er würde versuchen, den Hund für sie zu kaufen, wenn es irgend ginge.

»Oh, du bist prima, Aulis«, sagte sie begeistert. Glücklich hängte Rävänder den Hörer in die Gabel und verließ die Telefonzelle. Er ging rasch zu seinem Auto. Er hatte schon zwanzig Minuten Verspätung. Aber derjenige, der um das Treffen auf der Mülldeponie gebeten hatte, konnte ruhig warten, dachte Rävänder und betrachtete sein Auto, das schmutzig und grau auf dem Parkplatz stand. Es war ein großer und starker Wagen, aber schon fünf Jahre alt. Rävänder sagte sich, dass er, wäre ihm nicht die Ehescheidung dazwischengekommen, in diesem Sommer ein neues Auto hätte kaufen können. Nun musste er womöglich weitere fünf Jahre mit dem alten fahren. So hatte sich sein Leben in letzter Zeit verändert, es war arm geworden.

Plötzlich flog das Auto in die Luft. Ein furchtbarer Knall war zu hören. Die Karosserie des Wagens zerriss, und Metallteile segelten in den Himmel. Nach einer Weile fielen sie herun-

ter und verteilten sich über den ganzen Parkplatz. Räväner musste aufpassen, dass ihm keines der Stücke auf den Kopf fiel.
Sein erster Gedanke nach der Explosion war, dass er nun doch sein Auto gegen ein neueres Modell eintauschen musste. Vom alten war nicht mal mehr das Nummernschild übrig.
Mochte die Polizei herausfinden, wem das Auto gehört hatte, sagte sich Räväner. Er hatte gerade jetzt keine Lust, sich in die Untersuchungen einzubringen. Seine Vermutung war, dass hinter der Geschichte ein ganz und gar mieser Verein steckte. Er würde künftig auf der Hut sein müssen.
Das Treffen auf der Deponie von Mankas musste also ausfallen. Es gab keine Busverbindung dorthin. Und am Ziel würde sowieso vermutlich niemand auf ihn warten. Die Grüße waren angekommen, allerdings ein wenig vorzeitig.

23

Wenn einem Mann das Auto explodiert, betrachtet er sein Leben aus einer etwas anderen Perspektive, als wenn ihm am Fahrrad der Reifen geplatzt wäre. Es hängt dann von ihm ab, welche Maßnahmen er ergreift, nachdem er über alles nachgedacht hat. Rävänder beschloss, die Fußpflegerin anzurufen und ihr einen Antrag zu machen. Das tat er sofort.

Oinonen war eigentlich nicht überrascht über Rävänders Antrag. Etwas in der Art hatte sie schon in Stockholm erwartet. Jetzt also war es so weit. Nun ja ... Sie wollte es sich überlegen. So war es ja Brauch, oder nicht? Sie sagte, dass Rävänder ziemlich erregt wirke. Gerade vorhin erst hatten sie sich in aller Ruhe über die Hollandreise unterhalten, und jetzt rufe er plötzlich an und mache ihr einen Antrag.

Rävänder erzählte, dass zwischen den Telefonaten sein Auto in den Himmel geflogen war. Daher die Erregung. Falls sie nicht gleich zu seinem Antrag Stellung nehmen wollte, könne er auch ein paar Tage warten. Auf Wiederhören, er müsse jetzt gehen.

Rävänder rief noch beim Tierpräparator in Klaukkala an und forderte ihn auf, Iivonens Bewachung zu intensivieren. Er erzählte vom Schicksal seines Autos und dass er um sein Leben fürchte. Ganz sicher hätte auch Iivonen Grund dazu.

»Ich habe die Flinte in Bereitschaft. So leicht holen sie den Erpresser hier nicht raus«, brüstete sich Karhunen.

Kurz vor diesen wilden Ereignissen hatte sich in Iivonens Fensterwerkstatt eine Gruppe Halunken unter Führung von Kurt Kim Karlsson versammelt. Anwesend waren zwei Handelsvertreter, ein Geschäftsführer, ein Offizier, ein Friseur und ein Flugkapitän. Karlsson stellte Pappbecher auf die Abdeckung der Hobelbank. Der Flugkapitän öffnete eine Sektflasche. Man schaute auf die Uhr.

»In zwei Minuten fliegt auf der Mülldeponie Mankas Scheiße durch die Luft«, verkündete Handelsvertreter R. mit einem grimmigen Ausdruck in seinem verschlagenen Gesicht. »Ich habe in Rävänders Karre eine tüchtige Ladung angebracht und ihn telefonisch zu dem Treffen einbestellt. So werden wir den Typen mit einem einzigen Knall los, und auf der Deponie gibt es keine Zeugen der Explosion.«

Der Sekt wurde eingeschenkt, und als die Uhr den Moment der Explosion anzeigte, setzten alle die Becher an die Lippen.

»Auf Rävänder«, sagte der Flugkapitän und leerte seinen Becher. Die anderen folgten dem Beispiel.

Als sie sich eben eine zweite Runde einschenken wollten, klingelte das Telefon. Karlsson nahm ab. Die anderen beugten sich vor, um zu hören, welche herrliche Spur die Höllenmaschine an Auto und Besitzer hinterlassen hatte. Am anderen Ende war Oberkommissar Hentunen.

Wütend erzählte der Kommissar, dass draußen auf der Deponie rein gar nichts passiert war. Stattdessen war in Tapiola ein Auto in alle Himmelswinde geflogen. Zum Zeitpunkt der Explosion hatte niemand im Auto gesessen. Rävänder war immer noch am Leben.

»Jetzt muss ich erst mal horchen, was sie in der Alarmzentrale über die Geschichte erzählen. Aber ich will euch schon mal sagen, dass ihr ganz gewöhnliche Tölpel seid«, brüllte der Oberkommissar und legte auf.
Die Siegesfeier war verdorben. Der restliche Sekt wurde ohne besondere Zeremonien getrunken. Dann verkrümelten sie sich einer nach dem anderen. Karlsson dachte bei sich, dass Rävänder jetzt auf der Hut sein würde. Dumme Geschichte. Karlsson hätte lieber Rävänders Witwe als seine geschiedene Gattin geheiratet. Eine Witwe hat mehr Mitgift, und es gibt keinen Exgatten, der dem Neuling auf die Pelle rückt. Wirklich dumm, dass Rävänder nicht wie geplant in die Luft geflogen war.

Piia kam mit zum Flughafen, als ihr Vater und Irene Oinonen die Reise nach Holland antraten. Vor Abflug der Maschine lud Rävänder seine beiden Begleiterinnen zum Frühstück ins Flughafenrestaurant ein. Er fragt Piia, was er ihr aus Holland mitbringen solle. Hübsche kleine Holzschuhe zum Beispiel?
»Ääh, was soll ich damit. Aber vielleicht könnt ihr mir neue Rockschallplatten besorgen, solche, die man in Helsinki und auch in Stockholm nicht kriegt.«
Die beiden versprachen ihr die Platten und stiegen ins Flugzeug. Zwei Stunden später waren sie in Amsterdam. Vom Hotel aus telefonierte Rävänder mit der Werft in Rotterdam und kündigte an, dass er in zwei Tagen vorsprechen werde, um über die Ersatzteile für seinen Schlepper zu verhandeln.
Dann begannen sie mit ihrem Erholungsprogramm. Sie fuhren mit dem Wasserbus durch Amsterdams alte Kanäle, sa-

ßen in Straßencafés, besuchten einige Museen, aßen und tranken gut, besichtigten in dem für van Gogh gebauten Kunstmuseum die Arbeiten dieses wahnsinnigen Genies, das sich einst ein Ohr abgeschnitten hatte.
»Ich habe schon immer Angst gehabt, dass ich eines Tages geisteskrank werde«, bekannte die Fußpflegerin. »Das befürchten wohl die meisten Frauen. Aber sollte ich tatsächlich verrückt werden, dann schneide ich mir sicher kein Ohr ab, und ich fange auch nicht an zu malen, so wie ein van Gogh. Möglicherweise werde ich eine Hure, allen Ernstes. Ich habe irgendwo gelesen, dass ein beträchtlicher Teil der Freudenmädchen geisteskrank ist. Vor hundert Jahren machte man geistesschwache Mädchen gewaltsam zu Huren, weil die Plätze in den Anstalten nicht für alle reichten. So verdienten sie sich ihr Brot selbst, und wenn sie nachher im Alter hässlich und zu verrückt wurden, konnte man sie wegen Landstreicherei ins Gefängnis sperren. Im Vergleich dazu haben es die heutigen Huren leicht.«
Am nächsten Tag mietete Rävänder ein Auto und fuhr mit Oinonen zum Keukenhof. Wie sie zu erzählen wusste, leuchteten zu dieser Jahreszeit die Tulpen in dem weitläufigen Blumenpark am allerschönsten, und damit lag sie richtig. Hektar für Hektar breitete sich eine überwältigende Blumenpracht vor den bewundernden Blicken des Paares aus. Der Duft war berauschend, die Rabatten überaus kunstvoll. Hyazinthen, Krokusse, Narzissen und die in hunderterlei Sorten blühenden Tulpen leuchteten in dem mit Springbrunnen verzierten Park um die Wette. Rävänder kaufte ein Bündel Tulpen, streute Oinonen einige davon ins Haar und legte ihr die anderen in die warmen Arme. Er glaubte verrückt zu werden, wenn sie nicht bald

seine Frau würde. So strahlend schön wirkte sie in seinen Augen.

Sie allerdings schnitt das Heiratsthema nicht an, die Blumen freilich akzeptierte sie.

In Rotterdam zeigte Ingenieur van der Kruff den beiden die Neuheiten auf der Schlepperwerft. Rävänder schloss mit dem Ingenieur das Geschäft über die Schiffsschrauben und die dazugehörigen anderen Teile ab. Die Werft würde alles per Luftfracht an Kapitän Hagman nach Helsinki schicken. Kruff fragte, ob Rävänder einen holländischen Monteur brauchte. Der erklärte, dass er einen sehr fähigen Maschinisten habe, der in der Lage sei, die neue Schraube einzusetzen, und auch mit den Elektroanschlüssen würden seine Leute allein zurechtkommen. Als diese wenigen geschäftlichen Dinge abgewickelt waren, lud Ingenieur van der Kruff die Gäste zum Mittagessen in eine kleine Weinstube ein, die im westlichen Teil des Rotterdamer Hafengeländes lag. Während des Essens zeigte er ihnen einen neuen Schleppertyp, der seiner Meinung nach gut für die Bedingungen im Finnischen Meerbusen geeignet war. Die Werft könnte vom selben Typ auch eine stahlverstärkte Version bauen, falls Rävänder eine solche brauchte.

Rävänder ärgerte sich über seine prekäre wirtschaftliche Situation. Wenn seine Frau nicht die Scheidung betrieben hätte, hätte er die Chance gehabt, ernsthaft über einen neuen Schlepper zu verhandeln. Aber so konnte er seine Reederei nicht erweitern, weil die Hälfte seines Besitzes Liisa und Karlsson in den Rachen zu fallen drohte. Er konnte froh sein, wenn es ihm gelang, die *Vulcanus* über Wasser zu halten. Die Ehescheidung, verursacht durch einen Importeur für Maschinen und Anlagen für die Wollindustrie, ein wahrhaft verkommenes Subjekt, entzog der künftigen Entwicklung von Rävänders Reederei den Boden.

Aber der Wein war gut, und Fußpflegerin Oinonen war schön. Außerdem dachte Rävänder inzwischen anders über das Geld des Erpressers Iivonen, und zwar dahingehend, dass es eigentlich nicht richtig war, alles gleichmäßig zu verteilen. Wenn einem Mann das Auto unterm Hintern weggesprengt wird, hat das zur Folge, dass er keinen Spaß mehr versteht.

Zwei Tage später, als Rävänder und Oinonen wieder in Amsterdam waren, trafen im Hotel mehrere Telegramme für sie ein.

Im ersten Telegramm teilte Anwalt Ruuttunen kurz und knapp mit, dass vom Helsinkier Amtsgericht die Scheidung der Rävanders ausgesprochen worden war. Das Gericht hatte entschieden, dass der Besitz zu jeweils gleichen Teilen an die Partner fiele. Bezüglich des minderjährigen Kindes war beiden Elternteilen das Recht und die Pflicht der Fürsorge übertragen worden, wohnen sollte Piia allerdings vorläufig bei ihrer Mutter. Die Anwaltskosten betrugen insgesamt fünftausendvierhundert Mark. Rävänder sagte sich, dass mindestens die Hälfte davon ein Aufschlag für Reeder war.

Jetzt war Reeder Aulis Rävänder wieder Junggeselle. In dieser Eigenschaft öffnete er das zweite Telegramm, während der Fußpflegerin Oinonen wiederum die Aufgabe zufiel, eine Flasche Champagner zu öffnen.

In dem von Direktor Satomäki unterschriebenen Telegramm teilte die Wirtschaftskommission der Halunken mit, dass es ohne Mühe gelungen war, 1,6 Millionen Mark aus dem beachtlichen Vermögen des Erpressers Iivonen flüssigzumachen. Die Summe war auf Rävänders Namen auf einem

Scheckkonto bei der Bank hinterlegt worden. Man hatte sich außerdem über die Gründung von Firmen oder Stiftungen informiert. Wie es aussah, war es am klügsten, Iivonens gesamtes Vermögen auf Rävänders Namen zu deponieren, bis man die Möglichkeit hätte, es gerecht unter den Erpressungsopfern aufzuteilen.
Bildet euch das nur ja nicht ein, dachte Rävänder. Wenn einige aus der Truppe jemandem eine Höllenmaschine ins Auto setzen, müssen sich die anderen daran gewöhnen, dass das teuer wird. Anscheinend wusste der Wirtschaftsausschuss nichts vom Mordversuch, sonst hätte er natürlich Iivonens Geld nicht auf Rävänders Konto eingezahlt.
Das dritte Telegramm war von Präparator Karhunen. Er berichtete, dass versucht worden war, den seiner Pflege anvertrauten Iivonen gewaltsam zu befreien. Vor zwei Tagen war eine fünfköpfige Gruppe gewaltbereiter Männer in die Werkstatt eingedrungen, sie hatten lautstark verlangt, Karhunen solle seinen Gefangenen freilassen und ihnen den Mann übergeben. Sie hatten ihn sogar mit der Waffe bedroht. Erst als er zwei ganze Flintenladungen über ihre Köpfe hinweggefeuert hatte, waren sie verstummt und hatten sich eiligst entfernt. »Iivonen bleibt natürlich hier. Aber der Pflegesatz muss erhöht werden, weil ich nun auch Patronen verbrauche«, wünscht Präparator Karhunen.
Rävänder beantwortete die Telegramme. Dann trank er mit Oinonen Champagner auf seine Scheidung. Jetzt hatte er auch offiziell seine Frau und die Hälfte seines Besitzes verloren. Er hatte keine Wohnung mehr, aber immerhin noch die *Vulcanus* und das Haus auf der Insel.
Am Nachmittag bestiegen Oinonen und Rävänder einen internationalen Touristenbus, der die Polder zum Ziel hatte,

Hollands dunstige Provinz, wo das Holzschuhvolk dem Meer ständig neue Anbauflächen abrang. Schwarze, vom Wasser geschädigte Felder, so weit das Auge reichte. Hohe Dämme erhoben sich am Horizont, ein Zeichen für die Nähe des Meeres und für seine Höhe. Schnurgerade Kanäle durchschnitten die Polder. In den Kanälen waren Schlepper unterwegs, die schwere Prahme zogen. Die vielsprachige Touristengruppe im Bus staunte über all das. Vor allem die Amerikaner fragten immer wieder, ob Europa wirklich flächenmäßig so klein war, dass die Menschen aus dem Meeresboden neues Land gewinnen mussten. Sie erklärten, sie hätten bei sich wer weiß wie viel freie Prärie, und sie redeten auf den Busfahrer ein, er solle nach Amerika kommen und Land bebauen. Der verstand jedoch nicht, was man ihm sagte, und es hätte ihn auch nicht interessiert, denn er hatte andere Probleme. Der schwere Bus war bis zur Achse in den wässrigen Polder eingesunken, und wie es schien, würde er dort stehen bleiben, bis ihn ein Raupenschlepper herauszöge.

Der Fahrer bestellte über Funk Schlepperhilfe und einen zweiten Bus, der die Touristen nach Amsterdam zurückbringen sollte. Als das erledigt war, verzog er sich in sein Fahrerhaus und rauchte Zigaretten. Die Touristen forderte er durch Gesten auf, zweihundert Meter durch den wässrigen Polder bis auf festeren Boden zu waten und dort auf den neuen Bus zu warten.

Lautes Stimmengewirr war die Folge, und der Fahrer antwortete darauf, indem er die Tür seines Fahrzeugs abschloss. Fünfzig Touristen aus vielen verschiedenen Ländern mussten jetzt ihre Schuhe ausziehen und Hosen oder Röcke bis zu den Knien hochkrempeln, wenn sie trockenen Boden erreichen wollten, ohne schmutzig oder nass zu werden.

Räwänder entledigte sich seiner Schuhe und nahm Irene Oinonen auf den Arm. Auf bloßen Füßen trabte er zweihundert Meter bis zur Landstraße, auf der es kein Wasser und keinen Schlamm mehr gab. Er setzte Irene ab, gab ihr einen Kuss und kehrte zurück, um die anderen Frauen zu holen. Insgesamt achtundzwanzig Touristinnen, die ihm in den verschiedensten Sprachen dankten, trug er vom feststeckenden Bus bis zur Landstraße. Der schlammige Polder war überzogen von den Spuren seiner edel geformten Füße. Dazwischen befanden sich, wie zum Vergleich, die undefinierbaren Abdrücke von zwanzig Männern aus anderen Ländern.

Als sich Räwänder bückte, um seine schmutzigen Füße im Straßengraben abzuspülen, erlaubte Irene Oinonen es nicht, sondern sagte, das sei ihre Aufgabe. Sie wusch seine schlammbeschmierten Gräten, spülte sie gut ab, zog die Strümpfe drüber, schnürte ihm auch noch die Schuhe, und als sie sich wieder aufrichtete, sagte sie:

»Ich finde, du bist der Mann mit den besten und schönsten Füßen der Welt.«

Dieses Bekenntnis interpretierte Räwänder dahingehend, dass Irene seinen Antrag angenommen hatte.

Abends und nachts im belebten Amsterdam feierten Oinonen und Räwänder ihre Verlobung. Räwänder war glücklich, auch wenn er nur einen Tag lang Junggeselle hatte sein dürfen. Oinonen war ebenfalls glücklich, vor allem, weil es ihr gelungen war, sich den Reeder mit den schönsten Füßen der Welt zu angeln. Das ist nicht eben wenig im Leben einer gewöhnlichen Fußpflegerin.

24

Weil die Bemühungen der Erpressungsopfer, Rävänder durch Explosion umzubringen und Iivonen gewaltsam zu befreien, missglückt waren, dachten einige von ihnen darüber nach, alle beide durch den Einsatz chemischer und biologischer Mittel aus dem Weg zu räumen. Sie sagten sich, dass rohe Gewalt in dieser Situation nicht angebracht war und man lieber zu einer List greifen sollte.

Die Interessenten versammelten sich alle paar Tage in Iivonens Fensterwerkstatt und erörterten die Möglichkeiten. Mit Karlssons Hilfe informierten sie sich über Rävänders Essgewohnheiten und beschlossen, seine Speisen oder Getränke zu vergiften. Sie überlegten auch, den Brunnen der Werkstatt in Klaukkala chemisch zu verunreinigen, um dadurch sowohl den störrischen Präparator als auch Iivonen auf einen Schlag loszuwerden. Diese Pläne ließen sich allerdings erst in die Tat umsetzen, wenn Rävänder mit seiner Verlobten aus Holland zurück wäre.

Sowie er wieder in Helsinki war, schritt Rävänder zur Tat. Er brachte bildlich gesprochen die Geschütze in Stellung, bereitete sich darauf vor, Iivonens Opfer mit einem so vernichtenden Feuerstoß zu überziehen, dass kein Einziger von ihnen hinterher noch kampffähig wäre.

Als Erstes ließ er in einem Kopierbüro von Iivonens Erpresserbuchführung vier Kopien anfertigen. Innerhalb eines Tages waren sie fertig. Diese vier neuen Mappen verteilte er in der Stadt, eine übergab er Kapitän Hagman, eine zweite dem Buchhalter seiner Reederei, die dritte ging an Anwalt Ruuttunen und die vierte an Fußpflegerin Oinonen, das Original behielt Rävänder selbst und hinterlegte es in seinem Bankschließfach. Allen Empfängern schärfte er ein, das Material sorgfältig aufzubewahren und es, falls ihm, Rävänder, etwas Ungewöhnliches zustoßen sollte, der Polizei zu übergeben. Mit ungewöhnlich meinte er den Tod oder schwere Verletzungen, so erklärte er.

Rävänder versiegelte jede Mappe und bat die Empfänger, das Siegel erst aufzubrechen, wenn die Situation es verlangte.

Als Nächstes kontaktierte er Direktor Satomäki und quittierte die bisher eingegangene Summe aus Iivonens Vermögen über 1 600 000 Mark. Satomäki behauptete, nichts über die Explosion in Tapiola zu wissen. Irgendwie glaubte Rävänder ihm das.

Danach fuhr er mit dem Taxi nach Klaukkala, um mit Karhunen und Iivonen zu sprechen. Seit der letzten Begegnung hatte sich die Beziehung zwischen den beiden dahingehend verändert, dass Iivonen sich jetzt auf Karhunen verließ und bei ihm Schutz suchte. Er war sich seiner Lage vollkommen bewusst, Karhunens Flintenschüsse hatten in Iivonens Gedankenwelt Wunder bewirkt. Er vertraute seinem Bewacher, der momentan wohl der einzige Mensch auf der Welt war, an den er sich halten konnte.

Es kam zu einem kurzen Gespräch in Iivonens dunkler Zelle. Rävänder erkundigte sich nach Iivonens Ergehen. Der erklärte, dass sein Magen jetzt vorbildlich funktioniere. Er wollte unbedingt vermeiden, dass Lizentiat Kourula wieder seinen Gesundheitszustand untersuchte. Karhunens Mahlzeiten fand er ausgezeichnet. Sie waren vielleicht auf die Dauer ein bisschen fett, aber unter den gegenwärtigen Bedingungen stand ihm sowieso nicht der Sinn nach Salaten.

Iivonen fügte hinzu, dass er am liebsten das Land verlassen würde, ob Rävänder ihm dabei womöglich behilflich sein könnte.

Gerade darüber hatte Rävänder mit ihm sprechen wollen. Er erklärte, dass ein Verlassen des Landes unauffällig geschehen und unwiderruflich sein müsse. Iivonen war derselben Meinung. Er war bereit, bei der praktischen Durchführung nach besten Kräften zu helfen.

»Ich gebe mein Ehrenwort, dass ich alles mache, was du sagst«, schwor er.

Diese Versicherung nahm Rävänder allerdings nicht ganz ernst. Ein Mann, der so durch und durch falsch war wie Iivonen, besaß keine Ehre, und sein Ehrenwort war nicht mehr als eine verbale Äußerung.

Rävänder bezahlte dem Präparator eine zusätzliche Pflegeprämie. Sie vereinbarten, dass Iivonen vorläufig in der Werkstatt verbleiben würde. In Kürze würde Rävänder ihn abholen, und bis dahin sollte Karhunen seinen Gefangenen so sorgfältig bewachen wie bisher.

Als Rävänder aus Klaukkala zurückgekehrt war, rief er Oberkommissar Hentunen an und erkundigte sich nach seinem Auto. Wusste der Polizeimann, dass sein Auto in Tapiola gesprengt worden war?

Ja, der Oberkommissar wusste Bescheid. Er hatte den Fall selbst untersucht. Man hatte ermittelt, dass der Wagen Rävänder gehört hatte, in der Tat. Ein Schuldiger für den

Sprengstoffanschlag war nicht gefunden worden. Die Versicherung würde ihm den Wert des Wagens erstatten. Für die Presse hatte man eine Erklärung vorbereitet: Der Tank hatte sich mit Gas gefüllt, daher die Explosion.
Räwänder äußerte seine Vermutung, dass der Oberkommissar selbst hinter dem Anschlag steckte oder zumindest wusste, wer die Höllenmaschine im Auto angebracht hatte. Hentunen stritt alles ab. Zum Abschluss des Gesprächs erklärte er, dass er, sollte Räwänder sich nicht mit den durchgeführten polizeilichen Untersuchungen begnügen, sehr ungemütlich werden könnte. Er könnte Räwänder unter dem Verdacht des Versicherungsbetrugs zum Verhör ins Präsidium vorladen. In solchen Fällen hatte die Polizei das Recht, die verdächtige Person für die Dauer der Untersuchungen zu inhaftieren. Diese Untersuchungen könnten sich unter Umständen sehr lange hinziehen, fügte er noch hinzu.
»Na, na! Ich möchte nur bemerken, dass ich Informationen über dich besitze, die dich dein Amt kosten und dir gegebenenfalls zusätzlich eine Gefängnishaft einbringen könnten«, knurrte Räwänder und legte auf. Oberkommissar Hentunen, grau im Gesicht, grübelte über diese Worte nach und trommelte mit den Fingern auf seinen Schreibtisch.
Zum Schluss bestellte Räwänder Karlsson zu sich in Oinonens Wohnung und las ihm tüchtig die Leviten.
»Ich lebe noch, wie du siehst«, begann er. Dann erzählte er, dass er Iivonens Erpressermappe hatte kopieren lassen, zum Beweis zeigte er Karlsson die Quittung. Karlsson erbleichte.
»Genau das habe ich seit der Schiffskonferenz befürchtet«, stöhnte er. »Du bist zum neuen Iivonen geworden.«
Räwänder bestätigte, dass es ihm darum ging, die Halunken-

truppe in Schach zu halten. Und er betonte, dass ihm das Leben lieb war, besonders jetzt, da er sich mit der Fußpflegerin verlobt hatte. Wusste Karlsson, dass die Ehescheidung perfekt war und dass er jetzt in aller Ruhe Liisa Rävänder, geborene Majander, heiraten konnte?

»Ja, Liisa hat es erzählt. Bedeutet das, dass ich wieder aus der Bibliothek in dein Schlafzimmer umziehen kann?«

»Nur zu, lass dich nicht stören.«

Als diese dringenden und grausamen Maßnahmen erledigt waren, informierte sich Rävänder, wo wohl der Mann namens Ensio Knuutila wohnte. Er fand ihn im südlichen Stadtteil Helsinkis, in der Tähtitorninkatu. Also wickelte er den Massai-Speer in Papier ein und nahm Remington an die Leine. Es war bereits Abend, Zeit für den Hund, Gassi zu gehen.

Ensio Knuutila war zufällig zu Hause. Remington erkannte sein Herrchen sofort, er sprang an ihm hoch und bellte, wedelte mit dem Schwanz und lief dann durch die geräumige Wohnung, um alles zu beschnuppern. Rävänder stellte sich vor und übergab den Speer. Knuutila wickelte ihn aus und erkannte ihn wieder. Er goss seinem Gast einen Drink ein und bat ihn Platz zu nehmen.

Sie plauderten miteinander. Rävänder erzählte von seinen Erlebnissen mit dem Hund, Knuutila seinerseits redete über den Speer. Sie nahmen einen weiteren Drink. Knuutila verriet, wie der Hund mit dem Speer nach draußen gelangt war. Er erwähnte, dass er Masochist sei, seine Frau sei eine typische Sadistin, das sei alles. Und er zeigte Rävänder die gemeinsamen Werkzeuge, zu denen auch der Speer gehört hatte. Da waren Peitschen, Handschellen, Schlagstöcke, allerlei Zeug zum Fesseln und Drohen.

»Sie wundern sich sicherlich, warum ich so offen über meine Angelegenheiten spreche. Aber Sie sind seit Jahren der erste Mensch, dem ich mich zu öffnen wage. Außerdem sind Sie irgendwie beteiligt an allem, über den Hund und den Speer zumindest, sonst natürlich nicht.«
Räwänder sagte darauf, dass er in letzter Zeit mit vierzig abnormen Personen zu tun gehabt habe. Wenn sich da noch ein Masochist einreihe, spiele es für ihn keine Rolle. Der Drink sei übrigens ausgezeichnet.
Anschließend äußerte er seinen Wunsch, Remington zu kaufen. Knuutila erklärte, dass er absolut nichts dagegen habe und dass seine Frau seinerzeit den Hund angeschafft habe. Ihre Beziehung habe sich in letzter Zeit jedoch abgekühlt. Früher habe sie ihn sanft und beherrscht ausgepeitscht, und alles sei sexuell und auch sonst herrlich gewesen. Aber neuerdings sause die Peitsche in allzu scharfem Tempo nieder. Manchmal bekomme er auch ohne seinen Wunsch Dresche, gleichsam aus Gewohnheit, und das tue weh.
»Ich bin zwar Masochist, aber deswegen kein Dickhäuter«, klagte er.
»Wie viel möchten Sie für den Hund haben?«, erkundigte sich Räwänder. Er war bereit, einen hohen Preis zu zahlen, weil Piia an dem Tier hing.
»Wenn Sie ihn mitnehmen, ehe meine Frau nach Hause kommt, können Sie ihn umsonst haben.«
»Nun, ein bisschen würde ich schon gern zahlen, es wäre mir lieber«, erklärte Räwänder.
»Geld nehme ich nicht von Ihnen, aber vielleicht könnten Sie mich ein wenig auspeitschen? Diese Bitte mag Ihnen seltsam vorkommen, aber versuchen Sie meine Position zu verstehen. Mich hat schon seit Monaten niemand mehr so aus-

gepeitscht, wie ich es gern hätte. Ich bin überaus einsam, und in meiner Stellung schickt es sich nicht, dass ich etwa Bekannte bitte, die Peitsche zu schwingen. Ich habe in der staatlichen Verwaltung ein ziemlich einflussreiches Amt inne. Diese Berufswahl ist recht typisch für Leute wie mich. Man könnte sagen, dass nur im Finanzministerium Sadisten sitzen, aber in der übrigen Beamtenschaft gibt es hauptsächlich Masochisten.«

Knuutila reichte Räyänder eine Knotenpeitsche mit der Bitte, ihm ein wenig den Hintern zu versohlen.

»Ich weiß nicht recht ..., einfach einen fremden Mann zu schlagen ...«

Knuutila ließ sich auf dem Teppich auf allen vieren nieder und reckte Räyänder den Hintern entgegen.

»Ich bitte Sie, lassen Sie die Peitsche niedersausen!«

Da half alles nichts. Räyänder packte mit festem Griff die Peitsche und verdrosch den Masochisten Knuutila. Zunächst peitschte er vorsichtig, aber dann nahm das Tempo zu. Es machte eigentlich richtig Spaß, mal jemandem auf den Hintern zu hauen. Das also war Sadismus? Räyänder hatte bisher keine Erfahrungen im Auspeitschen, aber erstaunlicherweise klappte es auf Anhieb.

Knuutila jaulte glücklich. Er verlangte nach mehr. Der Hund bellte, und die Peitsche sang.

Schließlich wurde es Räyänder langweilig. Jetzt ist es genug, entschied er und wickelte die Peitsche auf. Knuutila hätte gern noch ein paar weitere Schläge empfangen, aber Räyänder lehnte ab. Alles hatte seine Grenzen. Er nahm Remingtons Leine und verließ die Wohnung. Knuutila kroch ihm auf allen vieren bis an die Tür nach und bat überwältigt:

»Kommen Sie uns gern wieder besuchen, lieber Nachbar!«

25

Zwei Tage später führte Rävänder in Iivonens Fensterwerkstatt für alle Erpressungsopfer in strengem Ton eine Informationsveranstaltung durch. Karlsson hatte die Leute zusammengetrommelt. Es war eng im Raum, einige lehnten an den Maschinen, andere saßen oder hockten auf dem Fußboden. Rävänder begann damit, dass er erzählte, warum man zusammengekommen war.

»Ich möchte Ihnen allen ein für alle Mal klarmachen, dass mit mir nicht zu spaßen ist.«

Er berichtete von der Explosion in seinem Auto und vom Versuch, Iivonen gewaltsam aus seiner Zelle zu holen.

»Diese beiden Taten sind so niederträchtig, dass Sie von mir künftig keine schonende Behandlung erwarten dürfen.«

Anschließend verkündete er den Anwesenden, dass sie die Träume von seinem Tod besser begraben sollten. Er hatte Iivonens Erpressermappe kopiert und an verschiedenen Stellen in Helsinki hinterlegt. Sollte ihm etwas Unangenehmes zustoßen, ginge das Material sofort an die Polizei, und auch die Presse bekäme eine kurze Zusammenfassung.

»Jetzt interessiert mich zu erfahren, wer der Schlauberger war, der die Höllenmaschine in meinem Auto angebracht und das Treffen auf der Deponie vereinbart hat. Hand hoch, wem das Gewissen schlägt!«

Die fünf Arbeiter, die im Suff das Kirchensilber von Munsala gestohlen hatten, standen auf und bekannten, die Bombe angebracht zu haben.
»Wir haben auf einer Baustelle ein paar Kilo Dynamit geklaut, und dann hat der Reiska eine Höllenmaschine daraus gebastelt. Wir haben ein bisschen Elektronik eingesetzt, wobei ich sagen muss, dass das mit der Digitaltechnik viel besser klappt, als die Bombe aus einem Wecker basteln zu müssen«, erzählte der Arbeiter K., halb stolz auf die Wirkung der Bombe, halb beschämt darüber, dass er an einem Mordversuch teilgenommen hatte.
»Aber die Idee kam nicht von uns. Er da drüben, der Handelsvertreter, hat uns angesprochen und uns auch Geld bezahlt. Wir haben zwei Tausender für das Material gekriegt.«
Handelsvertreter R., von dem jetzt die Rede war, stand auf und legte ein vollständiges Geständnis ab. Rävänder sagte zu ihm, dass er, falls er erneut Menschen ermorden wollte, einen fundierteren Plan entwickeln solle. Es sei kindisch, Bomben in Autos anzubringen, und noch kindischer, die Opfer zu einem Treffen auf die Mülldeponie zu locken.
»Auf diese Weise klappt ein Mord nicht, und wenn doch, sterben dabei unschuldige Außenstehende«, belehrte Räväder ihn.
Und zum Schluss verkündete er kurz und bündig, dass er Iivonens gesamtes Vermögen an sich nehmen werde. Edelmütig erklärte er sich bereit, den Erpressten fünfzig Prozent ihrer eingezahlten Summen zu erstatten. Die Inflation werde nicht berücksichtigt, und die Überweisungen würden erst im Juli/August getätigt, denn er, Räväder, habe momentan Wichtigeres zu tun, als fragwürdige Geldforderungen von Halunken zu erfüllen.

In der Werkstatt erhob sich hektisches Stimmengewirr. Ziemlich viele Anwesende waren der Meinung, dass sie beraubt würden. Sie wollten ihr gesamtes Geld zurückhaben, und zwar mit Zinsen. Stattdessen würde nun ein reicher Reeder fast die ganze Beute, die sie, die unglücklichen Opfer, in all den Jahren zusammengetragen hatten, an sich reißen.

Räwänder schlug mit der Faust auf die Hobelbank, dass es nur so krachte.

»Meine Herren! Mir scheint, dass Sie den Charakter dieser Veranstaltung falsch verstanden haben. Dies ist keine Versammlung, auf der Sie Stimmrecht hätten. Es ist eine Informationsveranstaltung, auf der ich die Weisungen erteile, und wenn ich meine Sache vorgetragen habe, können Sie nach Hause gehen und über das Gesagte nachdenken. Sollte Ihnen das Ergebnis dieser Veranstaltung nicht gefallen, ist das Ihre Sache.«

Die Anwesenden verstummten. Räwänder trat ähnlich auf wie Iivonen seinerzeit.

Jemand fragte, wer ihnen garantierte, dass Räwänder nicht komplett in Iivonens Rolle schlüpfen würde. Schon jetzt hatte er ihnen einen Teil ihres Eigentums genommen, was würde ihn also daran hindern, in Zukunft so weiterzumachen?

»Diesbezüglich können Sie unbesorgt sein. Ich werde Sie nicht belästigen, Sie dürfen Ihr schmutziges Geld behalten. Ist es nicht schon eine Art von Garantie, wenn ich Ihnen edelmütig die Hälfte Ihres bisher bezahlten Geldes zurückgebe?«

Aus dem Gewirr von aufgestapelten Fensterrahmen erhob sich Satomäki und versicherte seinerseits:

»Die meisten von Ihnen sind in irgendeiner Form kriminell, und daher sind Sie von Natur aus misstrauisch. Aber ich glaube an das Wort eines Mannes. Außerdem muss ich sagen, wenn man versucht hätte, mich durch Sprengstoff umzubringen, würde ich den Verursachern hinterher überhaupt kein Geld mehr bezahlen.«

Damit endete der offizielle Teil der Informationsveranstaltung. Auf dem Hof fuhr ein Brauereiauto vor, aus dem mehrere Kästen Bier in die Werkstatt getragen wurden. Kurt Kim Karlsson wurde losgeschickt, aus dem nächsten Lebensmittelgeschäft mehrere Kilo Würstchen der Klasse A zu besorgen. Die Veranstaltung ging mit einem inoffiziellen Programm und gemütlichen Beisammensein weiter. Nach zwei Stunden herrschte bereits allgemeine Heiterkeit, und als sich Räwänder eine weitere Stunde später verabschiedete, begleiteten ihn alle mit fröhlichen Rufen zur Tür. Er drehte sich noch einmal zu der Gruppe um und betonte, wie teuer sein Leben sei und wie wenig Sinn es mache, ihn zu ermorden.

»Nein, kein Mord«, riefen die betrunkenen Männer zum Abschied.

Auf dem Weg zum Taxistand dachte Räwänder bei sich, wie wahr doch die alte Redensart war, dass die Dinge stritten und nicht die Männer. Er genoss es, in leicht angeheiterter Stimmung durch die Straßen seiner Heimatstadt zu wandern, insbesondere, da er um zwei, drei Millionen Mark reicher war als noch am Morgen.

Die christlichen Kirchen hatten sich endlich über das Programm der Schiffskonferenz und die allgemeinen antisexuellen Vorkehrungen auf dem Schiff geeinigt, und so hatte man die erwähnte und seit Jahren ersehnte Konferenz endlich abhalten können. Am Tag nach Rävänders Informationsveranstaltung kam das weiße Fährschiff frühmorgens aus Stockholm zurück, an Bord etwa tausend verkaterte Reisende und vierzig von der Idee der Ökumene durchdrungene Geistliche. Unter ihnen waren Pastoren von lutherischen Kirchen, orthodoxe Priester aus mehreren Ländern, eine große Anzahl Katholiken und Baptisten sowie Mormonen, Reformisten und Vertreter anderer kleinerer Kirchen. Auf der Konferenz waren sie weitgehend einig darin gewesen, wie notwendig die Einheit der christlichen Kirchen und wie empfehlenswert die Ökumene war. Die Teilnehmer konnten also mit ihrer Reise zufrieden sein, zumal es auf dem Schiff einen so angenehmen Service und köstliche Mahlzeiten gegeben hatte. Selten kann sich ein gewöhnlicher Pastor daheim in seiner Gemeinde den Bauch mit solchen Unmengen von Aufschnitt vollschlagen, wie sie hier am Büfett angeboten worden waren.

Dennoch, auf der Höhe von Porkkala fühlte sich ein katholischer Mönch nochmals bemüßigt, seine Ansichten zur Geburtenregelung, die er laut Anweisungen des Vatikans strikt ablehnte, darzulegen. Man saß beim schmackhaften Seefrühstück beisammen, und nebenbei entspann sich eine lebhafte Diskussion zu dem Thema, das der Mönch angeschnitten hatte. Die Meinungen zu dieser Grundfrage, die buchstäblich die Zukunft der Menschheit bestimmte, waren höchst unterschiedlich.

Es wurde heftig gestritten, bis das Gewässer vor Espoo erreicht war, und kurz vor der Insel Rysäkari stand der Mönch auf, hob die Hand zur Decke des Frühstücksraumes und rief mit lauter Stimme auf Lateinisch:

»Möge dieses Schiff kentern, falls ich mich irre!«
Mehr war nicht nötig. Das riesige Fährschiff verließ wie von einer übernatürlichen Hand gelenkt die Fahrrinne und krachte ans Ufer der nahegelegenen Insel Koirasaari, sodass der katholische Mönch, der Verursacher all dessen, zu Boden ging. Das mit Graved Lachs belegte Brot, das er in der Hand hielt, beschmierte seine sonst so saubere Kutte. Die Alarmanlage des Schiffes begann zu heulen, und über den Bordfunk wurden die Passagiere mit beruhigenden Informationen versorgt.
Zur selben Zeit waren Reeder Räwänder und seine Mannschaft rein zufällig mit der *Vulcanus* vor Harmaja unterwegs. Über Funk empfingen sie Notsignale und erfuhren, dass ganz in der Nähe ein großes Fährschiff auf Grund gelaufen war. Es war leckgeschlagen, auf dem Autodeck war ein halbes Dutzend LKWs umgekippt, und das Schiff selbst hatte sich um zwölf Grad geneigt. Es gab keine Panik und auch keine Brandgefahr, aber dennoch rief der Kapitän Rettungsschiffe herbei.
Räwänder wies Kapitän Hagman an, sofort Kurs auf die Insel Koirasaari zu nehmen. Schon von weitem sahen sie die Silhouette des stolzen Schiffes. Es hatte sich geneigt, aber als sie näher kamen, wurde ihnen klar, dass es nicht sinken würde.
Räwänder griff zum Megafon und rief hinüber, dass er zur Rettung bereit sei. Was lag an?
Von der Fähre kam die Antwort, dass man feststeckte und die eigenen Maschinen nicht benutzen konnte, es wäre also gut, wenn die *Vulcanus* den Bug des Schiffes ins offene Wasser ziehen könnte. Räwänder ließ die Schlepptaue befestigen und wies Hagman an, das Schiff zu ziehen. Sämtliche zwei-

tausend PS der *Vulcanus* begannen, Meerwasser aufzuwühlen, das Schleppseil straffte sich, die Fähre begann zu schwanken, und siehe da, ihr Bug bewegte sich in Richtung Fahrrinne. Das Heck saß weiter auf Grund und sollte auch dort bleiben, denn es hatte dem Vernehmen nach ein Leck. Aber das Schiff richtete sich immerhin auf, und die Passagiere beruhigten sich, da die Decks wieder in die Waagerechte zurückkehrten. Der zeitweilig unterbrochene Frühstücksbetrieb kam wieder in Gang. Der Mönch, jener Gegner einer Geburtenregelung und Verursacher des ganzen Tohuwabohu, suchte die Toilette des Restaurants auf, um seine mit Lachs beschmierte Kutte zu reinigen, anschließend kehrte er an den Frühstückstisch zurück. Allerdings wetterte er nicht länger gegen die Verhütung, sondern begnügte sich damit, mit verkniffenem Mund Honig auf seine Brotscheibe zu streichen.

Der Kapitän teilte den Passagieren mit, dass das Schiff frühestens am Nachmittag freigeschleppt werden könnte. Die Reederei würde den Passagieren ein kostenloses Mittagessen und im Bedarfsfall auch noch ein Abendessen ausgeben. Der Kapitän bedauerte die entstandene Situation. Er versicherte, dass keine Gefahr bestand, da bereits das Rettungsschiff *Vulcanus* unter Führung seines Eigners Rävänder vor Ort war.

Unter den ökumenischen Geistlichen rief die Mitteilung, dass das Schiff bis zum Nachmittag festsitzen würde, große Besorgnis hervor. Die meisten ausländischen Teilnehmer hatten noch für denselben Tag ihren Rückflug ab Helsinki gebucht. Jetzt würden die Reisepläne wegen dieses Unfalls scheitern. Das bedeutete Probleme und zusätzliche Kosten, sowohl für sie selbst als auch für ihre Gemeinden.

Die Geistlichen erkannten jedoch bald, dass die *Vulcanus*, die neben ihrem Schiff lag, eine Lösung sein könnte. Sie nahmen Verbindung zum Kapitän auf, und über ihn trugen sie ihr Anliegen an RäVänder heran: Vierzig Pfarrer, die es eilig hatten, an Land zu kommen, würden vom havarierten Passagierschiff auf seinen Schlepper umsteigen. Könnte er freundlicherweise diese geistliche Fracht in den Hafen bringen? Gegen eine ansehnliche Entschädigung, versteht sich.
Sicher, das passte gut. Am Vortag hatte Räivänder vierzig Halunken in der Mache gehabt, da war es durchaus nicht von Übel, heute vierzig Pfarrer zu transportieren, zur Abwechslung und als Gegengewicht.
Die Heckklappe des Fährschiffes wurde geöffnet, und auf dem Autodeck erschienen vierzig aufgeregte Schwarzmäntel. Räivänder fuhr die Vulcanus seitlich heran. Das Fallreep wurde über die Reling des Schleppers gehängt, und weil kaum Seegang herrschte, klappte der Umstieg von der Autofähre auf den Schlepper zügig und auch recht sicher.
Als die Heckklappe der Fähre geschlossen war und der Schlepper Fahrt aufnahm, umringten die dankbaren Kirchenmänner Reeder Räivänder. Sie gaben ihm die Hand und wollten um die Wette für ihn beten.
Man ging zu dem Zweck eigens in die Kajüte. Räivänder verriet ihnen im Vertrauen, dass er im Grunde genommen ein ziemlich böser Mann sei. Am Vortag habe er sich eigenmächtig ein sehr großes Vermögen angeeignet. Könnten die Herren Pastoren tatsächlich beten, dass ihm seine Sünden vergeben würden? Wenn er vielleicht auch keine vollständige Absolution bekäme, so würde für den Anfang auch eine kleine Linderung genügen.

Vierzig Pfarrer bilden jedoch eine so effektive und schussgewaltige Beteinheit, dass sich nicht einmal der liebe Gott ganz dagegen erwehren kann. Räwänders Sünden waren bereits vor Harmaja vergeben, und bei der Einfahrt in den Hafen war er reiner als die unschuldigen Lämmer in der biblischen Geschichte.

26

Im Juni nahm Räviänder Kontakt mit Direktor Satomäki, Lizentiat Kourula und Präparator Karhunen auf. Er schlug ihnen vor, gemeinsam mit Iivonen nach Italien zu fahren, nach Venedig zum Beispiel. Auch Irene Oinonen wollte gern mitkommen, sie behauptete, eine Hochzeitsreise mit Räväinder wäre angebracht. Könnten sie nicht in Venedig heiraten? Schließlich kannte er dort Geistliche, Männer aus der Gruppe, die er von dem havarierten Fährschiff gerettet hatte. Nun, das ließ sich alles machen.
Zunächst war jedoch ein Papierkrieg fällig, die Heiratserlaubnis und einiges andere mussten beantragt werden. Außerdem stellte sich heraus, dass Iivonens Pass abgelaufen war. Oberkommissar Hentunen besorgte einen neuen, und damit war Iivonen zur Abreise bereit.
Direktor Satomäki überschrieb Rävänder den letzten Teil von Iivonens Vermögen. Es handelte sich um seine Wohnung und den Rest der Wertpapiere, die Satomäki an der Börse zu Geld gemacht hatte. Damit waren gut drei Millionen an Rävänder geflossen. Wenn er davon später den Opfern jeweils die Hälfte ihres Geldes zurückzahlen würde, blieben ihm immer noch mehr als zwei Millionen. Iivonen hatte sein Vermögen klug angelegt. Er hatte gewusst, wie man Geld sammelt und wie man es vermehrt.

Auf dem Helsinkier Flughafen ging Lizentiat Kourula mit Iivonen in die Herrentoilette und rammte ihm eine Betäubungsspritze in den Hintern, sodass er während des Fluges bis Venedig harmlos vor sich hin schlief. Beim Zoll führten Karhunen und Kourula den benebelten Erpresser über die grüne Linie. Dem neugierigen Zöllner erklärten sie, dass es sich um einen finnischen Touristen handelte, der ein wenig »getankt« hatte und den sie ins Hotel brachten. Der Zöllner wusste sofort Bescheid. Er kannte die Finnen, in diesem Zustand kamen sie üblicherweise ins Land, und in einem noch schlimmeren verließen sie es. Seltsames Volk. Waren die Finnen während des Winterkrieges ständig so beduselt gewesen? Danach müsste er mal einen Finnen fragen, aber beim Zoll erschien ja nie einer in nüchternem Zustand.

Der katholische Priester Enrico Vituralli traute Reeder Rävänder und Fußpflegerin Oinonen in einer katholischen, außerordentlich heiligen und im Meer versinkenden Kapelle. Er hielt dem Hochzeitspaar eine zu Herzen gehende Rede auf Latein und Englisch. Darin betonte er die Heiligkeit des Hochzeitsbettes und die Abscheulichkeit der Verhütung. Um seinen Worten Gewicht zu verleihen, wandte er sich an den Allerhöchsten:

»Wenn du, erhabener Gott, nicht für die Geburtenregelung bist, lass das Meer nach dieser heiligen Kapelle greifen!«

Aus dem Vorraum der Kapelle war leises Plätschern zu hören. Der Kanal zu Füßen der Kapelle war wie gewohnt über die Ufer getreten. Der Priester schielte wütend erst nach oben, dann in den Vorraum und schloss seine Rede in irdischerem Ton. Er schärfte den Liebenden die Bedeutung der ehelichen Treue ein und warnte den Bräutigam vor Venedigs

Verlockungen. Es grassierten zahlreiche venerische Krankheiten, gegen die die meisten Antibiotika nicht wirkten, verflixt noch mal!
Zum Abschluss wurde gesungen, und dann machten alle zusammen eine Gondelfahrt durch die Kanäle. Die Braut war schön und heiter, und auch der Bräutigam war keineswegs unansehnlich. Rävänder spendierte der ganzen Runde edlen Wein, und alle waren glücklich. Man war in Venedig, fuhr mit der Gondel und feierte Hochzeit. Sogar Iivonen genoss all das ungemein. Er behauptete, so glücklich zu sein wie lange nicht, und das bezweifelte niemand, denn selbstverständlich übertraf dies alles das Versteckspiel in dem dunklen und feuchten Kellerkabuff in Klaukkala bei weitem.
Zur Hochzeitsreise bestieg die Gesellschaft einen Zug, der von Venedig aus durch das nächtliche Italien bis an die Südostspitze des Landes, in eine kleine Stadt namens Ortranto, donnerte. Rävänder und Oinonen reisten im Honeymoonabteil der ersten Klasse, wo ihnen das Rattern der Räder den passenden nächtlichen Takt vorgab. Lizentiat Kourula, Präparator Karhunen und Iivonen teilten sich zu dritt eine Schlafkabine in der zweiten Klasse.
Am Ziel in Ortranto erkundigte sich Rävänder bei den ortsansässigen Schmuggler-Fischern, ob es möglich wäre, einen nächtlichen Ausflug mit dem Schlauchboot über die Adria nach Albanien zu unternehmen.
»Si, si, kein Problem, gegen Lire.«
So ließen denn die Männer in der nächsten Nacht Irene Oinonen im Hotel zurück und fuhren mit dem Taxi ans unbewohnte Meeresufer, wo ein großes Schlauchboot, hinten mit einem starken Motor versehen, auf sie wartete.

Im Gepäck hatten sie nur Süßwasser, Trockenproviant für mehrere Tage und den mit einer Spritze betäubten Iivonen, den sie in gute und haltbare Wanderkleidung gesteckt hatten. Das Wasser, der Proviant und Iivonen wurden eingeladen, dann schoben sie das Boot ins Wasser, lasen am Kompass die Richtung ab, und das Boot verschwand im Dunkel der Nacht. Kein Hahn krähte danach.

In den frühen Morgenstunden erreichten sie das Ufer Albaniens. Sie versteckten das Boot im Gebüsch und begannen mit dem Aufstieg ins Gebirge. Iivonen erwachte allmählich aus seiner Betäubung und konnte sich selbstständig fortbewegen. Sie waren den ganzen Tag unterwegs, stiegen höher und höher hinauf, bis sie am Abend ein Hochplateau erreichten, weit weg vom Meer. Hier befreiten sie Iivonen von seinen Fesseln und beobachteten, was er tun würde. Sie gaben ihm die Proviantration für zwei Tage und ein paar Liter Wasser mit, seinen Pass zerrissen sie in tausend Stücke.

Iivonen schnitt hässliche Grimassen, während er sich von seinen Landsleuten entfernte. Er rief etwas Unverständliches auf Finnisch. Nach der Betäubung war er immer noch nicht ganz bei sich. Als es zu dämmern begann, kam ihm eine große Schafherde entgegen, angeführt von einem bärtigen, wild aussehenden Gebirgsbewohner. Iivonen ging auf ihn zu, erklärte ihm, dass man ihn hier in der Einöde ausgesetzt habe, dass er Hilfe brauche. Der verwilderte Schafhirte verstand kein Wort, fand aber irgendwie Gefallen an Iivonen, sodass er ihn an der Hand fasste und in sein Lager mitnahm, wohin er auch die Herde führte. Hand in Hand verschwanden die Männer anschließend in Richtung Binnenland, sie stiegen ins Tal hinunter und wurden nie wieder gesehen. Nur das traurige Blöken der hun-

dertköpfigen Schafherde kündete noch von Iivonens Spuren.
Räviänder räusperte sich.
»Wir sollten dann auch aufbrechen. Lasst uns via Venedig nach Finnland zurückkehren«, sagte er. Und so machten sie es.

SCHLUSSWORT

Als Frau Liisa Räwänder von der in Venedig erfolgten Eheschließung ihres Mannes mit der Fußpflegerin erfuhr, drückte sie bei ihrer eigenen Heirat aufs Tempo. Sie bestellte das Aufgebot, und als die Einspruchsfrist verstrichen war, wurde das Paar in der Deutschen Kirche von Helsinki getraut. Liisa nahm den neuen Namen Majander-Karlsson an. Als Erinnerung an Räwänder genügte ihr dessen Geld, und das war nicht gerade wenig.

Auf der Hochzeit fühlte sich Liisa Majander-Karlsson bemüßigt, ihren neuen Mann gegenüber Frau Oinonen-Räwänder in den höchsten Tönen zu loben. Fußpflegerin Oinonen-Räwänder hörte sich den Wortschwall der verliebten Frau zustimmend an. Sie verstand gut, was es hieß, sich nach langer Zeit wieder neu zu verheiraten. Es war wirklich herrlich. Außerdem lohnte es.

Frau Majander-Karlsson gab außerdem schwesterliche Ratschläge, wie Irene ihren neuen Gatten behandeln sollte. Sie behauptete, er sei ein wahrer Sägebock, an den man sich dennoch vermutlich gewöhnen konnte. »Ich bin allerdings nie richtig mit Aulis warm geworden.«

Dann zählte Frau Liisa auf, welche Fehler sie an ihrem Exmann festgestellt hatte. Die Liste war lang, wie sich die Leser vielleicht erinnern. Frau Oinonen-Räwänder versuchte, et-

was Positives über ihren Mann beizusteuern, doch Liisa erstickte alle diese Versuche im Keim.
»Ach, liebe Irene. Ich verstehe dich ja, aber ich kenne Aulis besser als jede andere Frau auf dieser Welt. Du Ärmste begreifst noch gar nicht, welches Biest du da geheiratet hast. Aulis stinkt außerdem nach Öl wie ein ...«
Diese Worte rüttelten an der Solidarität, die die Fußpflegerin bisher ihren Mitschwestern stets entgegengebracht hatte. Gleich am nächsten Tag sandte sie ein Einschreiben an Frau Majander-Karlsson, das einen schriftlichen Auszug aus Kurt Kim Karlssons früheren Leben enthielt, direkt kopiert aus »Ilona« Iivonens Erpressermappe. Frau Majander-Karlsson las den Text und brach in bittere Tränen aus. Sie versuchte ihre Eheschließung rückgängig zu machen, aber Karlsson erlaubte es nicht, verabreichte seiner Frau nur eine tüchtige Tracht Prügel und befahl ihr, glücklich zu sein. Unter diesen Vorzeichen also begann ihre Ehe. Es ergibt sich die Frage, ob die beiden glücklich wurden, und die Antwort kann man sich denken.
Das Wildschwein fand ein gutes Zuhause bei Frau Bergrat Gillenböckel. Die Witwe bezahlte anstandslos die geforderten fünfzehntausend Mark. Sie sagte, dass sie lange nach einem Haustier gesucht habe, das sie an ihren verstorbenen Gatten erinnere. Sie ließ das Schwein in ihrem Schlafzimmer so neben dem Bett des Gatten platzieren, dass sie morgens und vor allem abends sehnsuchtsvolle Blicke darauf werfen konnte.
»Ach, wie es mich doch an Herrmann erinnert«, seufzte sie glücklich, während sie die wild blitzenden Hauer des Tieres betrachtete.
Im Aussehen erinnerte der Keiler die Witwe also an ihren

geliebten vitalen Gatten, ansonsten aber war er einfacher zu behandeln. Er ging abends nicht zu Versammlungen, hielt sich keine Geliebten, grunzte und trank nicht. Zwar brachte er auch kein Geld nach Hause, aber das hatte Herrmann zu Lebzeiten bereits in ausreichendem Maße getan.

Rävänder kaufte seiner Exfrau die Wohnung in der Laivanvarustajankatu ab und zog mit der Fußpflegerin dort ein. Piia und Remington blieben wohnen, denn Piia hatte dort ihr eigenes Zimmer, und sie wollte sowieso lieber bei ihrem Vater und Irene leben. Die Karlssons zogen in die ehemalige Wohnung von Iivonen, die tatsächlich besser zu ihrem Lebensstil passte, sie war luxuriös und neureich, wie man es sich in den Familien der Majanders und Karlssons nicht besser erträumen konnte.

Dem Lizentiaten Kourula wurde nach knapp einem Jahr das vierundzwanzigste Kind geboren. Die Mutter war diesmal Frau Silvennoinen aus Kannelmäki. Ihr Ehemann, der Saufbold, war ein paar Monate zuvor an einer Überdosis Schnaps gestorben, als ihm das Helsinkier Zentralgefängnis Urlaub gewährt hatte. Er wurde auf Kosten der Gemeinde beerdigt. Friede seiner schwarzen Seele.

Erpresser »Ilona« Iivonen hatte sich in der Hütte des wilden und bärtigen Hirten in Albaniens schroffen Bergen niedergelassen. Er lernte die Sprache der Einheimischen und unternahm manchmal geheimnisvolle Fahrten nach Tirana, wo er an revolutionären Demonstrationen teilnahm und Ziegenkäse gegen Schnaps eintauschte. Er unterhielt eine Liebesbeziehung zu seinem bärtigen Hirten und war auf seine Weise glücklich. Er identifizierte sich mit der Herde, lebte sein Leben im frischen und gesunden, wenn auch recht perversen Gebirgsklima. Nach Hause sehnte er sich nicht sonderlich, denn er wusste, was ihn dort erwartete. Stattdessen plante er seine Zukunft in der Gewerkschaft der Schafhirten, und diesem Ziel dienten auch seine Fahrten nach Tirana. Er hatte die realistische Chance, als Vertreter der freien Berghirten in die leninistische albanische Gewerkschaft gewählt zu werden, deren nächste Delegiertenkonferenz bereits 1988 stattfinden sollte. Viele Berghirten fanden, dass »Ilona« Iivonen eine erfreuliche Kuriosität war und die Parteikader von Tirana das Staunen lehren könnte, nur musste es gelingen, bis 1988 die nötigen Stimmen für ihn zu mobilisieren. In einer Gewerkschaftszeitung wurde Iivonen als »uneigennütziges Geschenk des fernen Finnland an die Werktätigen des albanischen Polizeistaates und das Schafe hütende sozialistische Gebirgsvolk« bezeichnet.

Vor Beginn der nächsten Schleppsaison kaufte Reeder Rävänder in Holland einen neuen Schlepper mit dreihundert Bruttoregistertonnen und dreitausendsechshundert PS. Zum Kapitän ernannte er Hagman, und dessen Sohn bekam das Kommando auf der *Vulcanus*, die bald nach Rävänders Hochzeit generalüberholt worden war. Dem neuen Schlepper gab Rävänder den Namen *Oinotar*, in Anlehnung an den Namen seiner Ehefrau. Die Fußpflegerin selbst gebar ihm und sich selbst nach knapp einem Jahr einen gesunden, derben Jungen, der lustig vor sich hin lallte, nachts tief schlief, unbeirrt an der Brust saugte, so wie sein Vater, und von dem die Tanten und Omas sagten:

»Ach, ist der süß! Schaut nur die großen Füße, ganz wie beim Vater, wirklich goldig!«

Manchmal, wenn Rävänder abends den Hund ausführte, stattete er Ensio Knuutila einen Besuch ab. Zu Weihnachten und um den ersten Mai herum ließ er sich aus purer Guther-

zigkeit dazu überreden, das ehemalige Herrchen seines Hundes ein wenig auszupeitschen. Mit Tränen des Genusses und der Dankbarkeit in den Augen pries dieser dann den neuen Hundebesitzer:
»Mein Gott, wie gut das tut.«